Das Buch

Die Edelsteinexpertin Celia Kilbride ist am Boden zerstört: Ihr Verlobter hat sich als Finanzbetrüger entpuppt, der selbst ihre besten Freunde um ihr Erspartes gebracht hat. Auch Celia wird verdächtigt, mit ihm unter einer Decke zu stecken. Da erhält sie ein rettendes Angebot: Sie soll auf einer luxuriösen Kreuzfahrt Vorträge halten. An Bord lernt sie eine 86-jährige Dame kennen, Lady Em, die ein sagenumwoben wertvolles und angeblich fluchbeladenes Smaragdcollier besitzt. Und der Fluch scheint sich zu erfüllen: Nach drei Tagen wird Lady Em ermordet aufgefunden, die Kette ist verschwunden. Der Täter muss noch an Bord sein. Aber wer war es? Die scheinbar so treu ergebene Assistentin der Lady? Ihr etwas zwielichtiger Vermögensverwalter? Der vergeistigte Shakespeare-Experte? Es kommt zu weiteren Zwischenfällen, auch Celia selbst gerät in Gefahr. Und während das Schiff auf einen Sturm zusteuert, spitzt sich die Lage immer mehr zu ...

Die Autorin

Mary Higgins Clark, geboren in New York, lebt und arbeitet in Saddle River, New Jersey. Sie zählt zu den erfolgreichsten Thrillerautoren weltweit. Mit ihren Büchern führt Mary Higgins Clark regelmäßig die internationalen Bestsellerlisten an. Sie hat bereits zahlreiche Auszeichnungen erhalten, u.a. den begehrten Edgar Award. Zuletzt bei Heyne erschienen: *Du bist in meiner Hand*.

MARY HIGGINS CLARK

EINSAM BIST DU UND ALLEIN

THRILLER

Aus dem Amerikanischen von Karl-Heinz Ebnet

WILHELM HEYNE VERLAG
MÜNCHEN

Die Originalausgabe erschien unter dem Titel
ALL BY MYSELF, ALONE
bei Simon & Schuster, New York

MIX
Papier aus verantwor-
tungsvollen Quellen
FSC® C014496

FSC
www.fsc.org

Verlagsgruppe Random House FSC® N001967

Vollständige deutsche Taschenbuchausgabe 04/2019
Copyright © 2017 by Nora Durkin Enterprises, Inc.
All rights reserved. Published by arrangement
with the original publisher, Simon & Schuster Inc.
Copyright © 2017 der deutschen Ausgabe
by Wilhelm Heyne Verlag, München,
in der Verlagsgruppe Random House GmbH
Neumarkter Str. 28, 81673 München
Umschlaggestaltung: Eisele Grafik.Design, München,
unter Verwendung von Shutterstock
(Shi Yali, Dmytro Balkhovitin), Bigstock (lindama)
Redaktion: Claudia Alt
Satz: Leingärtner, Nabburg
Druck und Bindung: GGP Media GmbH, Pößneck
Printed in Germany

ISBN 978-3-453-43953-5
www.heyne-verlag.de

In Erinnerung an meine Mutter und meinen Vater,
Luke und Nora Higgins
und meine Brüder
Joseph und John,
in Liebe

ERSTER TAG

1

Das Kreuzfahrtschiff *Queen Charlotte* lag kurz vor seiner Jungfernfahrt an der Anlegestelle im Hudson River. Das herrliche Schiff, der Inbegriff von Luxus, wurde bereits mit der ersten *Queen Mary* und sogar mit der an Prunk kaum zu überbietenden *Titanic* verglichen.

Die Passagiere gingen an Bord, checkten ein und wurden im Anschluss daran in die Grand Lounge gebeten, wo ihnen von weiß behandschuhten Kellnern Champagner serviert wurde. Nachdem der letzte Gast an Bord war, bat Kapitän Fairfax um Aufmerksamkeit für seine Willkommensrede.

»Wir versprechen Ihnen auf dieser Reise ein Maß an Luxus und Komfort, wie Sie es noch nie erlebt haben und nie mehr erleben werden«, verkündete er in seinem makellosen britischen Akzent, der seinen Worten gleich noch mehr Glanz verlieh. »Die Ausstattung der Kabinen steht ganz in der Tradition der wunderbaren Linienschiffe vergangener Zeiten. Die *Queen Charlotte* bietet Platz für exakt einhundert Gäste. Unsere fünfundachtzigköpfige Crew steht Ihnen rund um die Uhr und in jeder Hinsicht zu Diensten. Das Unterhaltungsprogramm ist eines Broadways, einer Carnegie Hall und einer Metropolitan Opera würdig. Daneben bieten wir Ihnen eine Vielzahl von Vorträgen, und zu unseren Dozenten gehören berühmte Autoren, ehemalige Diplomaten und Experten zu Themen wie Literatur oder Edelsteinkunde. Herausragende Köche, die Meister ihrer Zunft, bereiten Ihnen aus den frischesten Zutaten die himmlischsten Gerichte zu, die auf Rezepten der besten Küchenchefs der Welt beruhen. Natürlich wissen wir, dass Kreuzfahrten den Durst anregen. Deshalb dürfen wir Sie zu mehreren Weinverkostungen einladen, die von anerkannten Weinkennern geleitet werden. Im Einklang mit dem Charakter dieser Kreuzfahrt – und zur Illustration der reizenden Umgangsformen, derer man sich in der Vergangenheit bediente – wird es eine Lesung aus einem der Werke von Emily Post geben, der berühmten Autorin mit ihrem untrüglichen Gespür für die gesellschaftliche Etikette ihrer Zeit.

Jetzt aber heiße ich Sie noch einmal herzlich willkommen auf unserem Schiff, das für die folgenden sechs Tage Ihr Zuhause sein wird.

Und abschließend möchte ich Sie noch mit Gregory Morrison bekannt machen, dem Eigner der *Queen Charlotte*. Ihm ist es zu verdanken, dass auf diesem Schiff alles bis hin zum kleinsten Detail in Perfektion geplant wurde und Sie deshalb die exklusivste Kreuzfahrt genießen dürfen, die Sie jemals erleben werden.«

Gregory Morrison, ein stämmiger, rotgesichtiger Mann mit silbergrauem Haar und durchdringenden braunen Augen, trat vor.

»Ich möchte Sie herzlich an Bord begrüßen. Für mich geht heute ein Traum in Erfüllung – ein Traum, den ich seit über fünfzig Jahren habe, seitdem ich ein kleiner Junge war. Damals stand ich neben meinem Vater, einem Schlepperkapitän, der die wunderbarsten Kreuzfahrtschiffe in und aus dem New Yorker Hafen bugsierte, aber während mein Vater den Blick immer nach vorn gerichtet hielt, richtete ich ihn voller Ehrfurcht nach hinten zu den großartigen und eleganten Schiffen, die den grauen Hudson River durchschnitten.

Damals wusste ich: Eines Tages möchte ich ein Schiff auf Kiel legen, das noch Ehrfurcht gebietender sein soll als jene Schiffe, die ich damals so sehr bewunderte. Die *Queen Charlotte* ist die Verwirklichung dieses Traums, den ich zu träumen gewagt habe. Ganz egal, ob Sie sechs Tage bis Southampton an Bord bleiben oder uns neunzig Tage lang auf unserer Weltreise begleiten, in jedem Fall hoffe ich, dass der heutige Tag am Beginn eines Erlebnisses steht, das Sie niemals vergessen werden.« Er hob sein Glas: »Die Leinen los!«

Donnernder Applaus setzte ein, dann wandten sich die Passagiere ihren jeweiligen Nachbarn zu, um sich einander vorzustellen. Alvirah und Willy Meehan, die ihren fünfundvierzigsten Hochzeitstag feierten, genossen ihr großes Glück. Vor ihrem Lottogewinn hatte sie als Putzfrau gearbeitet, während er sich als Klempner mit Rohrbrüchen und verstopften Toiletten herumgeschlagen hatte.

Ted Cavanaugh nahm ein Glas Champagner in Empfang und sah sich um. Er erkannte einige Gäste an Bord, unter anderem die Vorstandsvorsitzenden von General Electric und Goldman Sachs sowie mehrere Pärchen aus Hollywoods erster Schauspielerriege.

Jemand sprach ihn an. »Kann es sein, dass Sie mit dem Botschafter Mark Cavanaugh verwandt sind? Sie sehen ihm nämlich verblüffend ähnlich.«

»Ja.« Ted lächelte. »Ich bin sein Sohn.«

»Wusste ich's doch, dass ich mich nicht getäuscht habe. Darf ich mich vorstellen? Ich bin Charles Chillingsworth.«

Ted kannte den Namen. Es handelte sich um den ehemaligen, mittlerweile in den Ruhestand versetzten Botschafter in Frankreich.

»Ihr Vater und ich waren junge Attachés«, erzählte Chillingsworth. »Alle jungen Frauen in der Botschaft haben Ihrem

Vater damals schöne Augen gemacht. Ich sagte ihm immer, keiner habe es verdient, so gut auszusehen. Er hat, soweit ich mich erinnere, unter zwei Präsidenten in Ägypten gedient und dann in Großbritannien.«

»Ja«, bestätigte Ted. »Mein Vater war von Ägypten fasziniert, und ich teile seine Leidenschaft. Ich bin dort aufgewachsen, vor unserem Umzug nach London, bevor er dort Botschafter wurde.«

»Und Sie sind in seine Fußstapfen getreten?«

»Nein, ich bin Anwalt. Aber ein großer Teil meiner Arbeit ist dem Aufspüren von alten Kunstwerken gewidmet, die in ihren Ursprungsländern gestohlen wurden.« Den wahren Grund für seine Reise behielt er allerdings für sich. Er wollte nämlich bei Lady Emily Haywood vorstellig werden und sie davon überzeugen, ihre berühmte Smaragdhalskette der Kleopatra dem rechtmäßigen Eigentümer, dem ägyptischen Volk, zurückzugeben.

Professor Henry Longworth, der das Gespräch zufällig mitanhörte, trat interessiert näher. Er galt als renommierter Shakespeare-Kenner, der mit seinen Vorträgen und Rezitationen aus den Werken des großen Dichters das Publikum zu begeistern wusste. Er war von mittlerer Größe, in den Sechzigern und ein gesuchter Redner auf solchen Kreuzfahrten sowie an Colleges.

Devon Michaelson hielt sich etwas abseits von den übrigen Gästen. Er hatte keine Lust auf den Small Talk, wie er sich unweigerlich ergab, wenn sich Menschen zum ersten Mal begegneten. Wie Professor Longworth war er Anfang sechzig, von durchschnittlicher Größe und ohne besondere äußere Merkmale.

Ebenfalls abseits stand die achtundzwanzigjährige Celia Kilbride. Sie war groß, hatte schwarze Haare und saphirblaue

Augen. Weder bemerkte sie die bewundernden Blicke, die ihr zugeworfen wurden, noch hätte sie sich darauf etwas eingebildet, wenn sie ihr aufgefallen wären.

Der erste Zwischenstopp auf der Reise um die Welt würde Southampton in England sein. Dort würde sie von Bord gehen. Wie Professor Longworth war sie als Vortragende eingeladen und würde als Gemmologin von der mitunter jahrhundertealten Geschichte berühmter Edelsteine erzählen.

Am aufgeregtesten aber war die geschiedene sechsundfünfzigjährige Anna DeMille aus Kansas, die die Kreuzfahrt als ersten Preis in einer Kirchentombola gewonnen hatte. Ihre schwarz gefärbten Haare und Augenbrauen bildeten einen starken Kontrast zu ihrem sonst blassen, hageren Gesicht und schmalen Körper. Sie hoffte, auf dieser Reise endlich ihren Traumprinzen kennenzulernen. Warum nicht?, sagte sie sich. Ich hab die Tombola gewonnen. Vielleicht wird das ja mein Glücksjahr!

Die sechsundachtzigjährige, für ihren Reichtum und ihre philanthropischen Neigungen bekannte Lady Emily Haywood war von jenen Gästen umgeben, die sie zu dieser Seereise eingeladen hatte: Brenda Martin, seit zwanzig Jahren ihre persönliche Assistentin und Begleiterin, Roger Pearson, ihrem Investmentberater und Erbschaftsverwalter, sowie Rogers Ehefrau Yvonne.

In einem Interview zu dieser Kreuzfahrt hatte Lady Emily bekannt gegeben, dass sie ihre legendäre Kleopatra-Smaragdhalskette mitnehmen und zum ersten Mal in der Öffentlichkeit tragen wolle.

Während sich die Passagiere zerstreuten und sich gegenseitig eine gute Reise wünschten, konnten sie natürlich nicht wissen, dass mindestens einer von ihnen Southampton nicht mehr lebend erreichen würde.

2

Statt ihre Kabine aufzusuchen, trat Celia Kilbride an die Reling und sah zu, wie das Schiff langsam an der Freiheitsstatue vorbeiglitt. Sie würde noch nicht einmal eine Woche an Bord sein, aber das sollte reichen, um etwas Abstand zu gewinnen von der sensationslüsternen Medienberichterstattung über Steven, ihren Exverlobten, der keine vierundzwanzig Stunden vor ihrer Hochzeit verhaftet worden war. War das wirklich alles erst vier Wochen her?

Sie hatten sich beim Probedinner zugeprostet, als plötzlich FBI-Beamte im Speisesaal des 21 Club auftauchten. Der Fotograf hatte gerade einen Schnappschuss von ihnen allen zusammen gemacht sowie weitere Nahaufnahmen des fünfkarätigen Verlobungsrings an ihrem Finger.

Der attraktive, charmante, geistreiche Steven Thorne – er hatte ihre Freunde dazu überredet, in seinen Hedgefonds zu investieren, der jedoch vor allem dazu diente, seinen aufwendigen Lebensstil zu finanzieren. Gott sei Dank ist er noch vor der Hochzeit verhaftet worden, dachte Celia. Zumindest das ist mir also erspart geblieben.

So vieles im Leben hängt vom Zufall ab, dachte sie. Zwei Jahre zuvor, kurz nach dem Tod ihres Vaters, hatte sie in London an einem gemmologischen Seminar teilgenommen. Da ihr Arbeitgeber, Carruthers Jewelers, ihr ein Ticket in der Businessclass besorgt hatte, war sie zum ersten Mal nicht in der Holzklasse geflogen.

Auf dem Rückflug nach New York – sie hatte gerade ihren Platz eingenommen und an ihrem zur Begrüßung gereichten Glas Wein genippt – verstaute ein tadellos gekleideter Mann seinen Aktenkoffer im oberen Gepäckfach und ließ sich auf den Sitz neben ihr fallen. »Steven Thorne«, stellte er sich mit einem einnehmenden Lächeln vor und streckte ihr die Hand hin. Er erklärte, dass er eine Investment-Konferenz besucht habe, und als sie in New York landeten, hatte sie sich einverstanden erklärt, mit ihm essen zu gehen.

Celia schüttelte den Kopf. Wie konnte sie bei einem Menschen bloß so falschliegen, sie, die Gemmologin, die bei einem Edelstein noch den geringsten Makel entdecken würde? Tief atmete sie die wunderbare Meeresluft ein. Ich will nicht mehr an Steven denken, nahm sie sich vor. Aber sie würde nur schwer vergessen können, dass viele ihrer Freunde Geld in den Fonds investiert hatten, weil sie sie mit Steven bekannt gemacht hatte – Geld, auf das sie angewiesen waren. Sie war vom FBI verhört worden. Natürlich musste die Polizei annehmen, dass sie an der Hochstapelei beteiligt gewesen war, obwohl sie selbst ebenfalls Geld in den betrügerischen Fonds gesteckt hatte.

Sie hatte gehofft, niemanden unter ihren Mitreisenden zu kennen, aber es war in allen Medien verkündet worden, dass Lady Emily Haywood mit an Bord sein würde. Regelmäßig brachte die alte Dame Stücke aus ihrer umfangreichen Schmucksammlung zur Reinigung oder zur Reparatur zu Carruthers in der Fifth Avenue, und jedes Mal bestand sie darauf, dass Celia sie auf Kratzer oder abgebrochene Splitter untersuchte. Begleitet wurde sie dabei stets von ihrer persönlichen Assistentin Brenda Martin. Dann kannte sie auch noch Willy Meehan. Der hatte bei Carruthers seiner Frau Alvirah das Geschenk zu ihrem fünfundvierzigsten Hochzeitstag besorgt und ihr von ihrem Lottogewinn über vierzig Millionen Dollar erzählt. Er war ihr sofort sympathisch gewesen.

Abgesehen von den beiden Vorträgen und der Fragestunde, die sie geben sollte, würde ihr an Bord viel Zeit für sich selbst bleiben. Sie war bereits mehrmals auf Schiffen der Castle Line als Gastrednerin aufgetreten, und jedes Mal hatte ihr der für das Unterhaltungsprogramm zuständige Kreuzfahrtdirektor mitgeteilt, dass sie von den Passagieren zur interessantesten Rednerin gekürt worden war. Erst letzte Woche hatte er sie angerufen und zu dieser Schiffspassage eingeladen, nachdem ein Vortragender in letzter Minute erkrankt war.

Für sie war es ein Geschenk des Himmels. Die Reise bot ihr die Möglichkeit, dem Mitleid mancher ihrer Freunde und dem Groll derer zu entkommen, die ihretwegen Geld verloren hatten. Bin ich froh, hier sein zu können, dachte sie sich, bevor sie sich umdrehte und den Weg in ihre Kabine antrat.

Wie jeder Quadratzentimeter auf der *Queen Charlotte* war auch ihre exquisit eingerichtete Suite bis ins Detail mit großer Sorgfalt konzipiert worden. Sie war Salon, Schlafzimmer und Badezimmer in einem. Anders als auf den älteren Schiffen, auf denen sie bislang gefahren und auf denen die Concierge-Suite nur halb so groß gewesen war wie hier, verfügte ihre Kabine über geräumige Schränke. Die Tür öffnete sich zu einem Balkon, auf dem sie im Freien sein konnte, wenn ihr zwar nach Meeresluft war, aber nicht nach der Gesellschaft der anderen.

Sie wollte schon auf den Balkon hinaustreten, beschloss dann aber, erst ihre Sachen auszupacken und sich einzurichten. Ihr erster Vortrag würde morgen Nachmittag stattfinden, und sie wollte noch ihre Aufzeichnungen durchgehen. Thema war die Geschichte seltener Edelsteine, beginnend mit den alten Hochkulturen.

Ihr Handy klingelte. Sie hob ab und hörte eine vertraute Stimme. Steven. Er war vor dem Prozess auf Kaution freigelassen worden. »Celia, ich kann alles erklären«, begann er. Sofort beendete sie das Gespräch und schleuderte das Handy aufs Bett. Sie musste nur seine Stimme hören, und schon wand sie sich innerlich vor Scham. Ich kann den kleinsten Fehler in jedem Edelstein entdecken, dachte sie erneut verbittert.

Dann schluckte sie den Kloß im Hals hinunter und wischte sich zornig die Tränen aus den Augen.

3

Lady Emily Haywood, allen nur als »Lady Em« bekannt, saß in der teuersten Suite auf dem Schiff in kerzengerader Haltung in einem hübschen Ohrensessel. Sie war schlank und zart wie ein Vögelchen, hatte volle weiße Haare und ein runzliges Gesicht, dem ihre einstige Schönheit immer noch anzusehen war. Leicht konnte man sie sich als bezaubernde amerikanische Primaballerina vorstellen, die im Alter von zweiundzwanzig Jahren das Herz von Sir Richard Haywood im Sturm erobert hatte, des damals sechsundvierzigjährigen berühmten und wohlhabenden britischen Forschungsreisenden.

Lady Em sah sich um. Man bekommt hier schon was für sein Geld, dachte sie. Sie befand sich im Hauptraum ihrer Suite. Über dem Kamin war ein großer Fernseher angebracht, den Boden bedeckten antike Perserteppiche, an beiden Seiten des Raums standen blassgold bezogene Sofas, daneben Stühle mit dazu kontrastierenden Bezügen, antiquarische Beistelltische und eine Bar. Zur Suite gehörte darüber hinaus ein großes Schlafzimmer und ein Badezimmer, das mit einer Dampfdusche und einem Jacuzzi sowie einer Bodenheizung ausgestattet war, die Wände wiederum schmückten beeindruckende Marmormosaike. Vom Schlafzimmer und dem Hauptraum führten jeweils Türen hinaus zum privaten Balkon. Der Kühlschrank war voll mit den von ihr vorab erbetenen Snacks.

Lady Em lächelte. Sie hatte einige ihrer wertvollsten Geschmeide mit aufs Schiff genommen. Es würden bei dieser Jungfernfahrt einige Berühmtheiten an Bord sein, und wie immer hatte sie vor, sie alle in den Schatten zu stellen. Mit ihrer Zusage zur Reise hatte sie verkündet, dass sie angesichts des luxuriösen Ambientes die sagenhafte Smaragdhalskette, die angeblich einst Kleopatra gehört hatte, mitbringen und auch tragen wolle. Nach der Kreuzfahrt wollte sie sie der Smithsonian Institution vermachen. Die Kette war von unschätzbarem Wert, und da Lady Em keine Verwandten hatte, mit denen sie sich herumschlagen musste, stellte sich natürlich die Frage, wem sie die Kette hinterlassen sollte. Denn auch die ägyptische Regierung hatte Ansprüche angemeldet, da das Kunstwerk, wie behauptet wurde, aus einem geplünderten Grab stamme und deshalb zurückgegeben werden müsse. Sollen doch sie und das Smithsonian sich darum streiten, dachte Lady Em. Es wird mein erster und meiner letzter großer Auftritt mit der Kette sein.

Die Tür zum Schlafzimmer stand einen Spaltbreit offen, und sie konnte ihre Assistentin hören, Brenda, die drinnen den Überseekoffer und das übrige Gepäck auspackte. Brenda war die einzige unter ihren Angestellten, die Lady Ems persönliche Besitztümer anrühren durfte. Allen anderen war dies strikt untersagt.

Was würde ich ohne sie bloß machen?, fragte sich Lady Em. Sie weiß immer schon im Voraus, was ich haben möchte oder brauche – oft, bevor ich es selbst weiß! Seit zwanzig Jahren kümmert sie sich mit großer Hingabe um mich, ich hoffe nur, ihr eigenes Leben ist dabei nicht zu kurz gekommen.

Bei ihrem Finanzberater und Erbschaftsverwalter Roger Pearson lag die Sache anders. Sie hatte Roger und seine Frau zu der Reise eingeladen und freute sich wie immer auf Rogers Gesellschaft. Sie kannte ihn, seitdem er ein kleiner Junge war, und schon sein Großvater und sein Vater hatten sie in allen finanziellen Angelegenheiten beraten.

Eine Woche zuvor aber hatte sie einen alten Freund getroffen, Winthrop Hollows, den sie seit Jahren nicht mehr gesehen hatte. Wie sie gehörte er ebenfalls zu Pearsons Mandanten. Er hatte sie gefragt, ob sie immer noch Rogers Dienste in Anspruch nehme, und ihr daraufhin zugeraunt: »Nimm dich in Acht, er ist nicht wie sein Großvater oder Vater. Ich würde dir raten, lass deine Finanzen von einer zweiten Kanzlei gegenprüfen.« Als sie von Winthrop eine Erklärung verlangte, weigerte er sich, ihr mehr mitzuteilen.

Sie hörte Schritte, gleich darauf ging die Tür zum Schlafzimmer auf. Brenda Martin kam ins Zimmer. Sie war eine große Frau, eher muskulös als übergewichtig, und sah mit ihrer wenig schmeichelhaften Kurzhaarfrisur älter aus, als ihre sechzig Jahre vermuten ließen. Ihrem runden Gesicht hätte ein wenig Make-up gutgetan. Jetzt aber brachte es Besorgnis zum Ausdruck.

»Lady Em ...«, begann sie zurückhaltend. »Sie sehen beunruhigt aus. Stimmt etwas nicht?«

Vorsicht, ermahnte sich Lady Em. Ich möchte nicht, dass sie von meinen Bedenken wegen Roger erfährt.

»Ich sehe beunruhigt aus? Ich wüsste nicht, warum.«

Brenda wirkte sofort erleichtert. »Gut. Dann freue ich mich, dass nichts Ihre gute Laune trübt. Sie sollen doch jeden Augenblick auf diesem wunderbaren Schiff genießen. Soll ich Tee kommen lassen?«

»Das wäre sehr nett, Brenda. Celia Kilbrides Vortrag morgen verspricht äußerst interessant zu werden. Schon erstaunlich, dass eine noch so junge Frau schon so viel über Edelsteine weiß. Ich glaube, ich weihe sie in den Fluch ein, der auf der Kleopatra-Halskette lastet.«

»Ich kann mich nicht erinnern, dass Sie mir schon mal davon erzählt haben.«

Lady Em lachte in sich hinein. »Kleopatra wurde von Cäsars Adoptivsohn und Erben Octavian gefangen genommen. Sie wusste, dass er sie als seine Gefangene mit nach Rom nehmen wollte, und dazu hatte er ihr befohlen, die Smaragdhalskette während der Überfahrt zu tragen. Vor ihrem Selbstmord ließ sie sich daher die Halskette bringen und belegte sie mit einem Fluch: ›Wer immer diese Halskette mit aufs Meer hinausnimmt, wird die Küste lebend nicht erreichen‹.«

»O Lady Em!«, seufzte Brenda. »Was für eine schreckliche Geschichte. Vielleicht sollten Sie die Kette lieber im Safe lassen.«

»Kommt gar nicht infrage«, beschied Lady Em knapp. »Und jetzt bestellen Sie Tee.«

4

Roger Pearson und seine Frau Yvonne nahmen den Nachmittagstee in ihrer Suite auf dem Concierge-Deck der *Queen Charlotte* zu sich. Roger, von stämmiger Statur, mit schütter werdenden hellbraunen Haaren und Lachfältchen um die Augen, war ein geselliger, offener Zeitgenosse, in dessen Gegenwart sich jeder sofort wohlfühlte.

Er war auch der Einzige, der es wagte, in nicht ganz ernstem Ton mit Lady Em über politische Fragen zu debattieren. Immerhin war sie eine glühende Anhängerin der Republikaner, während sein Herz ebenso leidenschaftlich für die Demokraten schlug.

Er und Yvonne gingen das Veranstaltungsprogramm für den nächsten Tag durch. Als sie den für 15.30 Uhr angekündigten Vortrag von Celia Kilbride entdeckten, runzelte Yvonne die Stirn. »Arbeitet sie nicht für Carruthers Jewelers, und ist sie nicht auch in diesen betrügerischen Hedgefonds verwickelt?«

»Dieser Thorne versucht, sie mit reinzuziehen«, antwortete Roger eher gleichgültig.

Yvonne war skeptisch. »Das hab ich auch gehört. Aber wenn Lady Em dort ihren Schmuck zur Reparatur hinbringt, verlangt sie immer nach Celia Kilbride. Das hat mir Brenda erzählt.«

Roger drehte sich zu ihr hin. »Dann gehört Kilbride zum Verkaufspersonal?«

»Sie ist wesentlich mehr. Ich habe einiges über sie gelesen. Sie ist eine erstklassige Gemmologin und kauft weltweit für Carruthers Edelsteine ein. Ihre Vorträge auf solchen Schiffen sollen Wohlhabende dazu animieren, in Edelsteine zu investieren.«

»Sie scheint eine kluge Frau zu sein«, bemerkte Roger und wandte sich dem Fernseher zu.

Yvonne betrachtete ihn. Wie immer war von Rogers Umgänglichkeit nicht viel zu spüren, sobald sie allein waren. Meistens ignorierte er sie dann komplett.

Sie nahm einen Schluck von ihrem Tee und griff nach einem der kleinen Gurken-Sandwiches. In Gedanken war sie bei der Garderobe, die sie am Abend tragen wollte, ihrem neuen schwarz-weiß karierten Kaschmirblazer und der einfarbig schwarzen Freizeithose von Escada. Die Lederaufsätze an den Ellbogen verliehen der Jacke genau den zwanglosen Touch, den der Dresscode für den heutigen Abend an Bord verlangte.

Yvonne, dreiundvierzig Jahre alt, war sich bewusst, dass sie sehr viel jünger aussah. Sie wünschte sich nur, sie wäre etwas größer, aber sie war schlank, und ihre Friseurin hatte exakt den von ihr gewünschten Blondton getroffen. Beim letzten Mal hatte sie es mit dem Goldanteil doch etwas übertrieben.

Ihr Aussehen war Yvonne ebenso wichtig wie ihr gesellschaftlicher Status, nicht zu vergessen die Wohnung in der Park Avenue und das Haus in den Hamptons. Roger selbst langweilte sie eigentlich schon lange, aber sie liebte ihren Lebensstil.

Sie hatten keine Kinder, und es gab keinen echten Grund, warum er die College-Gebühren für die drei Söhne seiner verwitweten Schwester übernehmen sollte. Yvonne lag seit

Jahren mit ihrer Schwägerin über Kreuz, dennoch argwöhnte sie, dass Roger die Rechnungen zahlte.

Aber das ist schon in Ordnung, dachte sie und spülte das Sandwich mit einem letzten Schluck Tee hinunter. Solange ich deswegen nicht zurückstecken muss.

5

Das ist doch alles viel zu teuer, Willy. Auch wenn es unser fünfundvierzigster Hochzeitstag ist«, seufzte Alvirah und sah sich in der Suite um, die Willy zur Feier des Ereignisses gebucht hatte.

Trotz ihres Protestes hörte Willy aber auch, wie aufgeregt sie klang. Er war im Wohnbereich und öffnete die Flasche Champagner, die in einem silbernen Eiskühler kalt gestellt worden war. Während er sich am Korken zu schaffen machte, ließ er den Blick zu den deckenhohen Spiegeln schweifen und von dort hinaus auf den dunkelblauen Atlantik.

»Willy, wir brauchen doch keine Kabine mit eigenem Balkon. Wir können doch an Deck gehen, wenn wir aufs Wasser sehen und uns den Wind um die Nase wehen lassen wollen.«

Willy lächelte. »Liebste, auf diesem Schiff hat jede Kabine ihren eigenen Balkon.«

Alvirah war jetzt im Badezimmer neben dem Schlafzimmer. »Willy!«, rief sie aufgeregt. »Das ist unglaublich! Im Schminkspiegel ist ein Fernseher eingebaut. Das muss doch alles ein Vermögen kosten.«

Willy lächelte nachsichtig. »Liebling, wir bekommen zwei Millionen im Jahr vor Steuern, und das seit mittlerweile fünf Jahren. Noch dazu verdienst du durch deine Artikel für den *Globe*.«

»Ich weiß.« Alvirah seufzte. »Aber ich würde das Geld lieber für einen guten Zweck ausgeben. Du weißt doch, Willy: Viel wird von jenen erwartet, denen viel gegeben wurde.«

O Mann, dachte Willy. Was wird sie erst sagen, wenn ich ihr heute Abend den Ring schenke? Er beschloss, ihr einen sachten Hinweis zukommen zu lassen. »Liebling, sei bitte nicht so voreilig. Nichts macht mich glücklicher, als mit dir diesen Jahrestag feiern zu dürfen. Es schmerzt mich schon ein wenig, wenn ich dir nicht zeigen darf, wie glücklich ich über unsere fünfundvierzig Jahre Ehe bin. Außerdem habe ich noch etwas, was ich dir heute Abend schenken möchte. Wenn du es nicht annehmen willst, dann, na ja, wäre das ein wirklich herber Schlag für mich.« Na, das habe ich doch sehr diplomatisch rübergebracht, dachte er.

Alvirah sah ihn betroffen an. »Oh, Willy, verzeih mir. Natürlich freut es mich, dass ich mit dir hier sein kann. Und du weißt ja, du warst doch derjenige, der gesagt hat, lass uns dieses Lotterielos kaufen. Ich hab gesagt, den Dollar könnten wir uns sparen. Ich bin überglücklich, und genauso freue ich mich über alles, was du mir schenken willst.«

Sie standen an der Balkontür und bewunderten den Blick aufs Meer. Willy legte ihr den Arm um die Schulter. »Das klingt schon eher nach dir, meine Liebe. Also, in der kommenden Woche werden wir jede einzelne Minute genießen.«

»Ja, das werden wir«, stimmte Alvirah zu.

»Und du siehst wunderschön aus.«

Auch das, dachte Alvirah, hatte eine gute Stange Geld gekostet. Ihre übliche Friseurin war im Urlaub, also hatte sie sich die Haare in einem superteuren Salon tönen lassen. Die Empfehlung stammte von ihrer Freundin, der Baroness von Schreiber, der das Cypress Point Spa gehörte, das Alvirah gleich nach dem Lottogewinn besucht hatte. Ich hätte es wissen müssen. Min schlägt nie was anderes vor, dachte sie. Aber sie musste auch zugeben, ihre Haare hatten exakt den samtigen Rotton, den sie sich immer wünschte, und Monsieur Leopoldo hatte ihr einen ganz wunderbaren Schnitt verpasst. Zudem hatte sie seit Weihnachten sieben Kilo abgenommen und konnte wieder die herrlichen Sachen tragen, die Min ihr vor zwei Jahren ausgesucht hatte.

Willy drückte sie an sich. »Liebling, schön zu wissen, dass du auf einem Schiff wie diesem für deine nächste Kolumne von nichts anderem schreiben musst als von deinem sorglosen Aufenthalt hier.«

Aber noch im selben Moment beschlich ihn das untrügliche Gefühl, dass es so nicht laufen würde. Denn so lief es nie.

6

Raymond Broad, der Lady Ems Suite zugewiesene Steward, erschien mit einem Tablett, um den Nachmittagstee abzuräumen. Er hatte Lady Em zusammen mit ihrer Assistentin fortgehen sehen, wahrscheinlich suchten sie die Queen's Cocktail Lounge auf dem siebten Deck auf.

Nur die mit den allerdicksten Brieftaschen konnten sich den Aufenthalt dort leisten, dachte er. Leute, wie er sie mochte. Mit geübter Hand stellte er das Teeservice und die noch übrigen Sandwiches und süßen Gebäckteile auf das Tablett.

Dann trat er ins Schlafzimmer und sah sich um. Er zog die Schubladen der Nachttische zu beiden Seiten des Bettes auf. Oft gaben die Reichen ihren Schmuck einfach nur in die Schubladen, statt ihn im Schranksafe zu verschließen. Deshalb warf er immer einen Blick hinein.

Und die Leute gingen auch sehr unachtsam mit ihrem Geld um. Wenn jemand am Ende der Reise eine überquellende Brieftasche in der Schublade liegen ließ, würde er ein paar hundert Dollar kaum vermissen, weil er das Geld vermutlich sowieso nicht gezählt hatte.

Raymond ging immer sehr vorsichtig vor, weshalb er in den zehn Jahren, in denen er mittlerweile für Castle Line arbeitete, nie des Diebstahls bezichtigt worden war. Außerdem, was schadete es schon, wenn er sich noch ein kleines Zubrot verdiente, indem er der Klatschpresse pikante Geschichten über die eine oder andere Berühmtheit an Bord verhökerte? Er wusste ja, er galt als ein ausgezeichneter Steward.

Er kehrte in den Hauptraum zurück, nahm das Tablett und verließ die Suite. Das zufriedene Lächeln, mit dem er üblicherweise das Terrain sondierte, verschwand, sobald er die Kabinentür öffnete. Jetzt war er wieder der gestrenge, in eine makellose Uniform gekleidete Steward mit den dünnen, ordentlich über die kahle Stelle am Hinterkopf gekämmten Haaren und der dienstbaren Miene, falls ihm ein Gast im Gang begegnen sollte.

7

Professor Henry Longworth überprüfte den Sitz seiner Fliege. Obwohl für den Abend zwanglose Garderobe angesagt war, hatte er nicht vor, das Hemd offen zu tragen. Er mochte so etwas einfach nicht. Es erinnerte ihn an die schäbigen Sachen seiner Kindheit in den Slums von Liverpool. Im Alter von acht Jahren war er allerdings schon schlau genug gewesen, um zu kapieren, dass nur Bildung ihn von dort wegbrachte. Nach dem Unterricht, wenn die anderen Jungs zum Fußballspielen abzogen, hatte er sich daher hingesetzt und gebüffelt.

Mit achtzehn bekam er ein Stipendium in Cambridge, wo sich jedoch alle über seinen Liverpooler Dialekt lustig machten. Er kostete ihn einige Mühen, um ihn bis zum Abschluss seines Studiums loszuwerden.

Im Lauf der Jahre hatte er eine große Leidenschaft für Shakespeare entwickelt. Schließlich wurde ihm eine Professur in Oxford angeboten, wo er sich mit diesem Thema sein Leben lang bis zu seiner Emeritierung beschäftigen konnte. Wie er sehr wohl wusste, witzelten seine Kollegen in Oxford, dass man ihn nach seinem Tod mit Frack und Fliege in den Sarg legen würde. Aber das war ihm egal.

Die Fliege saß perfekt.

Er zog das Jackett aus leichtem Karostoff an, genau richtig für das Wetter Mitte September, und sah auf die Uhr. Zehn Minuten vor sieben. Pünktlichkeit ist die Höflichkeit der Könige, dachte er.

Seine Suite lag auf dem Concierge-Deck, und er hatte festgestellt, dass dieses neue Kreuzfahrtschiff doch wesentlich mehr Luxus bot als ältere Schiffe. Natürlich konnte man es schwerlich ernst nehmen, wenn das Wort »Suite« für eine Kabine benutzt wurde, in der Wohn- und Schlafzimmer in ein und demselben Raum lagen, aber so sollte es nun mal sein. Er trat vor den hohen Spiegel an der Badezimmertür und vergewisserte sich, dass sein Äußeres tadellos war. Das Spiegelbild zeigte einen schlanken Sechzigjährigen mittlerer Größe mit kahlem Schädel, grauem Haarkranz und durchdringenden Augen hinter randlosen Brillengläsern. Er nickte wohlwollend und ging zur Ankleide, um erneut einen Blick auf die Passagierliste zu werfen. Wie nicht anders zu erwarten, waren Berühmtheiten aus diversen gesellschaftlichen Bereichen mit an Bord. Wie viele von ihnen waren wohl von Castle Line eingeladen worden? Nicht wenige, vermutete er.

Seit seiner Emeritierung hielt er regelmäßig Vorträge auf Schiffen der Linie und verstand sich gut mit dem Kreuzfahrtdirektor. Ein halbes Jahr zuvor, als er die PR-Ankündigung zur Jungfernfahrt der *Queen Charlotte* gelesen hatte, hatte er im Buchungsbüro angerufen und anklingen lassen, dass es ihm eine Freude wäre, als Gastredner auf dieser Reise mit dabei zu sein.

Und hier war er nun. Hochzufrieden verließ Professor Henry Longworth seine Kabine und ging zur Queen's Cocktail Lounge, um sich unter die wichtigsten Passagiere zu mischen.

8

Ted Cavanaugh warf nur einen sehr flüchtigen Blick auf seine Suite. Als Sohn eines Botschafters war er so ein luxuriöses Ambiente gewohnt. Auch wenn ihm die Einrichtung außergewöhnlich kostspielig erschien, achtete er nicht weiter darauf. Ted, vierunddreißig Jahre alt, hatte bis zum Beginn seines Studiums mit seinen Eltern im Ausland gelebt und in den Ländern, in die sein Vater abberufen worden war, die jeweiligen internationalen Schulen besucht. Er sprach fließend Französisch, Spanisch und ägyptisches Arabisch. Er war in Harvard gewesen, dann an der juristischen Fakultät in Stanford, aber seine Begeisterung für antike Kunst rührte von seiner Jugend in Ägypten her.

Acht Monate zuvor hatte er gelesen, dass Lady Emily Haywood die Jungfernfahrt auf der *Queen Charlotte* gebucht hatte. Für ihn könnte das die Gelegenheit sein, sie als Mitreisender anzusprechen und ihr sein Anliegen vorzutragen. Er wollte ihr klarmachen, dass ihr Schwiegervater vor hundert Jahren die Halskette zwar zweifellos *erworben* hatte, eindeutige Indizien aber dafür sprachen, dass es sich bei dem Schmuckstück um ein gestohlenes Artefakt handelte. Falls sie es der Smithsonian Institution vermachen und seine Kanzlei dagegen Klage einreichen sollte, würde das unschöne Publicity für Lady Haywood sowie ihren verstorbenen Ehemann und ihren Schwiegervater nach sich ziehen. Beide waren berühmte Forschungsreisende, seinen Recherchen zufolge aber hatten sich beide in mehreren Fällen der Plünderung antiker Grab-stätten schuldig gemacht.

Das war sein Ansatzpunkt. Es war weithin bekannt, dass Lady Haywood ungemein stolz war auf das Vermächtnis ihres Mannes. Vielleicht war sie vernünftigen Argumenten zugänglich, wenn sich dadurch vermeiden ließ, dass der Ruf ihres Mannes und dessen Vaters durch einen unschönen Prozess in Mitleidenschaft gezogen wurde.

Damit beschloss Ted, sich in der Zeit bis zum Cocktail einen äußerst seltenen Luxus zu gönnen, nämlich endlich das Buch anzufangen, das er schon seit Monaten lesen wollte.

9

Devon Michaelson interessierte sich kaum für seine Umgebung. Sein Gepäck enthielt bloß das Allernötigste für eine solche Reise. Seine Miene war teilnahmslos, seine haselnuss braunen Augen aber waren hellwach. Er sah und hörte alles, nichts entging ihm.

Mit einiger Enttäuschung hatte er erfahren, dass der Kapitän des Schiffes sowie der Sicherheitchef über seine Anwesenheit in Kenntnis gesetzt worden waren. Je weniger Personen von ihm wussten, desto besser wäre es, dachte er. Wenn er seinen Auftrag erfüllen sollte, war er allerdings auf die Kooperation von Castle Line angewiesen. Er musste an Lady Emily Haywoods Tisch platziert werden, damit er sie und ihre Umgebung im Auge behalten konnte.

Der »Mann mit den tausend Gesichtern« war Interpol bestens bekannt. Seine in insgesamt sieben Ländern verübten Diebstähle waren an Unverfrorenheit kaum zu überbieten. Der letzte Raub, zwei frühe Henri-Matisse-Gemälde aus dem Musée d'Art Moderne de la Ville de Paris, lag erst zehn Monate zurück.

In den Wochen nach dem Raub hatte der dreiste Dieb Interpol verspottet und sich mit Einzelheiten seiner Taten gebrüstet. Diesmal war er anscheinend anders vorgegangen. Mittels eines nicht nachverfolgbaren E-Mail-Kontos hatte jemand, der sich selbst als der Mann mit den tausend Gesichtern bezeichnete, seinen Wunsch kundgetan, die Halskette der Kleopatra in seinen Besitz zu bringen. Die Mail erschien kurz, nachdem Lady Emily Haywood unklugerweise öffentlich bekannt gegeben hatte, das Geschmeide mit auf die Reise zu nehmen.

Castle Line wusste von der Drohung, als Michaelson Kontakt mit dem Unternehmen aufnahm, und erklärte sich schnell bereit, mit ihm zusammenzuarbeiten.

Devon, alles andere als ein geselliger Mensch, freute sich nicht unbedingt darauf, einem Tisch zugewiesen zu werden, an dem er mit Fremden Konversation machen musste – mit Leuten, die er ganz bestimmt langweilig finden würde. Aber da Lady Haywood nur bis Southampton reiste, war der Zeitraum überschaubar; diese Unannehmlichkeit musste er eben in Kauf nehmen.

Er hatte schon so viel über die Halskette der Kleopatra gehört – wie perfekt die Smaragde aufeinander abgestimmt waren, welch atemberaubenden Anblick sie boten – und freute sich schon darauf, sie endlich aus nächster Nähe betrachten zu können.

Als offiziellen Vorwand für die Reise würde er gegenüber seinen Mitpassagieren angeben, dass er die Asche seiner Frau im Meer verstreuen wollte. Eine gute Tarngeschichte, dachte er, und eine, die dafür sorgen würde, dass er sich die meiste Zeit zurückziehen und für sich bleiben konnte.

Es war fast neunzehn Uhr, der Zeitpunkt, zu dem in der exklusiven, für die Passagiere des Privatdecks reservierten Queen's Lounge Cocktails serviert würden.

10

Anna DeMille schnappte aufgeregt nach Luft, als sie die Tür zu ihrer Suite öffnete. Bislang war sie nur ein Mal auf dem Meer gewesen, bei einer Disney-Kreuzfahrt, bei der die einzigen Berühmtheiten an Bord Mickey, Minnie und Goofy gewesen waren. Spaß hatte die Reise auch nicht gemacht, weil sonst nur Familien mit kleinen Kindern teilnahmen. Einmal hatte sie sich auf einen Clubsessel gesetzt, danach hatte sie einen ekligen Kaugummi an ihrer neuen Hose kleben.

Aber das hier? Einfach himmlisch!

Ihr Gepäck war verstaut. Die Kleidung hing bereits im Schrank oder war ordentlich in Schubladen geräumt, die Toilettenartikel lagen im Badezimmer ausgebreitet. Begeistert sah sie, dass die Dusche auch ein Dampfbad war, was sie gleich am nächsten Morgen ausprobieren wollte.

Sie ging durch die Kabine und musterte jeden einzelnen Gegenstand. Das Kopfbrett des Bettes war mit einem bedruckten Stoff bezogen, dessen Blumenmuster der Besatz der weißen Tagesdecke wieder aufnahm.

Sie setzte sich aufs Bett und wippte auf und ab. Die mittelharte Matratze war genau, wie sie es mochte. Sie sah, dass sie auch hochgestellt werden konnte, damit sie im Sitzen fernsehen konnte.

Sie öffnete die Tür, trat hinaus auf den Balkon und war enttäuscht, dass er durch einen Sichtschutz von den Nachbarbalkonen getrennt war. Sie hatte gehofft, sich mit den

Passagieren nebenan unterhalten und vielleicht anfreunden zu können.

Sei's drum, es würde genug Zeit bleiben, sich während des Essens und der anderen Veranstaltungen unter die anderen Gäste zu mischen. Sie hatte das ganz starke Gefühl, dass sie einen neuen Mann kennenlernen würde.

Seit mittlerweile fünfzehn Jahren war sie geschieden, trotzdem konnte sie sich noch gut an den Wortwechsel damals im Gericht erinnern. Ihr frischgebackener Exmann hatte nämlich zu ihr gesagt: »Anna, du bist die größte Nervensäge, die ich jemals das Pech hatte kennenzulernen.«

Glenn hatte später erneut geheiratet, mittlerweile hatte er zwei Kinder, und seine zweite Frau verbreitete sich ständig auf Facebook über ihren Göttergatten und ihre anbetungswürdigen Kinder. Es war zum Kotzen, trotzdem konnte sie nicht von dem Gedanken lassen, wie es wohl gewesen wäre, wenn sie und Glenn auch Kinder gehabt hätten.

»Morgen ist auch noch ein Tag«, so lautete ihr Lieblingsspruch von Scarlett O'Hara, der Frauenfigur, die ihrem Idealbild am nächsten kam. Und damit richtete sie die Gedanken auf Wichtigeres als die Möglichkeit, dass ihr Glenns versteckte Qualitäten entgangen sein könnten.

Was soll ich heute Abend anziehen?, grübelte sie. Förmliche Garderobe war, wie sie wusste, nicht erforderlich, zur Sicherheit sah sie aber trotzdem noch mal nach. Ihr neues blau kariertes Kostüm würde genau richtig sein.

Mit wachsender Nervosität begann sie, sich auf den ersten Abend an Bord der *Queen Charlotte* vorzubereiten.

11

Um neunzehn Uhr überlegte Celia, ob sie in die Queen's Cocktail Lounge gehen sollte, und entschied sich schließlich dafür. Am liebsten wäre sie für sich geblieben, nur hätte sie dann viel Zeit zum Nachdenken gehabt. Natürlich waren Gäste aus dem Großraum New York mit an Bord, die Mehrzahl der Passagiere würde allerdings weder von Stevens Hedgefondsbetrug wissen noch sich weiter darum scheren.

Das von Steven für ihr erstes Date ausgewählte Restaurant war einfach wunderbar gewesen. Der Küchenchef hatte ihn persönlich begrüßt, und Steven hatte für sie im hinteren Bereich einen ruhigen Tisch in einer Nische reserviert.

Er hatte ihr Komplimente zu ihren Ohrringen gemacht, die ihrer Mutter gehört hatten, wie sie ihm erklärte, und ehe sie sichs versah, war sie auch schon dabei, ihm vom Tod ihrer beiden Eltern zu erzählen.

Steven gab sich so überaus mitfühlend. Er behauptete, nur selten über den tragischen Unglücksfall in seinem Leben zu reden, denn wie sie war er ein Einzelkind. Als er zehn Jahre alt war, kamen seine Eltern bei einem Autounfall ums Leben, worauf er in einer Kleinstadt dreißig Kilometer außerhalb von Dallas bei seinen Großeltern aufwuchs. Mit Tränen in den Augen erzählte er ihr von seiner Großmutter, die einige Jahre zuvor gestorben war und die sich noch um seinen damals bereits an Alzheimer erkrankten Großvater gekümmert hatte. Mittlerweile war sein Großvater in einem Pflegeheim untergebracht und erkannte ihn nicht mehr.

Dabei erwähnte Steven einen Ausspruch, den er einmal gelesen und den er nie vergessen habe: »Ich bin extrem unabhängig, fürchte mich aber vor dem Alleinsein.« Ich glaubte, einen Seelenverwandten gefunden zu haben, ging es Celia durch den Kopf, und ich fing an, mich in Steven zu verlieben – in einen Lügner.

Sie zog sich nicht um, sondern behielt die hellblaue Jacke und die Hose an, die sie auch bei der Ankunft an Bord getragen hatte. Dazu eine schmale Goldhalskette, Diamantohrstecker und den Ring, der ihrer Mutter gehört hatte. Sie wusste noch, was ihr Vater gesagt hatte, als er ihr den Ring zu ihrem sechzehnten Geburtstag schenkte:

»Ich weiß, du hast keine Erinnerungen an sie, aber das war das erste Geburtstagsgeschenk, das ich deiner Mutter gemacht habe, im Jahr unserer Hochzeit.«

Sie fuhr mit dem Aufzug zur Queen's Lounge hinauf, die, wie nicht anders erwartet, bereits gut gefüllt war. Aber es gab noch einen freien Zweier-Tisch, den ein Kellner gerade abräumte. Als sie dort ankam, war er damit fertig und nahm ihre Bestellung entgegen.

Sie entschied sich für ein Glas Chardonnay, sah sich um und erkannte einige bekannte Gesichter. »Erwarten Sie noch jemanden?«, wurde sie angesprochen. »Falls nicht, darf ich mich dazusetzen? Das scheint mir nämlich der einzig freie Platz zu sein.«

Celia sah auf. Ein dünner, kahlköpfiger Mann mittlerer Größe stand vor ihr. Seine höfliche Bitte war mit wohlmodulierter Stimme und eindeutig britischem Akzent vorgetragen worden.

»Natürlich dürfen Sie«, sagte sie und zwang sich zu einem Lächeln. Er zog den Stuhl heraus. »Ich weiß, Sie sind Celia

Kilbride und halten einen Vortrag über berühmte Edelsteine. Ich bin ebenfalls Gastredner, Henry Longworth. Mein Thema ist der Dichter Shakespeare und die Psychologie der Figuren in seinen Stücken.«

Diesmal war ihr Lächeln ehrlich. »Oh, es freut mich, Sie kennenzulernen. Ich habe Shakespeare in der Schule geliebt, ich habe sogar einige seiner Sonette auswendig gelernt.« Der Kellner kam mit ihrem Chardonnay, Longworth bestellte sich einen Johnnie Walker Blue on the rocks und richtete die Aufmerksamkeit wieder auf Celia.

»Und was war Ihr Lieblingssonett?«

»›Du bist der Mutter Spiegel ...‹«, begann sie.

»›Und wie froh ruft sie in dir den holden Lenz zurück‹«, fuhr Longworth fort.

»Natürlich, Sie kennen es.«

»Darf ich fragen, warum es Ihr Lieblingsgedicht ist?«

»Meine Mutter starb, als ich zwei Jahre alt war, und als ich ungefähr sechzehn war, hat mein Vater es mir vorgetragen. Wenn man sich Fotos von ihr und mir ansieht, ist kaum ein Unterschied zu erkennen.«

»Dann muss Ihre Mutter eine sehr schöne Frau gewesen sein«, bemerkte Longworth ganz sachlich. »Hat Ihr Vater wieder geheiratet?«

»Nein.« Und um weiteren persönlichen Fragen zuvorzukommen, sagte sie: »Er ist vor zwei Jahren gestorben.«

Das alles kam ihr immer noch unwirklich vor.

Ihr Vater war doch erst sechsundfünfzig gewesen – und keinen einzigen Tag im Leben krank gewesen, trotzdem erlitt er wie aus heiterem Himmel einen schweren Herzinfarkt, und das war es dann.

Hätte er noch gelebt, hätte er Steven sofort durchschaut, dachte sie.

»Das tut mir sehr leid«, entgegnete Longworth. »Das muss für Sie ein schmerzhafter Verlust gewesen sein. Lassen Sie mich Ihnen sagen, wie froh ich bin, dass wir nicht zur selben Zeit dran sind. Ich freue mich schon sehr darauf, Ihren Vortrag morgen zu hören. Ich beschäftige mich ja intensiv mit dem wunderbaren elisabethanischen Zeitalter – sagen Sie mir also, werden Sie auch auf Edelsteine aus dieser Epoche zu sprechen kommen?«

»Ja.«

»Wie kommt es, dass Sie, noch dazu in so jungen Jahren, über so ein großes Expertenwissen verfügen?«

Jetzt waren sie auf sicherem Terrain.

»Ich habe von meinem Vater viel über Edelsteine gelernt. Seitdem ich drei bin, wollte ich zu Weihnachten und zum Geburtstag immer nur Halsketten und Armbänder für mich und meine Puppen. Erst fand mein Vater das ganz amüsant, aber dann wurde ihm klar, dass ich von Schmuck fasziniert war, und er brachte mir bei, wie man die Qualität von Edelsteinen bewertet. Am College belegte ich Kurse in Geologie und Mineralogie, machte meinen Abschluss in Gemmologie und wurde schließlich Mitglied der Gemmological Association of Great Britain.«

Der Kellner brachte Longworths Drink, und in diesem Moment blieb auch Lady Em an ihrem Tisch stehen. Sie trug Perlenohrringe und eine dreifache Perlenkette. Celia wusste genau, wie wertvoll sie war. Lady Em hatte sie vergangenen Monat zu Carruthers gebracht, damit sie gereinigt und neu aufgefädelt wurde.

Sie wollte sich erheben, aber Lady Em legte ihr die Hand auf die Schulter. »Nicht doch, Celia. Ich wollte Ihnen bloß mitteilen, dass ich darum gebeten habe, Sie beide im Speisesalon an meinem Tisch zu platzieren.«

Sie sah zu Longworth. »Ich kenne nämlich diese liebenswerte junge Dame«, erklärte sie ihm, »und ich kenne auch Ihren Ruf als Shakespeare-Gelehrten.« Ohne auf eine Antwort zu warten, rauschte sie schon weiter und hatte dabei einen Mann und zwei Frauen im Schlepp.

»Und wer war das?«, fragte Longworth.

»Das war Lady Emily Haywood«, antwortete Celia. »Sie hat etwas Gebieterisches an sich, aber ich kann Ihnen versichern, sie ist eine sehr unterhaltsame und angenehme Frau.« Sie sah Lady Em nach, die zu einem freien Tisch am Fenster geleitet wurde. »Sie muss sich ihn reserviert haben.«

»Und von wem wird sie begleitet?«

»Die anderen beiden kenne ich nicht, aber die große Frau an ihrer Seite ist Brenda Martin, Lady Ems persönliche Assistentin.«

»Lady Em, wie Sie sie nennen, scheint eine etwas herrische Person zu sein«, bemerkte Longworth trocken. »Aber mir soll es recht sein, an ihrem Tisch zu sitzen. Es verspricht ganz interessant zu werden.«

»Oh, davon bin ich überzeugt.«

»Miss Kilbride.« Ein Kellner trat an sie heran, in der Hand hielt er einen Telefonhörer. »Ein Anruf für Sie.« Er reichte ihr das Telefon.

»Ein Anruf für mich?«, fragte Celia überrascht. Hoffentlich war es nicht wieder Steven!

Es war Randolph Knowles, der Anwalt, den sie engagiert hatte, als sie beim FBI ihre Aussage abgeben sollte. Warum sollte er anrufen?

»Hallo, Randolph. Gibt es Probleme?«

»Celia, ich wollte Sie bloß auf den neuesten Stand bringen. Steven hat in der *People* ein langes Interview gegeben, das übermorgen erscheinen wird. Darin behauptet er, Sie hätten gewusst, dass er Ihre Freunde betrügt. Ich wurde um eine Stellungnahme gebeten. Die ich natürlich verweigert habe. Im Artikel wird unterstellt, Sie und Steven hätten sich über die Dummheit Ihrer Freunde lustiggemacht.«

Celia wurde kreidebleich. »Mein Gott, wie kann er nur?«

»Regen Sie sich nicht allzu sehr auf. Jeder weiß, dass er ein notorischer Lügner ist. Mein Kontakt bei der Staatsanwaltschaft hat mir bestätigt, dass Sie im Moment nicht zum Verdächtigenkreis gehören, es ist allerdings möglich, dass Sie erneut vom FBI zu einigen Punkten des Artikels befragt werden. Egal, was passiert, es wird auf jeden Fall höchst unschöne Schlagzeilen geben. Ein ganz starkes Argument, das für uns spricht, ist allerdings die Tatsache, dass Sie ja selbst eine Viertelmillion Dollar in seinen Hedgefonds investiert haben.«

Eine Viertelmillion Dollar, das Geld, das ihr Vater ihr vermacht hatte. Ihr gesamtes Vermögen.

»Ich halte Sie auf dem Laufenden.« Er klang beunruhigt, dachte sie. Er hat erst vor ein paar Jahren sein Studium abgeschlossen. War es ein Fehler, ihn engagiert zu haben? Vielleicht wächst ihm die Sache jetzt doch über den Kopf.

»Danke, Randolph.« Sie gab dem Kellner den Hörer zurück.

»Celia, Sie wirken nervös«, erkundigte sich Longworth. »Stimmt etwas nicht?«

In diesem Moment verkündete die Glocke, dass das Dinner serviert würde. »Sie sollten unbedingt von allem probieren«, sagte sie nur.

12

Erfreut stellte Devon Michaelson fest, dass es keinen freien Tisch in der Queen's Lounge gab, worauf er auf einen Martini in die Lido Bar ging. An der Theke saßen zwei gut gekleidete Pärchen, die sich angeregt unterhielten. Als die Glocken ertönten, machte er sich auf den Weg in den Speisesalon.

Wie auf der *Titanic* speisten die Erste-Klasse-Passagiere in einem formvollendeten Ambiente. Der Salon war die kleinere Ausgabe des prunkvollen Speisesaals auf der *Titanic*. Er war im jakobinischen Stil eingerichtet, die Wände waren cremeweiß gestrichen, Möbel, Stühle und Tische waren aus Eiche und verbanden Luxus mit Bequemlichkeit. Speziell befestigte Kronleuchter verliehen dem Raum ein herrschaftliches Gepräge. Jeder Tisch wurde von Lampen in Kerzenform beleuchtet. Seidenvorhänge rahmten die hohen Fenster. Ein Orchester spielte leise auf einem Podium. Limoges-Porzellan und Besteck aus Sterlingsilber waren auf edelsten Leinentischdecken arrangiert.

Gleich nach Michaelson trat ein Paar in den Speisesaal, das er auf etwa Mitte sechzig schätzte. Sie nahmen alle zusammen Platz, und er streckte ihnen die Hand entgegen. »Devon Michaelson«, stellte er sich vor.

»Willy und Alvirah Meehan.« Die Namen kamen ihm irgendwie bekannt vor. Wo hatte er sie schon mal gesehen oder von ihnen gehört? Noch während dieses kurzen Austauschs trat ein weiterer Mann an ihren Tisch. Er war groß, hatte dunkle Haare, warme braune Augen und ein freundliches Lächeln. Er nahm Platz und stellte sich vor. »Ted Cavanaugh.« Kurz danach kam der nächste Gast. »Anna DeMille«, verkündete sie einen Zacken zu laut. Devon schätzte sie auf etwa fünfzig. Sie war sehr schlank, hatte pechschwarze, halblange Haare, ebenso schwarze Augenbrauen und ein breites, offenes Lächeln.

»Was für ein Abenteuer«, rief sie. »Ich war noch nie auf so einer feinen Kreuzfahrt.«

Alvirah sah sich aufmerksam um. »Das ist alles so schön hier«, sagte sie. »Wir waren schon auf Kreuzfahrten, aber so etwas Großartiges habe ich noch nicht erlebt. Wenn man bedenkt, dass die Menschen früher so gereist sind. Da verschlägt es einem den Atem.«

»Meine Liebe, auf der *Titanic* hat es ihnen tatsächlich den Atem verschlagen. Die meisten Passagiere sind nämlich ertrunken«, war Willys Kommentar dazu.

»Na, das wird uns hier ja nicht passieren«, erwiderte Alvirah entschieden.

Sie wandte sich an Ted Cavanaugh. »Beim Empfang habe ich gehört, dass Ihr Vater Botschafter in Ägypten war. Da wollte ich immer schon mal hin. Willy und ich haben die Tutanchamun-Ausstellung in New York besucht.«

»Eine hervorragende Ausstellung, nicht wahr?«

»Aber was für eine Schande, hab ich mir immer gedacht, dass so viele Gräber geplündert wurden«, sagte Alvirah.

»Da stimme ich Ihnen absolut zu«, erwiderte Ted mit Nachdruck.

»Haben Sie gesehen, wer alles hier ist?«, fragte Anna DeMille. »Ich meine, man kommt sich ja vor, als wäre man selbst auf dem roten Teppich.«

Keiner erwiderte etwas darauf, da in diesem Moment der

erste Gang aufgetragen wurde. Eine großzügige Portion Belugakaviar mit Sauerrahm und dreieckigen Toastscheiben, dazu wurden kleine eisgekühlte Gläser mit Wodka gereicht.

Anna nahm sich reichlich und wandte sich dann an Devon. »Und was machen Sie so?«, fragte sie.

Mit Devons Tarnidentität – er sei ein pensionierter Ingenieur aus Montreal – gab sich Anna allerdings nicht zufrieden.

»Sie reisen allein?«, fragte sie weiter.

»Ja. Mein Frau ist an Krebs gestorben.«

»Oh, das tut mir leid. Wann war das?«

»Vor einem Jahr. Wir wollten diese Reise eigentlich zu zweit unternehmen. Aber jetzt habe ich ihre Urne dabei und werde ihre Asche im Atlantik verstreuen. Das war ihr letzter Wunsch.«

Das, dachte er sich, sollte doch jedes weitere Kreuzverhör unterbinden. Aber Anna ließ immer noch nicht locker.

»Oh, wird es eine Bestattungszeremonie geben? Ich habe gelesen, zu solchen Anlässen wird so etwas abgehalten. Wenn Sie Gesellschaft brauchen, ich nehme gern daran teil.«

»Nein, ich möchte lieber allein sein«, erwiderte er und strich sich mit dem Zeigefinger eine imaginäre Träne aus dem Auge.

O mein Gott, dachte er. Die Frau werde ich wohl nur schwer wieder los.

Alvirah spürte, dass er auf weitere persönliche Fragen keinen gesteigerten Wert legte.

»Ach, Anna, erzählen Sie uns doch, wie Sie zu dieser Reise gekommen sind. Wir haben vor einigen Jahren im Lotto gewonnen, nur deshalb können wir uns das hier leisten.«

Nachdem Alvirah Annas Aufmerksamkeit auf sich gezogen hatte, konzentrierte sich Devon dankbar auf die Personen am Tisch rechts von ihnen. Eindringlich musterte er Lady Emily Haywoods Perlen. Wunderschön, dachte er sich.

Aber nur Flitter verglichen mit ihren Smaragden. Eine wahre Herausforderung für einen internationalen Juwelendieb wie den Mann mit den tausend Gesichtern. Keine Kosten waren gescheut worden, damit er sich immer in der Nähe von Lady Em und ihrer unschätzbaren Kleopatra-Halskette aufhalten konnte.

Plötzlich fiel ihm ein, woher er Alvirah Meehan kannte. Sie hatte entschiedenen Anteil daran gehabt, eine Reihe von Kriminalfällen aufzuklären. Aber es wäre besser, wenn sie diesmal nicht mit hineingezogen würde. Alvirah und Anna, überlegte er, könnten ihm seine Arbeit erheblich erschweren.

Nach dem Kaviar, einer kleinen Schale mit Suppe, einem Salat und einem Fischgang wurde das Hauptgericht aufgetragen. Jeder Gang wurde von einem passenden Wein begleitet. Nach dem Dessert wurde jedem Gast eine kleine und halb mit Wasser gefüllte Schale vorgesetzt.

Fragend sah Willy zu Alvirah. Alvirah sah zu Ted Cavanaugh, und dieser tunkte die Finger ein und trocknete sie mit seiner Serviette, bevor er die Schale samt Untertasse links von seinem Teller abstellte. Alvirah folgte seinem Beispiel, und Willy folgte ihrem.

»Nennt man das deswegen eine Fingerschale?«, fragte Anna.

Ich weiß nicht, wie man das sonst nennen sollte, dachte Devon.

»Wenn das Essen hier immer so ist, gehe ich auseinander wie ein Hefekloß«, seufzte Anna.

»Da haben Sie aber noch einen weiten Weg vor sich.« Willy lächelte.

Anna wandte sich an Devon. »Nach dem Essen wird im Ballsaal für Unterhaltung gesorgt. Wollen Sie mich noch begleiten?«

»Danke, nein, ich glaube nicht.«

»Na, aber vielleicht auf einen Absacker?«

Devon erhob sich. »Nein«, antwortete er entschieden.

Er hatte vorgehabt, sich Lady Haywoods Gruppe anzuschließen, falls diese eines der Unterhaltungsprogramme oder eine der Bars an Bord aufsuchen sollte. Er wollte sich ganz unverfänglich bei ihr einschmeicheln. Aber das würde nicht gelingen, wenn eine Frau wie Anna DeMille sich wie eine Klette an ihn hängte.

»Es tut mir leid, ich habe noch ein paar Telefonate vor mir. Gute Nacht allerseits.«

13

Beim Essen hatte Lady Em ihre Gäste zunächst Professor Henry Longworth vorgestellt und sich anschließend an Celia gewandt. »Meine Liebe, Brenda kennen Sie ja bereits, aber ich glaube nicht, dass Sie Roger Pearson und seiner Frau Yvonne schon begegnet sind. Roger ist mein Finanzberater und Erbschaftsverwalter. Natürlich hoffe ich, dass ich seine Dienste in dieser Sache noch lange nicht in Anspruch nehmen muss.« Lady Em lachte. »Ich weiß, manche bezeichnen mich als eine unverwüstliche alte Schachtel, das ist nicht sehr schmeichelhaft, aber ich denke, es trifft die Sache ganz gut.«

Hoffentlich, dachte sie, stimmt das wirklich. Sie lachten alle und erhoben ihre Weingläser, als Roger sagte: »Ein Toast auf Lady Emily. Es ist uns allen eine große Ehre, am heutigen Tag bei ihr zu sein.«

Celia bemerkte, dass Henry Longworth zwar sein Glas hob, aber etwas verblüfft wirkte und leicht zögerte. Er kennt sie doch kaum, dachte sie sich. Er wurde mehr oder minder an ihren Tisch genötigt, und jetzt soll er sich durch ihre Anwesenheit auch noch geehrt fühlen. Als er mit einem tiefen Stirnrunzeln zu ihr blickte, wusste sie, dass sie mit ihrer Einschätzung wohl nicht so unrecht hatte.

Als der Kaviar aufgetragen wurde, bedachte Lady Em den Teller mit einiger Zufriedenheit. »Na, so wurde Kaviar in den guten alten Zeiten der Linienschifffahrt serviert.«

»Ich möchte behaupten, in einem Restaurant würden Sie dafür gut zweihundert Dollar bezahlen«, bemerkte Roger.

»Für den Preis dieser Reise sollte es eine ganze Schale sein«, entgegnete Brenda.

»Was aber nicht heißt, dass wir ihn uns deshalb nicht schmecken lassen«, lächelte Roger.

»Brenda achtet ja so sehr aufs Geld«, warf Lady Em ein. »Sie wollte auch keine Suite neben mir haben und bestand darauf, ein Deck tiefer einquartiert zu werden.«

»Was luxuriös genug ist«, kam es streng von Brenda.

Lady Em wandte sich an Celia. »Sie erinnern sich vielleicht noch an mein Lieblingszitat über Edelsteine?«

Celia lächelte. »Aber natürlich. ›Die Leute werden gaffen, also sorge auch dafür, dass sie was zum Gaffen haben.‹«

Alle am Tisch lachten.

»Sehr gut, Celia. Das hat mir der berühmte Harry Winston gesagt, als ich ihn bei einem Staatsempfang im Weißen Haus kennengelernt habe.«

Den anderen erklärte sie: »Celia ist Edelsteinexpertin. Ich konsultiere sie immer, wenn ich neue Steine kaufe oder meinen Schmuck zu ihr bringe, um ihn überprüfen und reinigen zu lassen. Natürlich trage ich gern meine besten Stücke. Wozu in Gottes Namen hat man denn Schmuck, wenn man ihn nicht trägt? Manche unter Ihnen haben vielleicht gelesen, dass ich auf dieser Reise die Smaragdhalskette anlegen werde, die angeblich Kleopatra gehört hat. Der Vater meines verstorbenen Mannes hat sie vor über hundert Jahren erworben. Ich habe sie noch nie in der Öffentlichkeit getragen. Sie ist von unschätzbarem Wert, aber sie passt hervorragend zu diesem prunkvollen Schiff, also werde ich sie zu den formellen Anlässen an Bord anlegen. Bei meiner Rückkehr nach New York werde ich sie der Smithsonian Institution vermachen. Sie ist so auserlesen, dass die ganze Welt sie sehen soll.«

»Stimmt es, dass es eine Kleopatra-Statue gibt, auf der sie mit dieser Halskette abgebildet ist?«, fragte Professor Longworth.

»Ja, das stimmt. Und wie Sie, Celia, sicherlich auch wissen, wurden zu Kleopatras Zeiten Smaragde nicht so behandelt wie heute. Heute ist man bemüht, ihre Leuchtkraft in allen Facetten herauszuarbeiten. Der Edelsteinschleifer, der damals die Smaragde bearbeitet hat, war seiner Zeit weit voraus.«

»Lady Em, Sie wollen sich wirklich von dieser Halskette trennen?«, fragte Brenda.

»Ja. Es ist an der Zeit, dass die Öffentlichkeit sie auch zu sehen bekommt.«

Sie wandte sich an Henry Longworth. »Werden Sie bei Ihrem Vortrag auch Passagen aus Shakespeares Werken rezitieren?«

»Ja. Ich bereite einige Textstellen vor und lasse das Publikum auswählen, was es hören möchte.«

»Ich werde auf jeden Fall in der ersten Reihe sitzen«, antwortete Lady Em begeistert.

Alle murmelten zustimmend, bis auf Rogers Frau Yvonne, die nicht die geringste Absicht hatte, sich einen Vortrag über Shakespeare anzutun.

Da sie kurz zuvor einige Gäste entdeckt hatte, die sie von East Hampton kannte, entschuldigte sie sich jetzt und gesellte sich zu ihnen.

Nach dem Essen erhob sich Kapitän Fairfax von einem Tisch in der Mitte des Raums. »Normalerweise servieren wir am ersten Abend kein mehrgängiges Menü. Aber heute, zum Auftakt dieser faszinierenden Reise, machen wir eine Ausnahme. Zu unserer abendlichen Unterhaltung treten die Opernstars Giovanni DiBiase und Meredith Carlino auf und präsentieren eine Auswahl aus *Carmen* und *Tosca*. Ich wünsche Ihnen einen vergnüglichen Abend.«

»Ich würde sie wirklich gern hören«, sagte Lady Em und erhob sich, »aber ich bin ein wenig müde. Ich lade jeden, der noch mitzukommen wünscht, auf einen Schlummertrunk in der Edwardian Bar ein.«

Wie Yvonne lehnte auch Celia ab und erklärte, sie müsse noch ihren Vortrag vorbereiten. In ihrer Suite dachte sie dann allerdings mehr an die möglichen Folgen von Stevens Interview, falls er der *People* gegenüber tatsächlich behauptet hatte, sie sei an seinem Betrug beteiligt gewesen.

Was für ein Lügner, dachte sie. Ein notorischer Lügner. Alles, was er mir je erzählt hat, war gelogen.

Wie betäubt hatte sie die Berichterstattung verfolgt, die unmittelbar nach Stevens Verhaftung losging. Aber es war noch schlimmer gekommen. Sein Vater, ein wohlhabender Öl- und Gasinvestor aus Houston, hatte sie angerufen und erklärt, dass Steven von der Familie enterbt worden sei. Außerdem habe Steven in Texas Frau und Kind, die seine Eltern unterstützen würden.

Nachdem der Skandal einen Monat zuvor publik geworden war, hatte Carruthers ihr angeboten, sich einige Zeit freizunehmen. Daraufhin hatte sie ihrem Arbeitgeber vorgeschlagen, sich eine mehrwöchige Auszeit zu gönnen, bis »alles geklärt sei«. Carruthers hatte sich darauf eingelassen.

Wer weiß, was geschieht, wenn morgen dieser Artikel erscheint, fragte sie sich.

Sie fand in dieser Nacht keinen Schlaf.

14

Yvonne und ihre Freunde genossen den Abend in der Prince George Lounge. Erst spät kehrte sie in ihre Suite zurück. Roger war nicht da. Wahrscheinlich hat er es kaum erwarten können, ins Casino zu kommen, dachte sie. Dahin hatte er sich bestimmt verzogen, nachdem sich Lady Em in ihre Kabine begeben hatte. Er war schon immer ein Spieler gewesen, mittlerweile musste man sich aber ernstlich Sorgen machen. Im Grunde war es ihr egal, was er mit seiner Zeit anstellte, solange er weiterhin dafür sorgte, dass sie beide ihrem gewohnten Lebensstil frönen konnten.

Sie lag bereits im Bett, konnte allerdings nicht einschlafen, als die Tür aufging und er mit einer heftigen Alkoholfahne hereinwankte.

»Yvonne«, lallte er leicht.

»Leiser! Du machst einen Lärm, um Tote aufzuwecken«, wies sie ihn scharf zurecht. »Hast du wieder verloren? Ich weiß, du warst ganz versessen darauf, ins Casino zu kommen.«

»Das geht dich einen feuchten Kehricht an«, blaffte er.

Mit diesem herzlichen Wortwechsel endete für Roger und Yvonne Pearson der erste Abend an Bord der *Queen Charlotte*.

15

Auf Willys Vorschlag hin ließen er und Alvirah das abendliche Unterhaltungsprogramm ausfallen. Denn er wollte ihr den Ring schenken, den er ihr zu ihrem fünfundvierzigsten Hochzeitstag gekauft hatte.

In ihrer Suite öffnete er daher die Champagnerflasche, die er sich hatte kommen lassen, schenkte zwei Gläser ein und reichte eines davon Alvirah. »Auf die glücklichsten fünfundvierzig Jahre meines Lebens«, sagte er und stieß mit ihr an. »Ohne dich, meine Liebe, könnte ich keinen einzigen Tag leben.«

Alvirah bekam feuchte Augen. »Ebenso wenig könnte ich ohne dich leben, Willy«, erwiderte sie und sah, wie er in seine Tasche griff und ein kleines Päckchen herausholte. Sag ihm jetzt ja nicht, dass das alles nicht nötig gewesen wäre und sowieso viel zu viel Geld gekostet hat, ermahnte sie sich streng.

Er reichte ihr das Geschenk. Langsam packte sie es aus, öffnete den Deckel des zum Vorschein gekommenen Kästchens und erblickte einen ovalen, von kleinen Diamanten gefassten Saphir.

»Oh, Willy!«

»Er passt«, sagte er voller Stolz. »Ich hab nämlich einen anderen Ring von dir mitgenommen, um ganz sicherzugehen. Die Verkäuferin, die mir bei der Auswahl geholfen hat, hast du heute am Tisch nebenan gesehen – die hübsche junge Frau mit den schwarzen Haaren. Sie heißt Celia Kilbride.«

»Ja, die ist mir aufgefallen. Sie ist ja auch kaum zu übersehen. Moment mal, ist das nicht die, deren Freund so viele mit seinem Hedgefonds hereingelegt hat?«

»Ja, genau.«

»Ach, die Arme«, rief Alvirah und nahm einen Schluck Champagner. »Ich muss sie unbedingt kennenlernen.«

Sie steckte sich den Ring an. »Oh, Willy, er sitzt wie angegossen, und er ist wunderschön.«

Willy gab einen Seufzer der Erleichterung von sich. Sie hat gar nicht gefragt, wie viel er gekostet hat, dachte er. Aber es war auch gar nicht so schlimm gewesen. Zehntausend Dollar. Celia hatte ihm erzählt, eine Frau habe ihnen den Ring nach dem Tod ihrer Mutter verkauft. Er wäre sehr viel mehr wert, wenn er nicht einen Kratzer hätte, der allerdings nur unter der Lupe sichtbar war.

Alvirah war schon beim nächsten Thema. »Willy, dieser arme Devon Michaelson. Ich sage dir, Anna DeMille hat es auf ihn abgesehen. Sie hat gehört, dass er die Asche seiner verstorbenen Frau ins Meer streuen will, und ich vermute fast, am liebsten würde sie das gleich selbst übernehmen. Sie wird ihm keine ruhige Minute gönnen, darauf kannst du dich verlassen. Gut, ich verstehe ja, warum sie wieder heiraten möchte, außerdem ist er ein attraktiver Mann. Aber sie geht das doch völlig falsch an.«

»Liebling, ich bitte dich, geh mit deinen Ratschlägen sparsam um. Am besten hältst du dich vielleicht ganz raus.«

»Ich würde ihr nur zu gern helfen, aber du hast ja recht. Trotzdem, ich bin fest entschlossen, Lady Emily näher kennenzulernen. Ich habe schon so viel über sie gelesen.«

Diesmal versuchte Willy sie nicht davon abzubringen. Er wusste nur allzu gut, am Ende der Reise würden Alvirah und Lady Emily beste Freundinnen sein.

ZWEITER TAG

16

Am nächsten Morgen um sieben Uhr war eine Yogastunde angesetzt. Celia, die erst in den frühen Morgenstunden eingedämmert war, zwang sich trotzdem zum Aufstehen. Etwa zwanzig Teilnehmer waren erschienen.

Die Kursleiterin war, wenig überraschend, Betty Madison, eine bekannte Yogalehrerin, die einen Bestseller zu dem Thema veröffentlicht hatte. Auf diesem Schiff gibt es keine Amateure, dachte sich Celia, während sie ihre Matte ausrollte und Platz nahm. Aber das traf auch auf die anderen Kreuzfahrtschiffe zu, auf denen sie Vorträge gehalten hatte. Zu diesen Fahrten hatte sie manchmal ihre Freundin Joan LaMotte eingeladen, diesmal hatte sie es jedoch nicht gewagt, sie zu fragen. Denn Joan und ihr Mann hatten durch Stevens Fonds 250 000 Dollar verloren.

So viel wie ich, dachte sie, nur war ich die Judasziege, die die Lämmer zur Schlachtbank geführt hat.

Dabei, dachte sie, hatte es so viele Anzeichen gegeben. Warum habe ich sie nicht gesehen? Warum habe ich immer zu ihm gehalten? Steven und ich, wir hatten so viele gemeinsame Interessen: Museen, Kino, Theater, Joggen im Central Park. Aber wenn wir was mit anderen Paaren unternahmen, dann immer nur mit *meinen* Freunden. Seine Freunde von früher seien alle in Texas geblieben, hat er behauptet. Außerdem hielt Steven es für besser, den Kontakt zu seinen Arbeitskollegen auf das rein Berufliche zu beschränken. Das sei »professioneller«, wie er meinte.

Im Rückblick war es offensichtlich, warum sie beide nie etwas mit Stevens Freunden unternommen hatten. Er hatte nämlich keine. Und die wenigen »Freunde«, die zum Probe-essen vor der Hochzeit erschienen waren, kannte er aus sei-nem Fitnessstudio oder von den abendlichen Basketball-Par-tien, die einmal in der Woche stattfanden.

Nach der Yogasitzung kehrte Celia in ihre Kabine zurück und bestellte sich das Frühstück. Die tägliche Nachrichten-zusammenfassung war noch während der Nacht unter der Tür durchgeschoben worden. Sie fürchtete, im Wirtschafts-teil könnte Stevens Interview für die *People* erwähnt werden. Sie schlug das Blatt auf und stellte erleichtert fest, dass Steven mit keiner Zeile erwähnt wurde.

Aber warte nur bis morgen, wenn die *People* in den Ver-kauf kommt. Dieser schreckliche Gedanke ließ sich nicht verdrängen.

17

Kapitän Ronald Fairfax war seit zwanzig Jahren für Castle Line auf See. Er hatte immer wunderbare Schiffe unter seinem Kommando gehabt, die *Queen Charlotte* aber übertraf sie alle. Statt den Marktführern wie Carnival nachzueifern, die immer größere Schiffe mit Platz bis zu über dreitausend Passagieren auflegten, war deren Zahl auf der *Charlotte* auf einhundert beschränkt – das war sogar wesentlich weniger als auf den alten Luxuslinern.

Aus diesem Grund waren bei dieser Jungfernfahrt auch so viele Stars an Bord, denen es wichtig war, sich zum exklusiven Gästekreis rechnen zu dürfen.

Kapitän Fairfax fuhr seit seinem Studienabschluss in London zur See. Er war eine beeindruckende Persönlichkeit, groß, breitschultrig, mit vollem weißem Haar und wettergegerbtem Gesicht. Er galt als hervorragender Kapitän und fabelhafter Gastgeber, der sich ungezwungen inmitten seiner zuweilen überkandidelten Passagiere bewegte.

Jeder erhoffte sich natürlich, als Gast an seinen Tisch im Speisesaal oder zu einem seiner privaten Cocktailempfänge in seiner geräumigen Suite geladen zu werden. Aber solche Einladungen waren nur der Crème de la Crème der Gäste vorbehalten. Sie wurden vom Versorgungsoffizier handschriftlich ausgestellt und unter der Tür derjenigen durchgeschoben, die sich zu den glücklichen Auserwählten rechnen durften.

Doch all das spielte keine Rolle, als Kapitän Fairfax jetzt auf der Brücke stand.

Es war kein Geheimnis, dass Bau und Ausstattung des außergewöhnlichen Schiffes fast doppelt so viel gekostet hatten wie ursprünglich veranschlagt. Aus diesem Grund war ihm vom Eigner der Castle Line, Gregory Morrison, unmissverständlich klargemacht worden, dass nicht der geringste Zwischenfall passieren dürfe. Die Klatschpresse und die sozialen Medien gierten förmlich danach, dass auf der überaus wichtigen Jungfernfahrt irgendetwas schieflief. Bereits jetzt bemühten sie Vergleiche mit der *Titanic,* deren Ausstattung als Vorbild für die *Queen Charlotte* gedient hatte. Im Nachhinein war es vielleicht ein Fehler gewesen, das Schiff auf diese Weise zu vermarkten.

Er runzelte die Stirn. Es gab erste Anzeichen, dass sie etwa eineinhalb Tage vor Southampton in einen Sturm geraten könnten.

Er sah auf die Uhr. Ein streng vertrauliches Treffen in seiner Kabine stand an. Der Interpol-Mitarbeiter, der den anderen Passagieren unter dem Namen Devon Michaelson bekannt war, hatte um eine Unterredung gebeten.

Worüber wollte sich Michaelson mit ihm unterhalten? Man hatte ihn doch bereits in Kenntnis gesetzt, dass der ominöse »Mann mit den tausend Gesichtern« an Bord sein könnte.

Kapitän Fairfax verließ die Brücke und kehrte in seine Suite zurück. Kurz darauf klopfte es an der Tür. Er öffnete. Da er wusste, dass Devon Michaelson am selben Tisch saß wie Ted Cavanaugh, der Sohn des Botschafters, hatte er ihn bereits beim Abendessen unter den Gästen ausgemacht.

Fairfax streckte ihm die Hand hin. »Mr. Michaelson, ich kann Ihnen gar nicht sagen, wie froh ich bin, Sie an Bord des Schiffes zu haben.«

»Ich bin ebenfalls froh, hier zu sein«, entgegnete Michaelson. »Wie Sie wissen, hat der sogenannte Mann mit den tausend Gesichtern in den vergangenen Wochen über diverse
soziale Medien verkündet, dass er an dieser Reise teilnehmen
werde. Vor eine Stunde hat er eine weitere Botschaft verschickt.
Angeblich befindet er sich jetzt tatsächlich an Bord des Schiffes, genießt das luxuriöse Ambiente und freut sich schon
darauf, seine Juwelensammlung vergrößern zu können.«

Fairfax wirkte angespannt. »Ist es möglich, dass sich jemand einen Spaß erlaubt?«

»Ich glaube nicht, Sir. Die Verlautbarungen klingen plausibel und passen zu seiner üblichen Vorgehensweise. Es reicht
ihm nicht, einfach nur das zu stehlen, wonach ihm der Sinn
steht. Es bereitet ihm besonderes Vergnügen, vorher öffentlich anzukündigen, was er vorhat, und dann bei der Ausfüh-
rung seiner Pläne den Gesetzeshütern eine lange Nase zu
drehen.«

»Das übertrifft meine schlimmsten Befürchtungen«, erwiderte Fairfax. »Mr. Michaelson, Sie verstehen, wie wichtig
es ist, dass diese Reise ohne jeden Zwischenfall oder gar Skandal verläuft. Was können ich und meine Mannschaft tun, um
so etwas zu vermeiden?«

»Ich würde sagen, seien Sie besonders wachsam, so wie ich
es auch bin.«

»Ein guter Rat. Danke, Mr. Michaelson«, entgegnete der Kapitän, während er ihn zur Tür begleitete.

Es beruhigte Fairfax, dass er den Interpol-Mitarbeiter an
Bord hatte. Auch der Sicherheitschef John Saunders und
sein Team waren kompetent und erfahren. Saunders genoss
in der Branche einen tadellosen Ruf und hatte mit ihm bereits auf früheren Fahrten für die Castle Line zusammengearbeitet. Der Sicherheitschef wusste diskret mit renitenten

Passagieren umzugehen. Fairfax war überzeugt, dass man das aus insgesamt mehr als fünfzehn verschiedenen Ländern stammende Personal an Bord eingehend durchleuchtet hatte, bevor es angeheuert worden war. Aber die Herausforderungen, die ein internationaler Juwelenräuber mit sich brachte, waren eine andere Sache.

Die Erkenntnis, wie viel schiefgehen konnte, lastete schwer auf dem Kapitän, als er sich wieder auf den Weg zur Brücke machte.

18

Wie Celia besuchte auch Yvonne den frühmorgendlichen Yogakurs. Nichts war wichtiger, als sich eine gute Figur und ein jugendliches Aussehen zu bewahren.

Roger schlief noch, als sie die Suite verließ, bei ihrer Rückkehr aber war er verschwunden. Wahrscheinlich auf der Suche nach Lady Em, er hängt ja geradezu an ihren Lippen, dachte Yvonne angewidert.

Sie duschte, bestellte ein leichtes Frühstück, zog Sweater und Freizeithose an und ging ins Spa. Sie hatte dort bereits verschiedene Massagen und Gesichtsbehandlungen gebucht, auf die am Spätnachmittag Kosmetiksitzungen folgten.

Schon jetzt gewöhnte sie sich an die vielen Annehmlichkeiten, die das Schiff seinen Passagieren bot. Trotzdem war sie angenehm überrascht von den wunderschönen Behandlungsräumen und der Maniküre der überaus fähigen Kosmetikerinnen. Es ging schon auf Mittag zu, als sie sich auf einem Deckstuhl niederließ und ihr jemand gleich danach auf die Schulter tippte.

»Ich bin Anna DeMille«, stellte sich die Frau links von ihr vor. »Aber leider nicht mit Cecil B. DeMille verwandt. Sie kennen ihn sicherlich, aber kennen Sie auch die großartige Geschichte, die man sich über ihn erzählt? Er führte Regie bei einer Schlachtenszene mit Hunderten von Komparsen und war sehr zufrieden, wie alles lief. Dann fragte er den Kameramann: ›Hast du das alles?‹ Und der Kameramann antwortete:

›Ich kann jederzeit loslegen, du musst es nur sagen, CB.‹«
Anna lachte herzhaft. »Ist das nicht eine tolle Geschichte
über meinen Nicht-Verwandten?«

Großer Gott, dachte Yvonne, wie bin ich nur an die geraten?

Sie zwang sich zu einer kurzen Unterhaltung, konnte es
aber kaum erwarten, so schnell wie möglich wegzukommen.
»Nett, mit Ihnen geplaudert zu haben.« Damit verabschiedete sie sich.

Nachdem sie fort war, wandte sich Anna zu der Frau auf
der anderen Seite. Sie schien Anfang sechzig zu sein und
hatte gerade ihr Buch zugeklappt.

»Ich bin Anna DeMille«, sagte sie. »Die Reise ist ja so aufre-
gend. Hätte ich nicht den ersten Preis in der Jahrestombola
meiner Kirche gewonnen, wäre ich gar nicht hier. Stellen Sie
sich bloß vor, eine All-inclusive-Reise auf der Jungfernfahrt
der *Queen Charlotte*! Ich kann es immer noch nicht fassen.«

»Nur zu verständlich.«

Anna ignorierte den kühlen Ton.

»Und wie heißen Sie?«, fragte sie.

»Robyn Reeves«, kam die kurz angebundene Antwort ihrer
Gesprächspartnerin, die damit ihr Buch wieder aufschlug.

Heute scheint keinem nach Plaudern zumute zu sein, dachte
Anna. Dann geh ich mal etwas spazieren, vielleicht lässt sich
ja Devon blicken. Der arme Mann.

Er muss sich doch mutterseelenallein fühlen, so ohne
Freunde und nur mit der Asche seiner Frau auf dem Schiff.

19

Yvonne nahm das Mittagessen mit ihren Freundinnen Dana Terrace und Valerie Conrad in dem kleinen Restaurant zu sich, das die Anmutung einer englischen Teestube hatte. Sie hatten sich darauf geeinigt, ihre Männer eigene Wege gehen zu lassen. Die drei wollten ungeniert klatschen und tratschen, und dabei würden sich die Männer bloß langweilen.

»Hal ist beim Squash«, erzählte Dana.

»Clyde auch«, sagte Valerie völlig gleichgültig.

Yvonne sagte nichts. Zweifellos war Roger wieder im Casino. Insgeheim hatte sie gewaltigen Respekt vor Dana und Valerie, verfügten diese doch über eine Herkunft, nach der sie sich immer gesehnt hatte. Dana stammte in direkter Linie von den Pilgervätern auf der *Mayflower* ab, und Valeries Vater kam nicht nur aus bestem Haus, sondern war auch ein erfolgreicher Investor.

Seit ihrer Kindheit hatte Yvonne nur eines im Sinn: sich eine gute Partie suchen, nicht nur des Geldes wegen, sondern auch wegen des sozialen Aufstiegs.

Yvonnes Vater und Mutter, beides Highschool-Lehrer, waren nach ihrer Pensionierung nach Florida gezogen. Sie hatte zu der Zeit gerade ihr College abgeschlossen. Wenn sie von ihren Eltern sprach, beförderte sie sie immer zu College-Professoren. Da sie selbst sehr gut Französisch sprach und zu Beginn des Studiums ein Semester an der Sorbonne verbracht hatte, behauptete sie nun immer, sie habe ihre Ausbildung dort absolviert.

Dana und Valerie hatten zur Vorbereitung auf das College die exklusive Deerfield Academy besucht und waren dann zusammen in Vassar gewesen. Wie Yvonne waren sie Anfang vierzig und sehr attraktiv. Der Unterschied war nur, dass ihnen alles in die Wiege gelegt worden war, während Yvonne ihren Weg nach oben sorgfältig hatte planen müssen.

Yvonne hatte Roger Pearson kennengelernt, als sie sechsundzwanzig und er zweiunddreißig gewesen war. Er hatte ihren Vorstellungen von einer guten Partie damals vollauf entsprochen. Er war gut aussehend, zumindest damals, war wie sein Vater und Großvater zuvor in Harvard und Mitglied der exklusivsten Clubs der Universität gewesen. Wie sie hatte er das CPA-Examen abgelegt und war lizenzierter Wirtschaftsprüfer. Anders als seinem Großvater und seinem Vater mangelte es ihm allerdings an Ehrgeiz. Er trank gern und neigte zum Glücksspiel. Beides hielt er sorgsam verborgen. Was er mittlerweile nicht mehr verbergen konnte, war sein beträchtlicher Wanst, den er sich im Lauf ihrer zwanzigjährigen Ehe angefuttert hatte.

Yvonne hatte nicht lange gebraucht, um ihn zu durchschauen und zu erkennen, wie faul und bequem er war. Fünf Jahre zuvor, nach dem Tod seines Vaters, wurde er Vorsitzender der Vermögensverwaltung, die dieser aufgebaut hatte, und konnte die meisten Kunden und vor allem Lady Emily davon überzeugen, sich weiterhin von ihm beraten zu lassen. Sie hatte ihn sogar zu ihrem Erbschaftsverwalter bestimmt.

In Lady Ems Gegenwart war Roger wie ausgewechselt und sprach kompetent und überzeugend über globale Finanzthemen, über Politik und Kunst.

Nach außen vermittelten er und Yvonne den Eindruck eines

glücklich verheirateten Paars, sie besuchten gesellschaftliche Empfänge und Wohltätigkeitsveranstaltungen, für die sie sich beide begeistern konnten. Yvonne hielt mittlerweile allerdings nach einem frisch geschiedenen wohlhabenden Mann Ausschau oder – noch besser – nach einem Witwer, aber davon war weit und breit nichts zu sehen. Ihre besten Freundinnen, Valerie und Dana, hatten sich beide erfolgreich in zweiter Ehe jeweils geschiedene Männer geangelt. Ihr Ziel war es, den beiden nachzueifern.

Bei Prosecco und Salat unterhielten sie sich jetzt über die Annehmlichkeiten des Schiffes und die Passagiere. Valerie und Dana kannten Lady Haywood und waren von ihr begeistert – wie so ziemlich jeder. Dass Yvonne sie eher langweilig fand, verblüffte sie beide.

»Immer die gleiche Leier, wie oft hab ich schon ihre Geschichten über den ach so tollen Sir Richard gehört«, erzählte Yvonne, während sie die Tomatenstücke aus dem Salat pickte. Warum vergesse ich immer, dem Kellner zu sagen, dass ich keine Tomaten mag?, fragte sie sich.

Valerie hatte das Tagesprogramm an Bord vor sich liegen. »Wir können uns den Vortrag eines ehemaligen Diplomaten anhören, der die schwierigen Beziehungen zwischen dem Westen und dem Nahen Osten erläutert.«

»Gibt es irgendetwas *Öderes?*«, fragte Dana und nahm einen großen Schluck von ihrem Prosecco.

»Gut, lassen wir das«, stimmte Valerie zu. »Wie wäre es damit? Ein Chefkoch zeigt, wie man schnell und ohne großen Aufwand noch dem einfachsten Gericht eine exklusive Note verleiht.«

»Könnte doch interessant sein«, sagte Yvonne.

»Valerie und ich haben unsere Köche«, erklärte Dana. »Das Kochen überlassen wir ihnen.«

Yvonne machte einen neuen Anlauf. »Hier, das hört sich doch gut an. ›Emily Posts Klassiker über gesellschaftliche Umgangsformen: Etikette im neunzehnten und frühen zwanzigsten Jahrhundert‹. Gehen wir doch da hin. Ich hör mir gern an, wie man sich damals zu benehmen hatte.«

Valerie lächelte. »Meine Großmutter hat mir erzählt, dass meine Urgroßmutter noch ganz den gesellschaftlichen Gepflogenheiten ihrer Zeit verhaftet war. Nach ihrer Hochzeit lebte sie in einem Stadthaus in der Fifth Avenue. Damals gaben die Leute noch ihre Visitenkarte beim Butler ab. Als mein Urgroßvater starb, wurde die gesamte Wohnung mit Trauertuch verhängt, und für das Hauspersonal wurde schwarze Livree besorgt.«

»Mein Großvater gehörte zu den Ersten, die moderne Kunst gesammelt haben«, erzählte Dana. »Laut Emily Post waren das ›schreckliche Dinge, die dieser Tage modern sind, in grellen Farben, grotesken, dreieckigen Gestalten und Formen, die, abgesehen von ihrer Neuheit, nur von schlechtem Geschmack zeugen‹. Meine Großmutter wollte sie aus dem Haus werfen, aber das hat er Gott sei Dank nicht zugelassen. Heute sind die Bilder Millionen wert.«

»Na«, sagte Yvonne, »wenn wir also unsere Umgangsformen etwas aufpolieren wollen, dann sollten wir mit diesem Vortrag anfangen. Vielleicht erfährt man ja auch etwas darüber, wie man die eine Ehe in aller Schicklichkeit beendet und die nächste beginnt.«

Alle drei lachten. Valerie winkte dem Kellner und deutete auf ihre fast leeren Gläser. Ihnen wurde schnell nachgeschenkt.

»Gut«, sagte Dana. »Was gibt es heute sonst noch für Vorträge?«

»Einen über Shakespeare«, kam es von Yvonne.

»Ich habe Professor Longworth beim Essen an deinem Tisch gesehen«, sagte Valerie. »Wie ist er denn so?«

»Eine richtige Spaßbremse«, antwortete Yvonne. »Er runzelt andauernd die Stirn, deswegen sieht er auch so zerknittert aus.«

»Und was ist mit Celia Kilbride?«, fragte Dana. »Sie wird doch verdächtigt, an diesem Hedgefondsbetrug beteiligt gewesen zu sein. Es wundert mich, dass sie überhaupt hier ist. Ich meine, der Kapitän brüstet sich damit, dass wir von allem nur das Beste an Bord hätten. Und dann ist eine Betrügerin mit dabei.«

»Ich habe gelesen, sie gehört ebenfalls zu den Opfern«, sagte Yvonne. »Außerdem gilt sie als eine sehr fähige Edelsteinexpertin.«

»Ich hätte sie mal bitten sollen, einen Blick auf meinen Verlobungsring von Herb zu werfen«, sagte Valerie vergnügt. »Der gehörte mal seiner Großmutter. Wenn man die Augen zusammenkniff, konnte man gerade so den Diamanten erkennen. Bei der Scheidung hab ich ihm den Ring zurückgegeben und ihm gesagt, ›ich will deine nächste Frau ja nicht um das Glück bringen, sich mit diesem Ding zu schmücken‹.«

Wieder brachen sie in Gelächter aus. Aber, dachte Yvonne, die beiden hatten das erste Mal gesellschaftlich angesehene Männer geheiratet und beim zweiten Mal das große Geld. Ich muss mich also umsehen. Oder mehr noch ...

Alle nahmen einen großen Schluck von ihren Gläsern, und Yvonne sagte: »Ich hab eine Aufgabe für euch beide.«

Erwartungsvoll sahen sie sie an. »Ihr beide habt euren ersten Mann in die Wüste geschickt. Stand da schon der nächste parat?«

»Bei mir schon«, bestätigte Valerie.

»Bei mir auch«, pflichtete Dana bei.

»Also, offen gestanden, zwischen Roger und mir ist es schon lange aus. Ich bitte euch also: Haltet die Augen offen.«

»So, zurück zu den Vorträgen. Was hören wir uns jetzt also an?«, fragte Valerie.

»Ich habe Lust, mich unterhalten zu lassen«, antwortete Dana. »Also alle drei: Emily Post, Shakespeare und Celia Kilbride.«

»Auf die Unterhaltung«, sagte Valerie, worauf sie anstießen.

20

Anna DeMille erinnerte sich nur ungern daran, dass sie bereits einen Schluck aus ihrer Fingerschale genommen hatte, bevor sie sah, wie Ted Cavanaugh seine Finger darin eintauchte. Sie war überzeugt, es war keinem aufgefallen, trotzdem quälte sie die Vorstellung, dass jemand es bemerkt haben könnte. Deshalb beschloss sie, den Vortrag über die Umgangsformen zu besuchen. Vielleicht lerne ich ja etwas Sinnvolles, dachte sie. Kann ja nicht schaden. Viele Passagiere an Bord sind stinkvornehm, das ist kaum zu übersehen.

Außerdem hoffte sie, Devon Michaelson zu begegnen.

Sie wartete ganz bis zum Schluss, bevor sie Platz nahm, für den Fall, dass er noch auftauchen sollte und sie sich neben ihn setzen konnte.

Aber das geschah nicht. Allerdings entging ihr nicht, dass Ted Cavanaugh, Professor Longworth und die Meehans alle ganz vorn saßen.

Anna ließ sich schließlich neben einem älteren, anscheinend alleinstehenden Herrn nieder. Sie wollte sich vorstellen und erneut ihre Geschichte über Cecil B. DeMille zum Besten geben, aber die Vortragende erschien bereits auf dem Podium.

Julia Witherspoon war eine ernste Dame um die siebzig. Nachdem sie sich vorgestellt hatte, erklärte sie, dass sie sonst eigentlich nur über Tischmanieren referiere. Auf dieser Reise allerdings scheine es ihr angebracht, ganz allgemein über das zu reden, was vor über hundert Jahren als guter Geschmack gegolten habe.

Natürlich konnte Witherspoon, als sie mit ihrem Vortrag begann, nicht wissen, dass Ted Cavanaugh zu ihren aufmerksamsten Zuhörern zählte. Seit seiner frühen Kindheit, seit sich seine Liebe für die ägyptische Kunst entwickelt hatte, interessierte er sich auch für die Sitten und Gebräuche im Altertum. Ein Vortrag über gesellschaftliche Etikette im letzten Jahrhundert mochte eine Ablenkung sein, aber genau die brauchte er jetzt.

»Da es an den gesellschaftlichen Umgangsformen, wie man sie vor einem Jahrhundert pflegte«, begann nun Witherspoon, »heutzutage so sehr mangelt, wollen Sie möglicherweise erfahren, welche schönen Sitten und Gebräuche Ende des neunzehnten und Anfang des zwanzigsten Jahrhunderts als verbindlich angesehen wurden.

Beginnen wir mit der Hochzeitsetikette. Schenkt ein junger Mann seiner Angebeteten einen Verlobungsring, folgt er damit einer Tradition, die vor mehr als achtzig Jahren ihren Anfang nahm. Ein angemessener Verlobungsring hat einen einzelnen Diamanten, der, so will es die Konvention, für die Einzigartigkeit und Beständigkeit der einen Liebe im Leben des Bräutigams steht.

Beim ersten Familiendinner nach der Verlobung pflegt der Brautvater das Glas zu erheben und zu den Versammelten zu sagen: ›Ich schlage vor, wir trinken auf die Gesundheit meiner Tochter Mary und des jungen Mannes, der nun dauerhaft zu unserer Familie gehören soll, James Manlington.‹

Worauf der junge Mann erwidern sollte: ›Ich, ähm … wir danken Ihnen für die Glückwünsche. Ich muss Ihnen nicht sagen, dass es nun an mir liegt, Ihnen allen zu beweisen, dass Mary nicht den größten Fehler ihres Lebens beging, indem sie sich für mich entschied, und wir sehen Sie hoffentlich recht bald wieder, aber dann an unserem Tisch, wo Mary am Kopfende sitzt und ich dort, wo ich hingehöre, nämlich am Fußende.‹«

Witherspoon seufzte. »Was für eine Schande, wie ungehobelt heutzutage alles geworden ist.«

Sie räusperte sich. »Und jetzt zur Hochzeit. Das Brautkleid sollte natürlich weiß sein. Seide und/oder Spitze sind die zu bevorzugenden Stoffe.

Zur Hochzeitsgesellschaft der Braut schrieb Emily Post unter anderem Folgendes: ›Ein Onkel wurde gefragt: War die Hochzeit nicht herrlich? Waren die Brautjungfern nicht entzückend?‹ Worauf dieser antwortete: ›Ich fand sie alles andere als entzückend. Von den Brautjungfern war jede einzelne so gepudert und bemalt, dass man kein einziges liebenswertes Gesicht erblicken durfte, sondern bloß einen abgeschmackten Aufzug, wie man ihn jeden Abend auf der Bühne einer Musikkomödie dargeboten bekommt.‹«

Witherspoon kam daraufhin auf die notwendige Ausstattung des neuen Haushalts und das nötige Personal zu sprechen, zu dem seinerzeit ein Butler, zwei Diener, ein Koch mit zwei Küchenhilfen, eine Haushälterin und zwei Dienstmägde gehörten.

Und dann ging sie darauf ein, wie das Haus im Trauerfall zu schmücken sei.

Als ihr Vortrag zu Ende war, gab es niemanden im Publikum, der sich nicht selbst bei etlichen Fehlern in diesen Dingen ertappt gefühlt hätte.

Trotz seines anfänglichen Interesses hörte Ted Cavanaugh ihr bald nur noch mit halbem Ohr zu. Seine Gedanken waren nämlich schnell wieder bei der vor ihm liegenden Aufgabe.

Lady Haywood hatte also Wort gehalten: Sie hatte die Kleopatra-Halskette dabei, und ob es ihr nun gefiel oder nicht, Sir Richard und sein Vater waren nicht nur berühmte Forschungsreisende, sondern auch Grabräuber gewesen. Die Halskette hätte schon seit Jahren im Museum in Kairo ausgestellt werden sollen. Lady Haywood hatte kein Recht, sie der Smithsonian zu vermachen. Wenn das geschah, würde ein langwieriges Gerichtsverfahren nötig sein, um sie zurückzubekommen. Ich könnte viel Geld verdienen, wenn ich die Smithsonian Institution verklage. Aber das will ich nicht.

Ich werde ihr klarmachen, dass sie die Kette dem Kairoer Museum übergeben soll, anderenfalls müsse sie damit rechnen, dass ihr Mann und dessen Vater öffentlich als Grabräuber bloßgestellt würden. Vielleicht, so hoffte er, kann ich sie überzeugen. Jedenfalls werde ich mein Bestes versuchen.

Ted Cavanaugh war nicht der Einzige im Publikum, der Witherspoon nicht seine ganze Aufmerksamkeit schenkte. Professor Henry Longworth hatte es sich zur Angewohnheit gemacht, stets dem Vortrag beizuwohnen, der seinem unmittelbar vorausging. Dadurch war er in der Lage, die Reaktionen des Publikums einzuschätzen, um somit zu erfahren, auf welche Dinge es ansprang.

Außerdem wollte er sich nur ungern eingestehen, wie sehr ihn Witherspoons Vortrag insgeheim interessierte. Die bitteren Erinnerungen an seine von Armut geprägte Kindheit und Jugend in Liverpool waren immer gegenwärtig, umso mehr, wenn er an seine erste Zeit in Cambridge zurückdachte. Beim ersten Universitätsdinner hatte er den Tee in die Untertasse geschüttet, sie an die Lippen geführt und daraus den Tee geschlürft. Erst dann waren ihm die Blicke und das Kichern der anderen Studenten am langen Tisch aufgefallen. Aus dem Gekichere wurde schließlich schallendes Gelächter, als der

Student neben ihm ebenfalls Tee in die Untertasse gab und zu schlürfen begann. Daraufhin folgten die anderen Studenten seinem Beispiel.

Noch immer dröhnte ihm ihr Gelächter in den Ohren. Deshalb war ihm die Beschäftigung mit Umgangsformen ein so wichtiges Anliegen. Es hatte ihm gute Dienste geleistet. Er wusste, sein leicht arrogantes Auftreten sowie seine fesselnden Vorträge verliehen ihm eine geheimnisvolle Aura, auf die er ganz bewusst abzielte.

Was andere nicht wussten: Ihm gehörte ein Haus in Mayfair. Er hatte es vor langer Zeit, als die Preise noch erschwinglich waren, erworben, hatte sorgsam Zeitschriften studiert, in denen Wohnungseinrichtungen der High Society abgebildet waren, und hatte sein Haus allmählich zum Musterbeispiel des guten Geschmacks ausgebaut. Jahr für Jahr hatte er es mit stilvollen Gegenständen geschmückt, die er auf seinen Vortragsreisen gesammelt hatte. Nur seine Putzfrau wusste davon. Sogar seine Post wurde an ein Postfach zugestellt. Das Haus und die Einrichtung gehörten ihm ganz allein. In seiner Hausjacke saß er in der Bibliothek, und wenn er den Blick schweifen ließ, konnte er sich an den herrlichen Gemälden oder Plastiken erfreuen. In diesem Raum war er ganz bei sich, hier wurde er zu »Lord« Henry Longworth. Diese Fantasiewelt war zu seiner Wirklichkeit geworden, und nach jeder Reise freute er sich, hierher zurückkehren zu können.

Anthony Breidenbach, der für das Unterhaltungsprogramm zuständige Kreuzfahrtdirektor, verkündete, dass nach einer fünfzehnminütigen Pause sein Shakespeare-Vortrag beginnen würde. Um fünfzehn Uhr dreißig würde dann die Gemmologin Celia Kilbride auftreten.

21

Dankbar nahm Celia zur Kenntnis, dass Lady Emily, Roger Pearson und Professor Henry Longworth als Zuhörer in der ersten Reihe saßen. Und nicht nur das, auch die Passagiere, die beim Dinner letzten Abend am Tisch nebenan gesessen hatten, waren anwesend.

Sie hatte etwa genauso viele Zuhörer wie Longworth. Kurz vor Beginn ihres Vortrags fühlte sie sich wie gelähmt vor Nervosität – so war es immer. Aber gleich darauf war es damit auch schon vorbei.

»Ein Vortrag über die Geschichte der Juwelen muss mit der Definition des Wortes selbst beginnen. Der Begriff Juwel leitet sich vom französischen *joël* ab, was wiederum vom lateinischen *iocus* kommt und einen Spaß, einen Scherz bezeichnet. Im Grunde handelt es sich bei Juwelen also um eine kurzweilige Tändelei.

Erste Schmuckstücke wurden aus Muschelschalen und anderen Naturgegenständen hergestellt. Wenn allerdings Edelmetalle verarbeitet wurden, dann mit hoher Wahrscheinlichkeit Gold. Gold war die natürliche Wahl. Es kommt auf der ganzen Welt vor und konnte in früher Zeit relativ leicht aus Flussbetten ausgewaschen werden.

Dazu hatte Gold den Vorteil, dass es leicht zu bearbeiten war. Bereits in den frühen Hochkulturen wusste man, dass es nie matt wurde oder korrodierte. Aufgrund dieser Eigenschaft, seiner Unvergänglichkeit, wurde das Metall in vielen

Kulturen und auch in frühen Texten mit den Göttern und der Unsterblichkeit assoziiert. Im Alten Testament findet man Verweise auf das Goldene Kalb, und Jason und die Argonauten machten sich etwa 1200 v. Chr. auf die Suche nach dem Goldenen Vlies.

Immer wiederkehrender Beweggrund der frühen Königreiche im Nahen Osten war das Verlangen nach Gold. So schrieb der babylonische König: ›Was Gold betrifft, so sendet mir alles, was Ihr zur Hand habt, so schnell wie möglich.‹ Und der hethitische König schrieb in einem Brief: ›Schickt mir große Gaben an Gold, mehr Gold, als meinem Vater Ihr geschickt habt.‹

Die für die Ewigkeit geschaffenen Bildnisse aus dem alten Ägypten waren vergoldet, da Gold als das Material galt, aus dem das Fleisch der Götter und die Farbe der Göttlichkeit war.«

In den folgenden zwanzig Minuten sprach Celia von der Entwicklung der Juwelierkunst und den Anfängen der Edelsteinbearbeitung.

Da Lady Em mitgeteilt hatte, im Besitz der Halskette der Kleopatra zu sein und diese an Bord auch der Öffentlichkeit präsentieren wollte, hatte Celia beschlossen, die Geschichte dieser Kette zu erwähnen und auch auf andere herausragende Edelsteine einzugehen, die Kleopatra im Lauf ihres neunundreißigjährigen Lebens besessen hatte. Die Aufmerksamkeit des gebannt lauschenden Publikums bestätigte, dass sie damit die richtige Entscheidung getroffen hatte.

Sie unterhielt ihre Zuhörer mit Geschichten über altägyptische Edelsteine, ging insbesondere auf den Schmuck ein, der an Kopf und Hals getragen wurde, auf die Gürtel und Bänder sowie die Armreifen, Ringe und Fußkettchen.

Was sie nicht wusste: Ihr aufmerksamster Zuhörer kannte

bereits die Geschichte sämtlicher von ihr erwähnten Edelsteine und gratulierte ihr im Stillen zur Genauigkeit ihrer Ausführungen.

Ihr zweiter, noch anstehender Vortrag, teilte sie den Zuhörern mit, würde von der einzigartigen Rolle der Smaragde handeln, die diese in der Geschichte des Schmucks gespielt hatten, außerdem wolle sie über so legendäre Diamanten wie den Koh-i-Noor reden, der die britische Staatskrone schmückte, oder den Hope-Diamanten, der der Smithsonian Institution vermacht worden war.

Zum Schluss sagte sie: »Lady Emily Haywood, die sich heute unter den hier Anwesenden befindet, ist gegenwärtig im Besitz der unschätzbar wertvollen Halskette der Kleopatra, und soweit ich weiß, will sie die Kette auf dieser Reise auch an Bord tragen, bevor sie sie nach ihrer Rückkehr nach New York der Smithsonian Institution vermacht. Wie der Hope-Diamant wird die Kette dann öffentlich zu besichtigen sein.«

Lady Em erhob sich. »Celia, Sie müssen aber auch von dem Fluch erzählen, der angeblich auf der Kette lastet.«

»Meinen Sie wirklich, Lady Em?«

»Aber natürlich.«

Zögernd erläuterte Celia, was es damit auf sich hatte. »Kleopatra sollte als Gefangene nach Rom gebracht werden, und dazu wurde ihr befohlen, die Halskette auf See zu tragen, weshalb sie die Kette mit einem Fluch belegte: ›Wer immer diese Kette mit aufs Meer hinausnimmt, wird die Küste lebend nicht erreichen.‹« Celia machte noch einmal deutlich, dass Legenden wie diese natürlich keinerlei Bezug zur Wirklichkeit hätten, was umso mehr auf die Halskette der Kleopatra zutreffe.

Nach dem Applaus zu schließen war ihr Vortrag sehr gut aufgenommen wurden. Einige der Zuhörer kamen auf sie zu und erzählten ihr, wie gut ihnen der Vortrag gefallen habe. Drei Frauen fragten sie auch, ob die alten Schmuckstücke, die sie geerbt hatten, vielleicht sehr viel mehr wert waren, als ihnen bislang bewusst gewesen sei.

Auf diese Frage hatte sie immer dieselbe Antwort parat: »Wenn Sie wieder in New York sind, bringen Sie Ihren Schmuck doch zu Carruthers, dann kann ich ihn schätzen und Ihnen einen Preis nennen.«

Eine Frau, sie schien etwa Mitte sechzig zu sein, gab sich damit aber nicht zufrieden. Sie trug einen Ring am Ringfinger der linken Hand.

»Ist das nicht ein wunderbarer Diamant?«, fragte sie. »Mein neuer Verehrer hat ihn mir vor der Abreise geschenkt. Angeblich hat der Stein vier Karat, hat er jedenfalls behauptet, und wurde erst letztes Jahr in Südafrika abgebaut.«

Celia holte eine Lupe aus ihrer Handtasche und betrachtete den Ring. Schon auf den ersten Blick war klar, dass es sich um einen Zirkon handelte. »Gehen wir doch zum Fenster, damit ich besseres Licht habe«, sagte sie. Mit einem Lächeln entschuldigte sich Celia bei den anderen Damen und trat ans Fenster.

»Sie sind mit Ihren Freundinnen unterwegs?«, fragte sie.

»O ja. Mit vier meiner Freundinnen. Wir nennen uns selbst die ›Fliegenden Witwen‹. Wir bereisen zusammen die ganze Welt. Natürlich wäre es schöner, wenn wir das mit unseren Männern machen könnten, aber das geht nun mal leider nicht, also muss man das Beste daraus machen.«

»Aber Sie sagen, Sie haben einen Verehrer?«

»O ja. Er ist zehn Jahre jünger. Ich bin siebzig, aber er hat gesagt, er habe schon immer ein Faible für ältere Frauen gehabt. Er ist geschieden, müssen Sie wissen.«

»Ich habe Sie noch gar nicht nach Ihrem Namen gefragt.«

»Oh. Ich bin Alice Sommers.«

»Und wo haben Sie Ihren Verehrer kennengelernt?«, fragte Celia so beiläufig wie möglich.

Alice Sommers wurde rot. »Ich weiß, Sie halten es vielleicht für dumm, aber ich hab es nur so zum Spaß gemacht – über ein Online-Dating-Portal, *You and I Together*. Dwight hat sich auf mein Profil gemeldet.«

Ein Betrüger, dachte sich Celia. Nach ihren Reisen zu schließen mussten die vier Witwen finanziell sehr gut gestellt sein.

»Alice, ich möchte ganz ehrlich sein. Das ist kein Diamant, sondern ein Zirkon. Er sieht sehr hübsch aus, aber er ist nichts wert. Es fällt mir schwer, das zu sagen, wahrscheinlich sind Sie jetzt gekränkt, und es ist Ihnen peinlich, jedenfalls würde es mir in diesem Fall so ergehen. Mein Verlobter hat mir ebenfalls einen wunderbaren Verlobungsring geschenkt, aber dann musste ich erfahren, dass er Menschen dazu überredet hat, in seinen Hedgefonds zu investieren, nur hat er dieses Geld unter anderem dafür verwendet, mir diesen Ring zu kaufen. Ich rate Ihnen daher: Werfen Sie den Ring ins Meer und genießen Sie ansonsten die Reise mit Ihren Freundinnen.«

Alice Sommers hörte sich alles schweigend an. »Ich komme mir wie eine Idiotin vor«, sagte sie schließlich. »Meine Freundinnen haben mich noch vor ihm gewarnt! Celia, wollen Sie mir einen Gefallen tun? Kommen Sie mit mir aufs Deck und bezeugen Sie, wie ich diesen Tinnef über Bord werfe.«

»Mit Vergnügen«, antwortete Celia lächelnd. Aber noch während sie Alice nach draußen folgte, wurde ihr klar, dass sie der Frau jetzt auch einigen Gesprächsstoff geliefert hatte. Eine der Damen würde sicherlich ihren Namen online recherchieren und auf ihre Beziehung zu Steven stoßen. Dann würde sich die ganze Geschichte wie ein Lauffeuer auf dem Schiff verbreiten. So war die Welt nun mal.

Keine gute Tat bleibt ungestraft, dachte sie sich kurz danach, als Alice Sommers mit grimmigem Lächeln den Zirkon vom Finger nahm, ihn hoch in die Luft warf und hinterherblickte, wie er in den zunehmend aufgewühlten Wellen verschwand.

22

Willy und Alvirah hatten sämtliche Vorträge besucht. Danach gingen sie aufs Deck, um sich die Beine zu vertreten.

Alvirah seufzte. »Oh, Willy, war es nicht interessant, von den Umgangsformen vor hundert Jahren zu hören? Und Celias Geschichten über die Edelsteine, die waren ja so faszinierend. Und als Professor Longworth die Shakespeare-Sonette vorgetragen hat, habe ich mir gewünscht, ich hätte sie auswendig gelernt, als ich noch jung war. Ich meine, ich komme mir so ungebildet vor.«

»Du bist *nicht* ungebildet«, sagte Willy energisch. »Du bist die klügste Frau, die ich kenne. Ich wette, viele beneiden dich um deinen gesunden Menschenverstand und deine Menschenkenntnis.«

Alvirah strahlte ihn an. »Ach, Willy, du schaffst es doch immer, dass ich mich besser fühle. Apropos Menschenkenntnis, ist dir aufgefallen, dass sich Yvonne Pearson letzten Abend nach dem Essen sofort auf und davon gemacht hat? Sie hat noch nicht mal gewartet, bis sich jemand anderes erhoben hat.«

»Nein, ich hab gar nicht auf sie geachtet«, antwortete Willy.

»Na, ich hab gesehen, dass sie an einen anderen Tisch gegangen ist und die Anwesenden dort begrüßt hat. Ich fand es sehr unhöflich von ihr, als Lady Haywoods Gast den Tisch vor ihr zu verlassen.«

»Ja, da hast du recht. Aber ist das denn wichtig?«

»Noch etwas, Willy. Ich halte mir zugute, einiges über die menschliche Natur zu wissen. Ich vermute, mit der Liebe zwischen Roger und Yvonne Pearson ist es nicht so weit her. Wir saßen bloß am Nebentisch, aber ich konnte doch klar erkennen, dass die beiden sich mehr oder weniger ignorieren.

Aber weißt du, wen ich charmant finde? Diesen netten jungen Mann, Ted Cavanaugh. Genauso wie diese junge Frau, Celia Kilbride, die mir so leidtut. Denk nur, was dieses Scheusal, ihr Verlobter, ihr angetan hat. Übrigens, Ted hat keinen Ehering getragen. Am Tisch hab ich mir ihn und Celia Kilbride immer wieder angesehen. Die beiden würden ein sehr attraktives Paar abgeben. Was für tolle Kinder die hätten.«

Willy lächelte.

»Ich weiß, was du sagen willst, Willy. Ja, ja, ich soll nicht immer die Leute verkuppeln. Aber ist dir die andere Frau an Lady Ems Tisch aufgefallen? Ich meine Brenda Martin, Lady Ems Begleiterin. Die große Frau mit den kurzen grauen Haaren.«

»Ja, klar ist die mir aufgefallen. Sie ist nicht unbedingt eine Schönheit.«

»Da magst du recht haben. Die Arme. Aber sie ist mir begegnet, als ich heute Morgen meinen Spaziergang gemacht habe, während du mit deinem Kreuzworträtsel beschäftigt warst. Wir sind ein bisschen ins Plaudern bekommen. Erst gab sie sich etwas zugeknöpft, aber dann wurde sie etwas gesprächiger. Wie sie mir erzählte, ist sie schon seit zwanzig Jahren bei Lady Em und begleitet sie überallhin auf der Welt. Das muss doch faszinierend sein, sagte ich ihr, aber sie lachte bloß. Das nützt sich ab, meinte sie und sagte, dass sie den Sommer in East Hampton verbracht hätten und gerade erst zurück seien.«

»Na, du kitzelst ihnen doch immer alles aus der Nase«, bemerkte Willy und atmete tief ein. »Ah, wie liebe ich den

Geruch des Meeres. Weißt du noch, wie wir im Sommer am Sonntag immer zum Rockaway Beach gefahren sind?«

»Natürlich. Einen schöneren Strand gibt es nicht, darauf kannst du Gift nehmen, da können noch nicht mal die Hamptons mithalten. Außerdem ist der Verkehr in den Hamptons einfach schrecklich. Trotzdem mag ich die kleinen Frühstückspensionen, in denen wir dort immer übernachtet haben. Brenda hat mir erzählt, dass Lady Em ein herrschaftliches Haus in den Hamptons hat.«

»Gibt es irgendwas, was Brenda dir *nicht* erzählt hat?«

»Nein, das war alles. Ach ja. Als ich sagte, dass sie den Aufenthalt dort bestimmt sehr genießen würde, meinte sie bloß, sie langweile sich zu Tode. Ist das nicht komisch, wenn man so über seinen Arbeitgeber redet?« Alvirah schüttelte den Kopf. »Willy, ich werde das Gefühl nicht los, dass Brenda schon lange genug davon hat, immer nach Lady Ems Pfeife tanzen zu müssen. ›Lady Em‹, hat sie mir erzählt, ›die liest ein Buch und sagt mir dann, ich könne eine Stunde lang spazieren gehen. *Genau eine Stunde, nicht länger.*‹ Das klingt alles so, als wäre Brenda rund um die Uhr verfügbar, was ihr aber offensichtlich überhaupt nicht gefällt, oder?«

»Ja, so klingt es«, pflichtete Willy ihr bei. »Und mir würde es auch nicht gefallen. Andererseits, warum sollte sich Brenda zum jetzigen Zeitpunkt nach einer anderen Stelle umsehen? Lady Em ist sechsundachtzig, es gibt nicht viele, die noch wesentlich älter werden.«

»Ja, da hast du recht«, beeilte sich Alvirah zu antworten. »Trotzdem habe ich den Eindruck, dass Brenda Martin von Lady Em gehörig die Nase voll hat. Ich meine, so richtig voll.«

23

Celia ging nicht zum Essen. Den restlichen Nachmittag verbrachte sie in einem Klubsessel auf ihrem privaten Balkon und las.

Einerseits konnte sie sich durch die Lektüre nach ihrem Vortrag wunderbar entspannen, andererseits fand sie aber nur schwer ins Buch. Ihre Konzentration wurde immer wieder von einem Gedanken unterbrochen, der ihr nicht aus dem Kopf wollte: Was, wenn die Staatsanwaltschaft doch Anklage gegen mich erhebt? Ich habe kein Geld, um mir einen Anwalt leisten zu können.

Die Firmenleitung bei Carruthers hatte bislang großes Verständnis für sie gezeigt, ob das aber so bleiben würde, bezweifelte sie sehr, wenn erst der Artikel in der *People* erschien. Zumindest würde man sie bitten, unbezahlten Urlaub zu nehmen.

Um achtzehn Uhr bestellte sie sich das Abendessen, Salat mit Lachs, aber selbst diese kleine Portion brachte sie kaum hinunter. Sie hatte nach der Ankunft in ihrer Suite eine Bluse und Freizeithose angezogen, jetzt allerdings beschloss sie, in ihren Pyjama zu schlüpfen und ins Bett zu gehen. Plötzlich war sie sehr müde, schließlich hatte sie vergangene Nacht kaum ein Auge zugetan.

Bevor der Steward kam, um das Bett für die Nacht vorzubereiten, hängte sie das PSSSS!-Schild an den Türknauf. Das erschien ihr freundlicher als das BITTE NICHT STÖREN-Schild.

Sie schlief sofort ein.

24

Da Abendgarderobe gefordert war, trugen die Herren dunkle Anzüge mit Krawatte und die Damen Cocktailkleider. Die Gespräche an Alvirahs und Willys Tisch drehten sich um die drei Vorträge und deren Unterhaltungswert.

Einen Tisch weiter ließ sich Lady Em über Sir Richards Familienanwesen aus. »Es war einfach herrlich. Stellen Sie sich so etwas wie Downton Abbey vor. Natürlich, nach dem Ersten Weltkrieg wurden die Ansprüche etwas zurückgeschraubt. Aber mein Mann erzählte mir, noch zu Zeiten seines Vaters habe man dort eine zwanzigköpfige Dienerschaft gehabt.

Zum Essen erschien man immer in Abendgarderobe, und an den Wochenenden war das Haus voller Gäste. Mehrere Male war ›Prinz Bertie‹, wie er genannt wurde, zu Besuch. Prinz Bertie, aus dem nach dem Thronverzicht von König Edward VIII. schließlich König George VI. wurde, wie jeder weiß, der Vater von Königin Elizabeth.«

Wer's glaubt, dachte sich Yvonne, zeigte aber weiterhin ein aufmerksames Lächeln.

Nach dem Essen zog sich Lady Em sofort in ihre Suite zurück. Als Roger ihr den Arm anbieten wollte, beschied sie ihm lediglich: »Roger, ich möchte Sie morgen um elf Uhr in meiner Suite sehen, zu einem Gespräch unter vier Augen.«

»Wie Sie wünschen, Lady Em. Gibt es irgendetwas Besonderes zu besprechen?«

»Darüber sollten wir uns morgen unterhalten«, erwiderte sie nur.

Er brachte sie zu ihrer Tür, und als er sie verließ, ahnte sie nicht, wie sehr ihre beiläufig vorgebrachte Bitte Roger beunruhigte.

25

Gegen Ende des Dinners beschloss Devon Michaelson, dass es angeraten wäre, gegenüber seinen Tischgenossen Ted Cavanaugh, den Mcehans und Anna DeMille den Grund seines Aufenthalts an Bord zu bekräftigen – dass er als Witwer die Asche seiner verstorbenen Frau ins Meer streuen wolle.

»Ich habe mich dazu entschieden, die Asche morgen früh um acht Uhr vom obersten Deck den Wellen zu übergeben«, teilte er ihnen mit. »Und ich habe mir gedacht, vielleicht wäre es doch ganz schön, wenn Sie alle an dieser kleinen Zeremonie teilnehmen könnten. Alvirah und Willy, Sie feiern Ihren fünfundvierzigsten Hochzeitstag. Anna, Sie feiern Ihren Tombolagewinn. Ted, ich weiß nicht, ob Sie etwas zu feiern haben, aber Sie sind alle herzlich dazu eingeladen, wenn ich der dreißig glücklichen Jahre mit meiner geliebten Monica gedenken möchte.«

»Oh, ich werde bestimmt kommen«, sagte Anna DeMille.

»Natürlich begleiten wir Sie«, antwortete Alvirah.

Devon wandte den Kopf ab, als wollte er sich seine Tränen wegblinzeln, musterte aber intensiv das Rubin-Diamant-Halsband und die dazu passenden Ohrringe, die Lady Em an diesem Abend angelegt hatte.

Sehr schön, dachte er sich. Und sehr, sehr teuer, aber kein Vergleich mit der Kleopatra-Halskette.

Er richtete die Aufmerksamkeit wieder auf den Tisch. Mit belegter Stimme sagte er: »Ich danke Ihnen. Sie sind alle sehr nett.«

26

Yvonne ging sofort zu ihrer Suite, während Roger noch Lady Em begleitete. Als er nachkam, war sie ziemlich übler Laune. Denn Dana und Valerie waren mit anderen Freunden abgezogen und hatten sie nicht dazu eingeladen.

Also ging sie auf Roger los. »Ich kann das Geschwätz dieser widerwärtigen alten Hexe nicht mehr ertragen. Du bist nicht ihr Leibeigener. Sag ihr, du würdest sowieso schon von Montag bis Freitag für sie arbeiten.«

Roger ließ sie ausreden, bevor er laut zurückblaffte: »Meinst du, mir macht es Spaß, der alten Schachtel die Füße zu küssen? Aber ich muss ranschaffen, was ich kriegen kann, damit wir uns unseren Lebensstandard leisten können, an den du dich so sehr gewöhnt hast. Das weißt du genauso gut wie ich.«

Yvonne starrte ihn finster an. »Schrei nicht so rum. Man hört dich ja noch oben auf der Brücke.«

»Du meinst, *du* wärst da nicht zu hören?«, entgegnete er, senkte aber deutlich die Stimme.

»Roger, sagst du mir bitte, warum du …« Erst jetzt bemerkte sie, dass er schweißüberströmt und kreidebleich war. »Du siehst nicht gut aus. Stimmt etwas nicht?«

»Ob was nicht stimmt? Lady Em will mich morgen früh allein in ihrer Suite sprechen.«

»Na und?«

»Ich glaube, sie vermutet etwas.«

»Vermutet etwas?«

»Dass ich seit Jahren ihre Konten frisiere.«

»*Du tust was?*«

»Du hast mich schon verstanden.«

Yvonne starrte ihn nur an. »Das ist nicht dein Ernst?«

»O doch, meine Liebe. Es ist mein voller Ernst.«

»Und wenn Sie einen Verdacht hat, was wird sie dann unternehmen?«

»Bei ihrer Rückkehr nach New York voraussichtlich einen zweiten Rechnungsprüfer einschalten, der alles noch mal durchgeht.«

»Und was bedeutet das?«

»An die zwanzig Jahre Gefängnis, schätze ich mal.«

»Das meinst du nicht ernst.«

»Todernst.«

»Was wirst du dagegen machen?«

»Was schlägst du vor? Sie über Bord werfen?«

»Wenn du es nicht machst, mach ich es.«

Sie starrten sich an, bis Roger mit zittriger Stimme sagte: »Genau darauf wird es vielleicht hinauslaufen.«

27

Alvirah und Willy kamen an Rogers und Yvonnes Suite vorbei und bekamen dabei zwangsläufig die lautstarke Auseinandersetzung zwischen den beiden mit. Das letzte Wort, das sie hörten, lautete »Gefängnis«, dann kam ein zweites Pärchen in den Gang, und sie waren gezwungen weiterzugehen.

Sobald Willy die Tür zu ihrer Kabine geschlossen hatte, wandte sich Alvirah an ihn: »Hast du das gehört, Willy? Sie hassen die arme alte Frau.«

»Ich hab sogar mehr als das gehört. Ich glaube, er betrügt und bestiehlt sie. Das Letzte, was ich aufgeschnappt habe, war ›zwanzig Jahre Gefängnis‹.«

»Willy, ich sage dir, ich glaube, die beiden sind sehr verzweifelt. Außerdem glaube ich, sie ist noch verzweifelter als er. Hältst du es für möglich, dass sie Lady Em etwas antun?«

28

Professor Henry Longworth spürte die Spannung an Lady Ems Tisch und verabschiedete sich für den Abend, statt nach dem Essen noch auf einen Cocktail mitzugehen. Er kehrte in seine Kabine zurück und machte sich Notizen auf seinem Laptop.

Es dauerte nicht allzu lange. Er schrieb über die versteckten Feindseligkeiten am Tisch und die verstohlenen Blicke, die jemand am Nebentisch auf Lady Ems Schmuck geworfen hatte. Sehr bemerkenswert, das alles, dachte er mit einem Lächeln. Wirklich sehr bemerkenswert.

Anschließend sah er sich die Nachrichten an. Später, bevor er zu Bett ging, dachte er noch an Celia Kilbride. Der am Vortag in der Cocktail-Lounge von ihr entgegengenommene Anruf hatte seine Neugier so weit geweckt, dass er jetzt im Internet nach ihr recherchierte. Was er fand, war wirklich eine Überraschung. Die schöne junge Edelsteinexpertin war möglicherweise in einen Anlagebetrug verstrickt, auch wenn sie in dieser Sache noch nicht offiziell angeklagt war.

Wer hätte das gedacht?, fragte er sich leicht amüsiert. Mit diesem Gedanken ging er zu Bett, lag aber die nächste halbe Stunde noch wach. Er dachte an den bevorstehenden Cocktailempfang des Kapitäns. Würde das die Gelegenheit sein, zu der Lady Em ihre Kleopatra-Halskette anlegte, *ihre unschätzbar wertvolle Smaragdhalskette ...?*

29

Kapitän Fairfax lag in seiner Kabine im Bett. Aus alter Gewohnheit wusste er, dass er sich entspannte, wenn er vor dem Schlafen noch etwa eine halbe Stunde las. Er war kurz davor, die Leselampe auszumachen, als sein Telefon klingelte. Es war der Erste Maschinist.

»Kapitän, wir haben ein kleineres Problem. Im Moment sind wir noch dabei, die beiden Maschinen durchzuchecken, die Sache sollte aber im Lauf der nächsten vierundzwanzig Stunden behoben sein.«

»Ist es nötig, die Geschwindigkeit zu drosseln?«

»Ja, Sir. Aber fünfundzwanzig Knoten können wir beibehalten.«

Fairfax rechnete kurz nach. »Gut. Halten Sie mich auf dem Laufenden.« Damit legte er auf.

Der Kapitän dachte an die unzähligen Dinge, die in Southampton anstanden. Ein ganzer Schwarm an Reinigungskräften würde das Schiff durchgehen und es für die Ankunft der neuen Passagiere vorbereiten. Neue Lebensmittel würden an Bord genommen, der Abfall abtransportiert. Das alles geschah im schmalen Zeitfenster zwischen Vormittag und Nachmittag, wenn die alten Passagiere von Bord gingen und die neuen eintrafen. Alles würde wie am Schnürchen laufen, vorausgesetzt, die *Queen Charlotte* würde ihren Zeitplan einhalten, was bedeutete, dass sie um sechs Uhr morgens in Southampton einlief.

Noch ist alles im grünen Bereich, versicherte er sich. Wir können die Verspätung einholen, wenn wir die nachfolgenden vierundzwanzig Stunden, falls die Maschinenprobleme gelöst sind, mit höherer Geschwindigkeit fahren. Alles kein Problem, solange nichts Unvorhergesehenes passiert, was unsere Ankunft noch weiter verzögert.

DRITTER TAG

30

Zu ihrer Überraschung wachte Celia bereits um halb acht in der Früh auf. Was hast du denn erwartet?, fragte sie sich. Du bist um halb neun ins Bett gegangen, du hast elf Stunden durchgeschlafen.

Trotzdem fühlte sie sich, als würde das gesamte Gewicht der Welt auf ihr lasten. Ach komm, hab dich nicht so. Mach einen Spaziergang. Lass dir den Kopf durchpusten.

Schnell schlüpfte sie in ihre Freizeitkleidung, zog Sneakers an und ging hinauf aufs Promenadendeck, wo sie Willy und Alvirah begegnete.

Sie wollte bereits mit einem freundlichen Winken an ihnen vorbeigehen, aber Alvirah sprach sie an. »Oh, Celia, ich würde Sie sehr gern näher kennenlernen. Ich weiß nämlich, Sie haben Willy bei der Auswahl des wunderschönen Saphirrings geholfen. So etwas Schönes hatte ich noch nie.«

»Es freut mich, dass er Ihnen gefällt«, erwiderte Celia. »Ihr Mann war sich ja überhaupt nicht sicher.«

»Oh, ich weiß, was Sie meinen. Wahrscheinlich hat er befürchtet, ich würde sagen, dass er viel zu teuer ist. Wussten Sie, dass Devon Michaelson heute die Asche seiner Frau ins Meer streut? Er hat die Gäste an seinem Tisch gebeten, bei der kleinen Zeremonie mit dabei zu sein.«

»Oh, dann ziehe ich mich lieber zurück.«

Aber dafür war es schon zu spät. Bevor sich Celia entfernen konnte, kam Michaelson schon auf sie zu.

»Ich habe Celia erzählt, warum wir hier sind«, erklärte Alvirah ihm.

Michaelson hielt die Silberurne mit beiden Händen umfasst. »Ich wollte Ihnen sowieso schon sagen, wie gut mir Ihr Vortrag gefallen hat, Miss Kilbride.«

»Nennen Sie mich Celia. Danke. Das muss ein schwieriger Augenblick für Sie sein. Als mein Vater vor zwei Jahren starb, brachte ich seine Asche nach Cape Cod und übergab sie dort dem Meer.«

»Waren Sie allein?«

»Nein, gute Freunde haben mich begleitet.«

»Dann wollen Sie vielleicht mitkommen – mit mir und meinen Freunden von unserem Tisch?«

Devon Michaelson wirkte zutiefst deprimiert. Celia empfand aufrichtig Mitgefühl für ihn. »Natürlich, wenn Sie mich dabeihaben wollen.«

Eine Minute später erschienen auch Ted Cavanaugh und Anna DeMille.

»Oh, es ist ziemlich kühl«, entfuhr es DeMille. »Ich hätte mir was Wärmeres anziehen sollen. Aber egal, ist nicht so wichtig. Wir alle wollen bei Ihnen sein, Devon.« Sie tätschelte ihm die Schulter und hatte selbst Tränen in den Augen.

Sie gibt sich als die große Trauernde, dachte Alvirah und sah zu Willy, der ihr mit einem knappen Nicken zu verstehen gab, dass er ganz genau wusste, was ihr durch den Kopf ging.

»Ich danke Ihnen allen, dass Sie hier sind«, begann Devon. »Ich möchte Ihnen kurz von Monica erzählen. Wir haben uns vor fünfunddreißig Jahren an der Universität in London kennengelernt. Manche unter Ihnen werden verstehen, was Liebe auf den ersten Blick bedeutet.«

Wieder sah Alvirah zu Willy. »Ja.«

Anna DeMille hatte nur Augen für Devon Michaelson, der nun fortfuhr: »Singen ist nicht gerade meine Stärke, aber wenn, dann würde ich jetzt Monicas Lieblingslied anstimmen, aus dem Film *Titanic:* ›Näher mein Gott zu dir‹.«

Und in diesem Moment erschien wie auf Zuruf der Schiffspfarrer und blieb bei ihnen stehen. »Ich bin zufällig vorbeigekommen und habe gehört, was Sie gesagt haben.« Er sah zu Devon. »Soll ich die Urne mit der Asche Ihrer Frau segnen?«

Alvirah bemerkte, wie Devon Michaelson zusammenzuckte. Kurz zögerte er, bevor er sagte: »Natürlich, Vater, danke.«

Mit leiser Stimme sprach Pfarrer Baker die liturgische Formel und schloss mit den Worten: »Mögen die Engel dich empfangen. Amen.«

Bevor Devon sich umdrehen und die Urne in die Höhe heben konnte, um die Asche den Wellen zu übergeben, bemerkte Alvirah seinen Gesichtsausdruck. Besonders traurig sieht er eigentlich nicht aus, dachte sie sich. Ihm ist es eher peinlich, weil Pfarrer Baker darum gebeten hat, die Urne zu segnen. Die große Frage lautet nur: Warum?

Sie sahen, wie Devon die Urne öffnete und sie entleerte. Die Asche tanzte kurz im Wind, bevor sie davongeweht wurde, niedersank und im Kielwasser verschwand.

31

Lady Em wählte den Schmuck aus, den sie zum abendlichen Cocktailempfang des Kapitäns anlegen wollte.

»Ich denke, ich werde heute Abend die Kleopatra-Halskette tragen«, sagte sie zu Brenda. »Eigentlich wollte ich sie erst morgen zum Kapitänsdinner anlegen, aber warum nicht schon heute Abend? Ich habe sie jetzt seit fünfzig Jahren, und ich habe sie bislang kein einziges Mal getragen.«

Mit verträumter Miene dachte sie zurück an die romantischen Essen, bei denen Richard ihr erzählt hatte, wie sein Vater in den Besitz der Halskette gekommen war. Sie sah zu Brenda. »Was meinen Sie?«

»Warum nicht?«, antwortete Brenda gleichgültig, verbesserte sich aber schnell. »Ach, Lady Em, ich meine, es gibt doch so wenige Gelegenheiten, daher sollten Sie sie ruhig öfter auf dem Schiff anlegen, vor allem jetzt, da nach Celia Kilbrides Vortrag wahrscheinlich alle wahnsinnig neugierig auf die Kette sind.«

»Und vielleicht darauf warten, dass sich in den nächsten Tagen Kleopatras Fluch erfüllt«, bemerkte Lady Em trocken und wunderte sich dann doch, warum es ihr plötzlich kalt über den Rücken lief.

»Aber nicht doch!«, erwiderte Brenda mit fester Stimme. »Ich bin jetzt seit zwanzig Jahren bei Ihnen, Lady Em, und ich bin es nicht gewohnt, so etwas von Ihnen zu hören. Um ehrlich zu sein, es gefällt mir nicht, wenn Sie so reden. Ich habe die Kleopatra-Halskette noch nie gesehen, aber ich mag sie schon jetzt nicht.«

»Die Einzigen, die sie in den letzten hundert Jahren zu Gesicht bekommen haben, waren mein Mann, sein Vater und ich.«

Brenda hatte so aufrichtig besorgt geklungen, dass Lady Em sich jetzt im Stillen dafür tadelte, ihrer langjährigen Assistentin unlautere Absichten unterstellt zu haben. Die Sache mit Roger nimmt mich so sehr mit, dachte sie, dass ich mich in den vergangenen Tagen ihr gegenüber vielleicht nicht sehr freundlich benommen habe, was sicherlich nicht gerecht ist.

Auf dem Bett hatte sie mehrere Taschen mit Schmuck ausgebreitet, die sie nun der Reihe nach öffnete. Die erste enthielt die Perlen, Ohrringe und Ringe, die sie am ersten Abend an Bord getragen hatte. Wahrscheinlich ihre zweitteuersten Stücke. »Brenda, ich weiß, ich habe Ihnen bestimmt schon von den Memoiren der einundzwanzigjährigen Frau des großen Opernsängers Caruso erzählt. Darin schreibt sie, wie nach einer Aufführung einmal unzählige wichtige Personen zu ihnen an den Tisch bei Delmonico traten, um dem großen Tenor ihre Ehrerbietung zu erweisen, und sie dabei ›in Zobel, Perlen und Entzücken gehüllt‹ war.«

»Ich glaube, das haben Sie mir schon mal erzählt«, erwiderte Brenda.

»Oh, bestimmt habe ich das«, stimmte Lady Em fröhlich zu. »Je älter man wird, desto häufiger scheint man von der Vergangenheit zu reden.« Sie hielt ein Diamantarmband hoch. »Das habe ich seit Jahren nicht mehr getragen. Die teuersten Stücke, die ich für diese Reise mitgebracht habe, sind die Perlen, die ich am ersten Abend hier an Bord angelegt habe, sowie die Rubin-Diamant-Halskette und natürlich die

Smaragdhalskette. Die werde ich heute Abend tragen. Aber ich liebe dieses Armband. Richard schenkte es mir, als wir eines Morgens in der Fifth Avenue an Harry Winston vorbeikamen. Wir blieben stehen, betrachteten die Auslagen, und ich bewunderte dieses Armband. Richard schob mich hinein, und kurz darauf war es an meinem Handgelenk. Er zahlte achtzigtausend Dollar dafür. Als ich protestierte, sagte er: ›Es ist doch nicht teuer. Du kannst es zum Picknick tragen.‹

Mein Gott, wie hat er mich verwöhnt. Aber er war auch der großherzigste Mensch auf Erden. Er spendete so viel an Wohltätigkeitseinrichtungen.« Plötzlich, während sie sorgfältig das Armband betrachtete, veränderte sich ihre Miene. »Irgendwas stimmt da doch nicht«, sagte sie. »Irgendwas mit den Diamanten – sie haben nicht mehr diesen schönen blauen Glanz.«

Sie sah zu Brenda und bemerkte deren bestürztes Gesicht. Was ist los mit ihr?, fragte sich Lady Em und musterte wieder das Schmuckstück. Das ist nicht das Armband, das Richard mir geschenkt hat, dachte sie. Ist es möglich, dass Brenda mich bestiehlt? Dass sie meinen Schmuck durch wertlose Imitate ersetzt?

In diesem Moment war sie davon überzeugt. Aber lass dir nicht anmerken, dass du es weißt, ermahnte sie sich. »Na, vielleicht finden Sie demnächst etwas Zeit, es mit dem Poliertuch wieder zum Glänzen zu bringen«, sagte sie. »Und wenn das nichts nützt, dann werde ich nach unserer Rückkehr Celia Kilbride bitten, sie gründlich zu reinigen.« Lady Em seufzte. »Genug davon. Ich werde mich noch ein wenig ausruhen. Ich habe Roger für elf Uhr herbestellt. Auf eine vertrauliche Unterredung. Nehmen Sie sich doch so lange frei, Brenda.«

32

Nach der Zeremonie mit Devon Michaelson erklärte sich Celia widerstrebend bereit, sich mit Alvirah und Willy zum Mittagessen im Büfett Speisesaal zu treffen. »Ich habe gelesen, da bekommt man alles, von Sushi bis zu chinesischem und europäischem Essen«, sagte Alvirah.

Sie verabredete sich mit ihnen für dreizehn Uhr im Restaurant, dann machte sie sich auf zu einem langen Spaziergang auf dem Promenadendeck.

Nach der Rückkehr in ihre Kabine duschte sie, zog eine blaue Freizeithose und ein blau-weißes Top an, bestellte Frühstück und ging die Notizen für ihren Vortrag durch. Heute würde sie über weitere berühmte Edelsteine referieren und von der oftmals jahrhundertealten Geschichte einzelner Steine sprechen, die als Liebesgabe, als Versöhnungsangebot oder der Bestechung dienten.

Eine ihrer Geschichten handelte von William Randolph Hearsts Frau, die herausfand, dass ihr Mann seiner Geliebten, der Schauspielerin Marion Davies, bei San Simeon ein sagenhaftes Schloss gebaut hatte. In Gedanken ging Celia durch, was sie sagen wollte.

»›Als er ins Zeitungsgeschäft einstieg, war ich immer für ihn da und schenkte ihm fünf Söhne‹, soll Ms. Hearst einer Freundin erzählt haben. Dann ging sie zu Tiffany's, suchte sich eine wunderbare lange Perlenkette aus und sagte der Verkäuferin, sie möge die Rechnung ihrem Mann schicken. Angeblich hatte er nie ein Wort darüber verlauten lassen.

Und dann wurden eine der Hearst-Erbinnen und ihr Mann zu einem Dinner auf der *Britannia* eingeladen, auf der Queen Elizabeth II. nach Los Angeles fuhr. Ms. Hearst trug zu diesem Anlass die Familiensmaragde.

Als die Queen an Bord ging, trug sie ebenfalls wunderbare Smaragde. Einer Freundin vertraute Ms. Hearst später an: ›Verglichen mit ihren sahen meine aus, als kämen sie aus einem Kaugummiautomaten.‹«

Ihre letzte Geschichte drehte sich um den saudischen König, der von seiner Tochter zu einem Staatsdinner im Weißen Haus begleitet wurde. Die zweiundzwanzigjährige Prinzessin ließ den Präsidenten zwanzig Minuten warten, ein unverzeihlicher Fauxpas und Verstoß gegen das Protokoll. Doch die Medien nahmen es kaum zur Kenntnis, denn ihr ganzes Interesse richtete sich auf die dreireihige Halskette mit ihren unvergleichlichen Diamanten, Rubinen, Smaragden und Saphiren.

Die Menschen mögen nun mal Klatsch, dachte Celia, und solche Geschichten eignen sich hervorragend, um den Vortrag aufzulockern.

Zufrieden sah sie auf die Uhr. Es war Viertel vor eins, Zeit, sich mit Alvirah und Willy im Büfett-Speisesaal zu treffen. Dort dürfte es allerdings kaum Selbstbedienung geben, dachte sie in Erinnerung an andere Kreuzfahrtschiffe mit ähnlichem Service. Denn hatte der Passagier seine Auswahl getroffen, stand schon ein Kellner bereit, der das Gewünschte auf einem Tablett zum Tisch brachte und Getränke nach Wahl servierte.

Erneut sah sie auf die Uhr. Es blieb ihr noch genügend Zeit, um ihren Anwalt anzurufen. Sie wollte sich bei ihm erkundigen, ob die Justizbehörden sie womöglich aufgrund des *People*-Artikels anders beurteilten. Randolph Knowles aber war nicht in seiner Kanzlei. Die Sekretärin versprach, dass er zurückrufen werde, aber Celia konnte sich die Frage nicht verkneifen: »Haben Sie zufällig etwas von der Staatsanwaltschaft gehört?«

»Nein, nichts. Oh, einen Moment. Mr. Knowles kommt gerade herein.« Dann hörte Celia noch: »Ms. Kilbride ist in der Leitung.« Gleich darauf wurde sie von Randolph begrüßt, und nach seinem »Hallo, Celia« wusste sie, dass sie nichts Gutes zu hören bekommen würde. Sie sparte sich jede Förmlichkeit. »Wie sieht es aus, Randolph?«

»Nicht gut. Ihr Exverlobter ist ein sehr überzeugender Lügner. Die Staatsanwaltschaft hat mir soeben mitgeteilt, dass sie das FBI voraussichtlich bitten wird, Sie nach Ihrer Rückkehr erneut zu vernehmen.«

Celia fühlte sich wie vor den Kopf geschlagen. Noch am selben Tag, an dem wir in Southampton einlaufen, werde ich von London aus zurückfliegen. Bis dahin sind es nur noch wenige Tage. Sie musste an die steinernen Mienen der FBI-Beamten denken, mit denen sie schon einmal in dieser Sache zu tun gehabt hatte.

»Celia«, fuhr Randolph fort, »Sie wurden schon einmal vernommen, und man hat Ihnen geglaubt. Warum sollte es jetzt anders sein?« Sein Ton allerdings klang wenig überzeugt.

»Hoffentlich.« Celia beendete das Gespräch. Hätte ich mich bloß nicht mit den Meehans zum Essen verabredet.

Aber da sie es nun mal versprochen hatte, rückte ihr kurz darauf, als sie am Tisch Platz nahm, ein Kellner den Stuhl zurecht.

Alvirah begrüßte sie herzlich. »Celia, ich kann Ihnen gar nicht sagen, wie sehr wir uns darüber freuen, Sie zu treffen.

Willy hat mir erzählt, er hätte sich überhaupt nicht wohlgefühlt, als er sich in Ihrem Geschäft nach den Preisen der Ringe im Schaufenster erkundigt hat, aber dann sind Sie gekommen und haben ihm alle Verlegenheit genommen.«

Alvirah behielt für sich, wie sehr sie darauf brannte, mehr über Celias betrügerischen Exfreund zu erfahren. Sie ging davon aus, dass man sie bitten würde, in ihrer Kolumne für den *Globe* vom anstehenden Prozess zu berichten.

Natürlich würde sie dieses Thema nicht sofort anschneiden. »Aber treffen wir doch erst mal unsere Auswahl, dann können wir in Ruhe plaudern.«

Doch dann, als sich Willy auf sein Sushi stürzte und sie sich schon halb durch ihren Teller Linguine mit Muschelsoße gearbeitet hatte, bemerkte sie, dass Celia nur wenige Bissen von ihrem Hühnchensalat genommen hatte.

»Celia, wenn Sie Ihren Salat nicht mögen, können Sie sich auch etwas anderes holen.«

Plötzlich hatte Celia einen Kloß im Hals, ihre Augen füllten sich mit Tränen. Schnell griff sie zu ihrer Handtasche und der Sonnenbrille. Aber Alvirah war das alles nicht verborgen geblieben. »Celia«, sagte sie besorgt, »wir wissen, unter welchem Druck Sie stehen.«

»Das weiß wohl jeder. Und wer es bislang noch nicht wusste, wird es heute erfahren.«

»Celia, was Ihr Verlobter getan hat, kommt leider nur allzu häufig vor, aber jeder, der darüber Bescheid weiß, bringt Ihnen Mitgefühl entgegen.«

»Alle außer meine engsten Freunde, die durch diese hässliche Sache ihr Geld verloren haben und mir dafür die Schuld geben, weil ich sie mit Steven bekannt gemacht habe.«

»Sie haben doch auch Geld verloren«, sagte Willy.

»Zweihundertfünfzigtausend Dollar! Mit anderen Worten,

jeden Cent, den ich hatte.« Sie bemerkte, wie gut es ihr tat, sich im Beisein dieser beiden Menschen, die doch eigentlich völlig Fremde waren, alles von der Seele zu reden. Aber dann fiel ihr ein, dass die beiden ihr so fremd gar nicht mehr waren, da Willy ihr bei der Auswahl des Rings so viel über sich selbst erzählt hatte. Er hatte ihr erklärt, dass Alvirah eine Selbsthilfegruppe für Lottogewinner gegründet hatte, damit sie nicht Betrügern auf den Leim gingen. Sie hatte Willy von Anfang an ins Herz geschlossen, und ebenso Alvirah, nachdem Willy sie ihr beschrieben hatte.

Es tat gut, Menschen von ihrer Angst erzählen zu können, die ihr mit so viel Freundlichkeit und Anteilnahme begegneten.

Die Worte sprudelten nur so aus ihr heraus. »Steven hat der *People* ein Interview gegeben und behauptet, ich sei in den Betrug eingeweiht gewesen und hätte mitgeholfen, Freunde als Investoren zu gewinnen. Die Medien werden sich heute darauf stürzen, und wegen des Artikels wird das FBI mich wahrscheinlich nach der Rückkehr nach New York ein weiteres Mal vernehmen.«

»Aber Sie haben doch die Wahrheit gesagt«, entgegnete Alvirah.

»Natürlich.«

»Und Steven hat Sie und alle anderen angelogen?«

»Ja.«

»Warum sollte er jetzt in der *People* plötzlich die Wahrheit sagen?«

Alvirahs Kommentar nahm ihr einen Teil der schweren Last. Aber nicht ganz. Sie wollte nicht darüber reden, dass ihre Arbeit bei Carruthers in Gefahr war. Der Geschäftsführer, wusste sie, war äußerst aufgebracht darüber, dass eine seiner Mitarbeiterinnen in einen Finanzskandal verwickelt war. Je mehr sie darüber nachdachte, desto überzeugter war sie, dass sie bei ihrer Rückkehr nach New York höchstwahrscheinlich auf unbestimmte Zeit freigestellt werden würde. *Ich kann nicht länger als drei Monate die Miete für meine Wohnung aufbringen und die sonstigen Ausgaben wie die Versicherungen bestreiten, von den Anwaltshonoraren ganz zu schweigen. Und was dann? Wird irgendein Juwelier mich dann überhaupt noch einstellen?*

All das ging ihr durch den Kopf, aber dann blinzelte sie die Tränen weg und zwang sich zu einem Lächeln. »Ich fühle mich wie nach einer Beichte.«

»Celia, vergessen Sie eines nicht.« Alvirah klang jetzt sehr entschieden. »Es gibt nicht den geringsten Grund, dass man Ihnen für irgendetwas die Absolution erteilen müsste. Aber jetzt essen Sie Ihren Salat. Alles wird gut. Das sagt mir mein Gefühl.«

33

Brendas Suite lag ein Deck unter der von Lady Em. Die Kabine war kleiner, aber auch hier stand ein Steward zu ihrer Verfügung. Als Lady Em sich für eine Stunde hinlegte, suchte Brenda den Büfett-Speisesaal auf. Trotz ihrer großen Sorgen hatte sie einen herzhaften Appetit. Sie trat vor die chinesischen Speisen und wählte Wonton-Suppe, gebratenen Reis mit Schweinefleisch und eine Teigtasche. Kurz entschlossen griff sie sich noch einen Glückskeks. Während ein Kellner ihr Tablett an den Tisch brachte, sah sie sich im Saal um. Sechs Tische von ihr entfernt erkannte sie Celia bei Alvirah und deren Mann. Sie schienen in ein sehr ernstes Gespräch vertieft zu sein. Mit müßigem Geplauder haben sie es wohl eher nicht, dachte sie sarkastisch.

Hasserfüllt sah sie zu Celia. Das, dachte sie, ist die Frau, die mich ins Gefängnis bringen kann.

»Hier, bitte sehr, Ma'am«, sagte der Kellner, ein gut aussehender Asiate. Er nahm die Teller vom Tablett und richtete alles auf dem Tisch an.

Brenda dankte ihm nicht. Er erkundigte sich nach ihrem Getränkewunsch. »Normalen Kaffee mit Sahne und Zucker.«

Was sollte sie tun? Und wieso kam Lady Em plötzlich jetzt auf die Idee, dass mit ihrem Schmuck etwas nicht stimmte? Jahrelang hatte sie die schönsten Stücke in ihrer Sammlung mehr oder weniger ignoriert. Außerdem hatte sie ihre Sammlung noch vergrößert, hatte hier einen Zehntausend-Dollar-

Ring gekauft und dort ein Vierzigtausend-Dollar-Armband, das sie wie damals auf Saint Thomas zufällig in einem Schaufenster entdeckte. Dann trägt sie die neuen Stücke ein paarmal, um sie schließlich im Safe in ihrer Wohnung wegzuschließen.

Brenda begann, die Wonton-Suppe zu löffeln und dachte an Ralphie. Sie hatte ihn vor fünf Jahren kennengelernt, seitdem waren sie ein Paar. Natürlich hatte sie Lady Em nichts von ihm erzählt. Ralph war siebenundsechzig Jahre alt, ein Versicherungsvertreter, den sie bei sich in der von Lady Em erworbenen Dreizimmerwohnung aufgenommen hatte, in der Brenda mietfrei wohnen und vor allem ihre freien Wochenenden verbringen konnte. Von denen es leider nicht so viele gab, wie sie verbittert dachte. Aber abends, wenn Lady Em zu Bett ging und die Haushälterin über Nacht blieb, flüchtete sie immer dorthin.

Einmal hatte sie Lady Ems unglaubliche Schmucksammlung erwähnt, und Ralph hatte sie gefragt, wie oft Lady Em die einzelnen Stücke denn trage. Sie hatte ihm erzählt, dass Lady Em häufig das eine oder andere Schmuckstück kaufe, das ihr ins Auge steche, es ein-, zweimal anlege und anschließend vergesse oder sich nicht mehr dafür interessiere.

Ralphs nächste Frage hatte gelautet: »Ist alles versichert?«

Sie hatte geantwortet, dass Lady Em nur Stücke versichere, die mehr als hunderttausend Dollar wert seien.

Und so hatte alles angefangen. Ralph hatte einen Freund, einen Juwelier, der für sie die Edelsteine in Lady Ems Safe durch eine billige Fälschung ersetzte. Es war so einfach. Brenda kannte die Kombination für den Safe. Sie nahm sich ein Stück und gab es Ralphie. Der brachte es zum Juwelier, der ein Imitat anfertigte. Das legte sie anschließend in den Safe zurück. Der einzige Schmuck, der nicht im Safe lag und den sie nie gesehen hatte, war die Kleopatra-Hals-kette.

Sie schob die Suppenschale zur Seite und begann mit dem gebratenen Reis. Im Stillen verfluchte sie sich, weil sie so dämlich gewesen war, das »Picknick«-Armband ausgetauscht zu haben. Lady Em liebte es über alles. Weiß Gott, wie oft ich die Geschichte schon gehört habe. Ich hätte die Finger davon lassen sollen, dachte Brenda.

Sie und Ralphie hatten durch den Verkauf von Lady Ems Schmuck über zwei Millionen Dollar auf die Seite geschafft, aber was nützte ihnen das, wenn Lady Em das Armband durch Celia Kilbride prüfen ließ – von den anderen Stücken ganz zu schweigen? Sie würde sie vor Gericht bringen, so viel stand fest. Lady Em hatte schon einmal ihren damaligen Koch angezeigt, der sie mit manipulierten Lebensmittelab-rechnungen betrogen hatte. »Ich habe Sie immer sehr gut bezahlt«, hatte sie ihm gesagt. »Jetzt werden *Sie* für Ihre Gier bezahlen.«

Brenda aß alles auf und trat an den Dessert-Bereich, wählte ein großzügiges Stück Schokoladenkuchen und kehrte an ihren Tisch zurück, wo bis auf die nachgefüllte Kaffeetasse bereits alles abgeräumt war.

Wie ich diese Reisen immer genossen habe, dachte sie. Jedenfalls bis ich Ralphie kennengelernt und mich verliebt habe. Ich muss sagen, die zwanzig Jahre mit Lady Em waren doch auch sehr interessant; die vielen Reisen in aller Herren Länder, die Broadway-Aufführungen, die Leute, die ich kennengelernt habe.

Wenn sie kommenden Donnerstag nach New York zurück-kehrten, könnte das der Anfang vom Ende sein – das dann ganz schnell kommen würde. Aber sollte Lady Em bis dahin etwas zustoßen, müsste sie sich keine Sorgen machen, und die dreihunderttausend Dollar, die Lady Em ihr in ihrem Testament vermachen wollte, würden ihr gehören.

Brenda brach den Glückskeks auf. *Große Veränderungen erwarten Sie im Leben. Seien Sie bereit.* Nun, das konnte Gutes oder Schlechtes bedeuten, dachte sie, knüllte das Papier zusammen und ließ es fallen.

Sie sah zum Tisch, an dem Celia Kilbride mit den Meehans saß. Alle drei erhoben sich gerade. Noch ein Gedanke kam ihr. War es möglich, dass Lady Em wegen des Armbands so sehr beunruhigt war, dass sie es Celia noch *vor* ihrer Rückkehr nach New York zur Begutachtung vorlegte? Und wenn, konnte Celia dann zweifelsfrei bestimmen, dass dieses Armband nie bei Harry Winston in der Auslage gelegen hatte? Natürlich konnte sie das.

Auch diese Möglichkeit jagte ihr eine Heidenangst ein.

34

Roger war von seinem Treffen mit Lady Em mittlerweile zurückgekehrt. Seine Befürchtungen hatten sich zur Gänze bestätigt. Ganz behutsam hatte sie das Thema angeschnitten. »Roger, Sie wissen, wie dankbar ich Ihnen bin, dass Sie meine Angelegenheiten bislang geregelt haben, aber ich bin sehr alt und habe Probleme mit dem Herzen. Wie Sie wissen, geht nach meinem Ableben fast mein gesamtes Vermögen an die Wohltätigkeitseinrichtungen, die ich auch bislang unterstützt habe. Sollte es Unstimmigkeiten geben sowohl über den Betrag als auch über dessen Herkunft, möchte ich zugegen sein, um alles nach meinen Wünschen regeln zu können. Obwohl ich volles Vertrauen in Sie und Ihre Arbeit habe, halte ich es aus diesem Grund für angeraten, einen unabhängigen Rechnungsprüfer mit der Durchsicht der Unterlagen zu betrauen, damit ich wirklich sicher sein kann, dass alles in Ordnung ist.«

Als er halbherzig protestierte, hatte Lady Em nur abgewinkt und gesagt, sie wolle nicht zu spät zu ihrem Friseurtermin kommen.

Zwei Stunden später waren Yvonne und Roger die Ersten an ihrem Tisch im Speisesaal, wo auch das Mittagessen serviert wurde. Sie hatten gehofft, noch mit Lady Em reden und sie davon überzeugen zu können, dass es nicht nötig sei, so viel Geld für eine im Grunde völlig überflüssige Rechnungsprüfung auszugeben.

Die vergangene Nacht hatte Roger die meiste Zeit wach gelegen und sich den Kopf darüber zermartert, wie er verfahren sollte, falls Lady Em das Thema zur Sprache brachte.

Er wollte, sofern sich die Gelegenheit ergab, Lady Em darauf hinweisen, dass alle Wohltätigkeitsorganisationen eigene Rechtsabteilungen unterhielten, die sorgfältig die Klauseln ihres Testaments sowie ihre Vermögensverhältnisse prüfen würden. Warum sollte sie sich in ihrem Alter noch damit belasten? Sein Hauptargument aber würde sein, dass das Finanzamt bei ihr noch nie eine Prüfung angeordnet habe. »Und glauben Sie mir, Lady Em, die Leute dort gehen Ihre Einkommenssteuererklärung höchst akribisch durch.«

Schließlich war er so weit davon überzeugt, sie von einer zusätzlichen Rechnungsprüfung abbringen zu können, dass es ihm tatsächlich etwas besser ging. Als er und Yvonne am Tisch auf Lady Em warteten, warnte er allerdings seine Frau: »Und hör auf, so verdammt gelangweilt auszusehen. Du bist selbst nicht unbedingt die interessanteste Person, weißt du.«

»Das musst ausgerechnet du sagen«, gab Yvonne zurück, setzte aber eine freundlichere Miene auf. Eine Viertelstunde später war ihnen klar, dass niemand kommen würde. Sie bestellten. Als das Essen aufgetragen wurde, kam Professor Henry Longworth in den Speisesaal und gesellte sich zu ihnen.

»Wir hatten bislang kaum Gelegenheit, uns zu unterhalten«, sagte er mit einem Lächeln. »Wie schön, Sie beide allein anzutreffen.«

Roger stimmte ihm zu, während Yvonne schon befürchtete, der Professor würde gleich wieder über Shakespeare zu dozieren beginnen. Sie hatte notgedrungen seinen gestrigen Vortrag über sich ergehen lassen, nachdem sie von ihrem Mann mehr oder weniger dazu gezwungen worden war, hatte aber nicht die geringste Lust, auch noch den nächsten zu besuchen. Ebenso wenig hatte sie Lust auf Small Talk mit dem Professor.

So kreisten ihre Gedanken wieder um die Sorge, dass Roger ins Gefängnis müsste, sollte Lady Em ihre Finanzen tatsächlich von unabhängiger Stelle prüfen lassen. Denn sie traute es Roger nicht zu, Lady Em tatsächlich noch umzustimmen.

Yvonne ging ihre Möglichkeiten durch. Sich von Roger scheiden lassen, bevor der unvermeidliche Skandal losgetreten wurde? Damit war sie vielleicht rechtlich auf der sicheren Seite, aber wenn er wegen Unterschlagung verurteilt würde, würde man den Großteil der Gelder auf ihren Konten zurückfordern.

Noch eine Möglichkeit kam ihr in den Sinn: Roger hatte eine Lebensversicherung abgeschlossen, die sich über fünf Millionen Dollar belief, und sie war die einzige Bezugsberechtigte. Wenn ihm etwas zustieß, würde sie das Geld bekommen.

Und er, nun ja, er setzte sich doch draußen auf dem Balkon immer so gern aufs Geländer, auch wenn das Meer ganz aufgewühlt war.

35

Celias zweiter Vortrag war sogar noch besser besucht als der erste. Erfreut bemerkte sie, dass Lady Em in der ersten Reihe neben Alvirah und Willy saß. Alvirah plauderte mit Lady Em, und Celia war davon überzeugt, dass die beiden Damen schon bald beste Freundinnen sein würden. Sie trat ans Rednerpult, worauf alle verstummten. Bevor sie das Wort an die Versammelten richtete, sah sie zu Alvirah, die ihr aufmunternd zulächelte.

Auf jeden Fall ist Alvirah *meine* neue beste Freundin, dachte sie.

Nachdem sie allen für ihre Anwesenheit gedankt hatte, begann sie: »Bald nach Gold wurden auch Smaragde zu Schmuckzwecken verwendet. Der Name Smaragd kommt aus dem Griechischen und bedeutet grüner Stein. Die ersten bekannten Smaragdminen lagen in Ägypten. Nach bisherigen Erkenntnissen wurden diese Minen schon 1200 v. Chr. betrieben und bis ins 18. Jahrhundert genutzt. Kleopatra soll Smaragde höher geschätzt haben als alle anderen Edelsteine.«

Celia erzählte von den Heilkräften, die Smaragden zugeschrieben wurden. Frühe Ärzte glaubten, es sei der Sehkraft zuträglich, wenn man Smaragde betrachte. Das sanfte Grün würde Müdigkeit und Anspannung vertreiben. Was vermutlich gar nicht so abwegig sei, da auch heutzutage noch die Farbe Grün als entspannend und stresslindernd gelte.

Das Tragen eines Smaragds solle außerdem dazu befähigen,

die Wahrheit oder Unwahrheit eines Liebesschwurs zu erkennen. Zudem fördere der Stein die Redegewandtheit. Celia griff nach ihrem Schmuckanhänger und hielt ihn ein Stück hoch. »Ich habe leider keinen Smaragd, daher kann ich diese Theorie nicht auf die Probe stellen.« Ihr Publikum lachte.

Daraufhin sprach sie von anderen Edelsteinen im Besitz der Pharaonen und Könige, mit denen Lösegeld gezahlt oder Schulden beglichen wurden, sowie von wertvollen Steinen und ihren angeblichen Heilkräften.

Gegen Ende der Fragen aus dem Publikum sagte jemand: »Ms. Kilbride, wenn man Ihnen zuhört, bekommt man richtig Lust darauf, mehr Edelsteine zu besitzen oder die, die man hat, jeden Tag zu tragen.«

»Leider bewahren viele ihren wunderbaren Schmuck in einem Safe auf und tragen ihn nie«, erwiderte Celia. »Natürlich muss man auf ihn achtgeben, aber warum soll man sich nicht an ihm erfreuen?«

Das Essen mit Alvirah und Willy und der offensichtliche Erfolg ihres von großem Applaus begleiteten Vortrags hellten Celias Stimmung vorübergehend auf. Sie kehrte in ihre Suite zurück. Nach dem frühen Aufwachen und ihrem langen Spaziergang an Deck war sie allerdings müde, deshalb wollte sie sich noch zu einem Nickerchen hinlegen, bevor sie sich auf den Cocktailempfang des Kapitäns und das sich anschließende Dinner vorbereitete.

Der Gedanke daran rief eine weitere Erinnerung wach. Das teure Kleid, das sie zu diesem Anlass tragen wollte, hatte sie für ihre Flitterwochen gekauft, die zum Glück niemals stattgefunden hatten.

Ich sollte mich an meinen eigenen Rat halten und mich daran erfreuen, dachte sie. Es wird noch sehr lange dauern, bis ich mir so ein edles Stück wieder leisten kann.

36

Devon Michaelson fragte sich, ob er nicht einen Fehler gemacht hatte, als er die Gäste an seinem Tisch zu seiner kleinen morgendlichen Trauerzeremonie dazugebeten hatte. Ihm war durchaus aufgefallen, dass seine überraschte Reaktion auf Pfarrer Bakers Angebot, über der Urne den Segen zu sprechen, Alvirah Meehan und vielleicht auch den anderen der kleinen Gruppe nicht entgangen war. Er hoffte bloß, dass sie ihn möglicherweise für einen Atheisten hielten.

Tatsächlich war er in einer gläubigen katholischen Familie groß geworden. Obwohl er seinen Glauben schon lange nicht mehr praktizierte, konnte er sich lebhaft vorstellen, wie erschrocken seine Mutter wäre, wenn sie wüsste, dass ein Pfarrer Zigarrenasche gesegnet hatte.

Ich darf die Aufmerksamkeit der anderen nicht so sehr auf mich lenken, dachte er. Ich sollte doch längst wissen, dass mir noch nie ein Fehler verziehen wurde.

Yvonne, Dana und Valerie leerten jeweils ihr zweites Glas Wein. Sie hatten den Mittag und frühen Nachmittag mit Sonnenbaden am Pool zugebracht. Sie plauderten, und Valerie überflog das Unterhaltungsprogramm an Bord.

»Hört euch das an«, unterbrach Yvonne. »Es gibt einen Vortrag über die Hamptons inklusive einer Geschichte über eine echte Hexe in East Hampton.«

»Ich weiß, wer das sein muss«, sagte Dana. »Julie Winston,

das Exmodel, das gerade den Vorsitzenden von Browning Brothers geheiratet hat. Ich musste mal bei einem Wohltätigkeitsball neben ihr sitzen, und ...«

»Wenn wir schon von Hexen reden, dann kommt nur Ethel Pruner infrage. Wir waren zu siebt in einem Komitee für die Bestellung von Blumenarrangements, und schon nach der ersten Sitzung hätten wir alle am liebsten den Dienst quittiert ...«

Valerie hob beide Hände und lachte. »Ich glaube, es geht eher um eine Hexe aus dem 17. Jahrhundert. Der Vortrag fängt in einer Viertelstunde an. Was meint ihr?«

»Auf geht's«, sagten Dana und Yvonne wie aus einem Mund und erhoben sich bereits.

Der Redner stellte sich als Charles Dillingham Chadwick vor. Er war ein schlanker Mann Mitte vierzig, kahlköpfig, von durchschnittlicher Größe. Wie alle Bewohner der Hamptons zeichnete sich Chadwick durch die Fähigkeit aus, beim Reden den Unterkiefer nicht zu bewegen. Darüber hinaus aber saß ihm der Schalk im Nacken, und er hatte kein Problem damit, sich über sich selbst lustig zu machen.

»Ich danke Ihnen für Ihr zahlreiches Erscheinen. Zu meinen frühesten glücklichen Kindheitserinnerungen gehören die Ausführungen meines Vaters, demzufolge unsere Vorfahren direkt von den Pilgervätern auf der *Mayflower* abstammen und ihnen dort, wo heute die Hamptons liegen, ein nicht unbeträchtliches Stück Land gehört hat. Zu meinen unglücklichsten Kindheitserinnerungen gehört, als ich erfahren habe, dass sie dieses Land vor hundert Jahren für einen Spottpreis verkauften.«

Schallendes Gelächter setzte ein.

»Das kann ja witziger werden als gedacht«, sagte Dana zu Valerie und Yvonne.

Chadwick räusperte sich und fuhr fort: »Sie finden es hoffentlich ebenso faszinierend wie ich, wie aus einer verschlafenen Ansiedlung von Bauern- und Fischerdörfern an der östlichen Landspitze von Long Island ein weltbekannter Tummelplatz für die Reichen und Berühmten werden konnte. Aber fangen wir mit einem Nachbarschaftsstreit an, der fast dazu geführt hätte, dass einer der ersten Siedler in den Hamptons auf dem Scheiterhaufen gelandet wäre.

In der Anfangszeit der Hamptons hatten die Puritaner das Sagen. Fünfunddreißig Jahre vor den berüchtigten Hexenprozessen in Salem, Massachusetts, machte East Hampton selbst mit Hexen Bekanntschaft.

Im Februar 1658, kurz nachdem sie ihr Kind zur Welt gebracht hatte, wurde die sechzehnjährige Elizabeth Gardiner sehr krank und sprach in ihren Fieberschüben davon, Opfer einer Hexe geworden zu sein. Gardiner starb einen Tag später, vorher aber benannte sie noch ihre Nachbarin Goody Garlick als ihre Peinigerin. Goody war zuvor schon Opfer abscheulicher Anschuldigungen geworden, man hatte sie dafür verantwortlich gemacht, als Rinder oder Schweine unter mysteriösen Umständen verendeten.

Sieht man sich die Gerichtsakten der Hamptons aus dieser Zeit an, stellt man fest, dass sich die Bewohner ständig wegen irgendwelcher Kleinigkeiten in die Wolle kriegten – ich bin sogar versucht zu sagen, dass sich daran seitdem nichts geändert hat. Die arme Goody Garlick musste also mit dem Schlimmsten rechnen.

Garlick allerdings hatte Glück, denn der Magistrat von East Hampton sah sich außerstande, in dieser Sache eine Entscheidung zu treffen, und verwies den Fall an die nächsthöhere Instanz in Hartford, der Kolonie, zu der die Hamptons in jener Zeit gehörten.

Über ihren Fall verhandelte Gouverneur John Winthrop, Jr. Dieser, ein Gelehrter, war davon überzeugt, dass solche Ereignisse eher von magischen Naturkräften herrührten und nicht von Menschen. Vielleicht war er auch nur ein Snob. Er bezweifelte nämlich, dass die einfache Frau eines Bauern mit wenig oder gar keiner Schulbildung magische Handlungen vollziehen konnte. So erklärte er sie für unschuldig und gab den streitlustigen Bewohnern der Hamptons noch seinen richterlichen Rat mit auf den Weg. Ich zitiere: ›Dieses Gericht wünscht und erbittet, dass ihr euch in gut nachbarschaftlicher und friedvoller Weise betragt, ohne Mr. Garlick und seine Frau zu schmähen, und dass sich auch jene euch gegenüber so betragen mögen.‹

Ist diese kleine Anekdote wichtig? Ich denke doch. Nach Winthrops Urteilsspruch wurde in East Hampton niemand mehr der Hexerei bezichtigt, während dieses Thema die Gemeinden in Massachusetts noch jahrelang beschäftigen sollte. Nur der gut nachbarschaftliche Umgang, nun ja, der lässt wohl noch heute zu wünschen übrig.«

37

Der Cocktailempfang des Kapitäns fand in seiner großen, wunderbar eingerichteten Suite statt. Wände und Möbel waren hauptsächlich in weichen Blau- und blassen Grüntönen gehalten. Lächelnde Stewards reichten Drinks und Horsd'œuvres. Celia hatte ihre dunklen Haare mit einer Goldspange zurückgebunden und ließ sie über die Schultern fallen. Als Schmuck trug sie lediglich die Ohrringe, die ihrer Mutter gehört hatten.

Der Blick des Kapitäns sowie der meisten Männer ruhte auf ihr, ohne dass sie es bemerkte, während sie sich mit den anderen Gästen unterhielt. Lady Em traf kurz nach ihr ein. Sie trug ein einfaches schwarzes Kleid, das die atemberaubende dreireihige Smaragdhalskette der Kleopatra ganz wunderbar zur Geltung brachte. Jeder Smaragd funkelte in seiner makellosen Reinheit. Lady Em hatte ihre weißen Haare hochgebunden, ihre großen haselnussbraunen Augen und langen Wimpern zeugten noch von ihrer früheren Schönheit, und mit ihrer aufrechten Haltung gab sie ein geradezu herrschaftliches Bild ab. Ihre Ohrringe waren tropfenförmige Diamanten, dazu trug sie lediglich ihren Diamant-Ehering, damit nichts den Blick von der eindrucksvollen Halskette ablenken konnte.

Wie Celia hatte sie beschlossen, sämtliche Sorgen an diesem Abend zu vergessen. Sie wollte das Aufsehen, das sie mit ihrem Auftritt erregte, in vollen Zügen auskosten. Denn sie fühlte sich an jene ferne Zeit erinnert, in der sie als Prima-

ballerina den donnernden Applaus voll besetzter Theater-
häuser hatte genießen dürfen.

Obwohl Richard in ihren Gedanken insgeheim immer prä-
sent war, weckte dieser Auftritt nun auch lebhafte Erinnerungen an ihn, unter anderem an jenen wunderbaren Abend
in London, an dem sie sich kennengelernt hatten. Der attraktive, galante Richard, der am Bühneneingang auf sie gewartet hatte, der aus der Menge der Bewunderer hervorgetreten
war, nach ihrer Hand gegriffen und sie geküsst hatte.

Und sie nicht mehr losließ, dachte sie, als sie ein Glas Wein
in Empfang nahm.

Alvirah trug ein beiges Kostüm mit dem dazu passenden
Blazer, der Willy so gut gefiel. Am Spätnachmittag hatte
sie sich die Haare machen und sich sogar leicht schminken
lassen.

Kapitän Fairfax war wie immer ein mustergültiger Gastgeber. Er ließ sich nicht im Geringsten anmerken, welche Sorgen ihn umtrieben. Drei Dinge beunruhigten ihn: Der Mann
mit den tausend Gesichtern konnte sich in diesem Moment
hier in diesem Raum aufhalten und Lady Haywoods Smaragde in Augenschein nehmen. Das Meer zeigte bereits erste
Anzeichen eines schweren Sturms, in den sie geradewegs hin-
einsteuerten, und wegen der Maschinenprobleme hinkten
sie jetzt schon ihrem Zeitplan hinterher.

Ted Cavanaugh, Partner einer Anwaltskanzlei, war der
nächste Gast, der an ihn herantrat. Fairfax hatte sich über
ihn kundig gemacht. Er war der Sohn des ehemaligen US-
Botschafters in Ägypten und Großbritannien und bekannt
dafür, gestohlene Kunstschätze ihren rechtmäßigen Eigentümern zurückzubringen. Da der Kapitän eine dreiund-
zwanzigjährige Tochter hatte, dachte er jetzt: Ich würde mir
wünschen, dass Lisa mal so einen Burschen mit nach Hause

bringt. Einen gut aussehenden, erfolgreichen, aus tadelloser Familie stammenden jungen Mann – und nicht so einen langhaarigen Musiker wie Ihren Mundharmonikaspieler.

Er streckte Ted die Hand hin. »Willkommen, Mr. Cavanaugh. Ich hoffe doch sehr, dass Sie die Reise genießen.«

»Auf jeden Fall«, sagte Ted und erwiderte den festen Händedruck des Kapitäns.

Fairfax lächelte.

Im nächsten Moment wurde er durch die Ankunft von Devon Michaelson abgelenkt, dem Interpol-Mitarbeiter, der sich an Bord als pensionierter Ingenieur ausgab. Der Kapitän wollte zu ihm und ihn begrüßen, aber Anna DeMille drängte sich eiligst an Michaelsons Seite und kam ihm damit zuvor. So wandte sich der Kapitän an das Paar zu seiner Linken. Auch über die beiden war er unterrichtet worden. Die Meehans hatten fünf Jahre zuvor vierzig Millionen Dollar im Lotto gewonnen, außerdem war Mrs. Meehan als Zeitungskolumnistin bekannt geworden, die nebenbei auch noch das eine oder andere Verbrechen aufklärte.

»Mr. und Mrs. Meehan«, begrüßte er sie mit seinem freundlichsten Lächeln, hinter dem sich seine Anspannung verbarg.

»Sagen Sie doch einfach Alvirah und Willy zu uns«, kam es prompt von Alvirah. »Kapitän, es ist für uns ein großes Privileg, auf der Jungfernfahrt dieses wunderschönen Schiffes dabei sein zu können. Sie wird uns bestimmt immer in bester Erinnerung bleiben.«

In diesem Moment wurde die Tür aufgestoßen, und Yvonne Pearson platzte herein. »Mein Mann ist über Bord gefallen!«, kreischte sie. »Mein Mann ist über Bord gefallen!«

38

Kommen Sie mit«, wies Kapitän Fairfax die völlig aufgelöste Yvonne an und führte sie aus der Lounge, in der sich die Menschen drängten, in eine Privatkabine. Gleichzeitig informierte er über Handy John Saunders, seinen Sicherheitschef, und bat ihn, sich mit ihm in der Kabine des Versorgungsoffiziers zu treffen. Erst als dann die Tür zu dem kleinen Raum geschlossen war, begannen er und Saunders, Yvonne zu befragen.

»Mrs. Pearson«, sagte Fairfax, »erzählen Sie mir bitte genau, was Ihrem Mann zugestoßen ist. Was haben Sie gesehen und gehört?«

Stockend antwortete Yvonne, immer wieder unterbrochen von ihrem Schluchzen. »Wir, ich meine, Roger und ich, wir waren in unserer Suite, besser gesagt, draußen auf dem Balkon. Wir haben uns unterhalten und hatten beide schon ein paar Drinks intus. Roger hat sich auf das Geländer gesetzt. Ich hab ihn gebeten, das nicht zu machen, aber er hat nur gesagt, ich soll mich um meinen eigenen Kram kümmern. Und dann ist er runtergefallen.« Sie barg den Kopf zwischen den Händen und brach erneut in lautes Schluchzen aus.

»Mrs. Pearson«, sagte der Kapitän, »ich weiß, wie sehr Sie das alles mitnimmt, und es tut mir aufrichtig leid, dass ich Ihnen diese Fragen stellen muss. Ich garantiere Ihnen, wir wollen Ihren Mann ebenso sehr finden wie Sie. Aber bevor ich das Schiff wenden lasse, muss ich wissen, was genau Sie gesehen haben.«

Yvonne wischte sich die Tränen fort und nahm das Taschentuch entgegen, das Saunders ihr reichte. Sie war nun doch etwas beunruhigt, weil sie sofort in die Cocktail-Lounge gestürmt war und gerufen hatte, dass Roger über Bord gefallen sei. Denn jetzt fragte sie sich, ob sie nicht noch etwas hätte warten sollen. Sie hatte keine Ahnung, wie lange es dauerte, so ein großes Schiff zu wenden und umkehren zu lassen. Oder würden sie einfach nur ein kleineres Boot losschicken, um ihn zu suchen? Aber der Kapitän schien es mit der Suche nicht sonderlich eilig zu haben.

»Entschuldigen Sie. Ich bin völlig durcheinander. Ich muss zugeben, ich war sauer, als Roger mir gesagt hat, ich soll mich um meinen eigenen Kram kümmern. Deshalb bin ich in die Kabine gestürmt und habe wütend die Balkontür zugeschoben. Als ich ungefähr eine Minute später wieder auf den Balkon bin, um ihm zu sagen, dass es an der Zeit wäre, sich für den Cocktailempfang umzuziehen, da war er nicht mehr da.« Erneut brach sie in Tränen aus und überlegte, ob sie Schwindelanfälle oder vielleicht sogar eine richtige Ohnmacht vortäuschen sollte, wusste aber nicht, ob es überzeugend wirken würde.

Saunders stellte die nächste Frage und hielt ihr ein weiteres Taschentuch hin. »Mrs. Pearson, Sie sagten, Sie seien ›etwa eine Minute später‹ wieder hinaus auf den Balkon, und Ihr Mann sei nicht mehr da gewesen. Wir fragen deshalb so eindringlich, weil die meisten Vermisstenmeldungen sich als falscher Alarm herausstellen. Die vermissten Personen finden sich fast immer irgendwo auf dem Schiff wieder, manchmal leider auch an Orten, wo sie nicht sein sollten. Was haben Sie in dieser Minute, in der Sie nicht draußen auf dem Balkon waren, getan?«

Yvonne musste an sich halten, um ihre große Erleichterung zu verbergen. »Ich bin kurz ins Badezimmer.«

»Haben Sie dabei die Tür hinter sich geschlossen?«, fragte Saunders.

»Natürlich!«

»Sie waren also mindestens eine Minute im Badezimmer, und die Tür war geschlossen«, sagte der Kapitän. »Wäre es möglich, dass Ihr Mann in dieser Zeit Ihre Suite verlassen hat?«

»In dem Fall hätte ich doch die Balkontür gehört und die Kabinentür, oder? Obwohl, die Toilettenspülung ist ja nicht unbedingt die leiseste, wissen Sie.«

»Ja, dafür möchte ich mich auch entschuldigen«, entgegnete der Kapitän. »Aber wenn ich mit dem Schiff ein Wendemanöver einleite, werden wir Southampton nicht mehr rechtzeitig erreichen. Das wäre für unsere Gäste mit großen Unannehmlichkeiten verbunden, viele von ihnen haben bereits Flüge gebucht und müssen sofort zum Flughafen. Ich empfehle deshalb, dass wir vorerst das Schiff gründlich durchsuchen, und falls wir Ihren Mann nicht finden, überlegen wir weitere Schritte.«

Saunders reichte Yvonne ein Blatt Papier und einen Stift. »Mrs. Pearson, es gibt bei solchen Unglücksfällen ein gewisses Standardprozedere, das wir durchlaufen. Ich möchte Sie bitten, dieses Formular auszufüllen, dazu gehört auch ein Bericht darüber, was in Ihrer Suite geschehen ist, als Sie Ihren Mann zum letzten Mal gesehen haben. Wenn Sie damit fertig sind und alles auf seine Richtigkeit geprüft haben, werden Sie und ich es unterzeichnen.«

Yvonne konnte ihr Glück kaum fassen. »Ich weiß es überaus zu schätzen, dass wir alles tun, um meinen geliebten Roger zu finden.«

39

Yvonne hatte Kapitän Fairfax' Angebot abgelehnt, sie von einem seiner Männer zur Kabine begleiten zu lassen. »Es geht schon«, sagte sie. »Ich möchte sowieso allein sein und für Roger beten.«

Nachdem sie fort war, fragte der Kapitän seinen Sicherheitschef Saunders: »Und, was meinen Sie?«

»Sie hat zugegeben, dass sie nicht mit eigenen Augen gesehen hat, wie er über Bord ging. Aber sie hat auch zugegeben, dass sie beide einiges getrunken hatten. Und das, bevor sie zu Ihrem Cocktailempfang wollten. Ich glaube nicht, dass er vom Balkon gefallen ist.«

»Ich auch nicht«, stimmte Fairfax zu. »Als es das letzte Mal auf einem Schiff unter meiner Führung zu so einem Vorfall gekommen war, behauptete die Ehefrau, ihr Mann sei über Bord gespült worden, als das Schiff in eine Welle eintauchte. Wenn der Typ damals über Bord gespült wurde, dann hatte er großes Glück. Denn er landete völlig unbeschadet mehrere Decks darunter im Bett von irgendeinem Flittchen.«

»Was machen wir also?«, fragte Saunders.

Bevor der Kapitän antworten konnte, klingelte sein Handy. Er ging ran. Das Gerät war nicht auf Lautsprecher gestellt, trotzdem konnte Saunders jedes Wort verstehen, das Gregory Morrison, der erzürnte Schiffseigner, seinem Kapitän ins Ohr brüllte.

»Was zum Teufel ist da los?«

»Eine Passagierin hat gemeldet, dass ihr Mann möglicherweise ...«

»Das weiß ich, verdammt noch mal. Ich möchte wissen, was Sie in dieser Sache zu unternehmen gedenken.«

»Mr. Saunders und ich haben die Wi...« Der Kapitän wollte schon »Witwe« sagen, konnte sich aber gerade noch verbessern. »Die Frau des Mannes befragt, der angeblich über Bord gegangen ist. Beide scheinen viel getrunken zu haben, und sie räumt ein, nicht mit eigenen Augen gesehen zu haben, dass er vom Geländer fiel. Ich empfehle ...«

»Ich sage Ihnen, was Sie nicht tun werden, Fairfax. Unter keinen Umständen werden Sie das Schiff wenden. Ich will kein Wort über einen Williamson-Turn hören.«

Der Kapitän rieb sich die Schläfen. Ein Williamson-Turn war das übliche Mann-über-Bord-Manöver. Wie alle Kapitäne hatte er es zur Genüge trainiert. Wäre er überzeugt, dass Pearson tatsächlich über Bord gegangen war, würde er sofort das Manöver einleiten und Suchscheinwerfer auf das Wasser richten. Spezielle Boote mit Außenbordmotoren würden zu Wasser gelassen, daneben lag es in seinem Ermessen, die Suche durch Rettungsboote zu unterstützen. Sein Handbuch für Schiffsführung gab vor, welche Maßnahmen in so einem Fall zu ergreifen waren.

Allerdings war er nur dann gezwungen zu handeln, wenn ein oder vorzugsweise zwei Augenzeugen den Passagier auch tatsächlich über Bord gehen sahen. Im vorliegenden Fall hatte er eine angetrunkene Zeugin, die bei der Befragung gestand, den Vorfall nicht selbst gesehen zu haben. Dazu hatte er einen Schiffseigner, der sich mit Händen und Füßen dagegen wehrte, das Meer nach Pearson abzusuchen.

»Ich werde den Befehl geben, eine gründliche Durchsuchung des Schiffs durchzuführen. Wir haben von allen Passagieren Passfotos. Ich werde veranlassen, dass von Pearsons Foto Kopien gemacht und diese an die Mannschaftsmitglieder ausgegeben werden.«

»Gut.« Morrison klang beschwichtigt. »Aber ich will nicht, dass Sie die Passagiere in ihre Kabinen schicken. Ihre Leute sollen bloß anklopfen und nach Pearson fragen. Wenn er sich in einer der Kabinen aufhält, wird er sich schon melden.«

Er beendete das Gespräch, bevor Fairfax irgendetwas erwidern konnte.

Saunders ergriff als Erster das Wort »Ich frage noch einmal: Was sollen wir jetzt machen?«

»Sie haben es gehört. Wir durchsuchen das Schiff.«

40

Lady Em, Brenda und Celia saßen zusammen und beteten still für die Rettung Rogers. Natürlich war ihnen klar, dass es für ihn im rauen Wellengang so gut wie keine Hoffnung gab, falls er wirklich über Bord gegangen war.

Fairfax' Stimme erklang über Lautsprecher. »Hier spricht der Kapitän. Wir versuchen, Mr. Roger Pearson ausfindig zu machen. Mr. Pearson, wenn Sie diese Durchsage hören, melden Sie sich bitte umgehend auf der Brücke. Jeder Passagier, der Mr. Pearson in den vergangenen zwanzig Minuten gesehen hat, soll sich ebenfalls auf der Brücke melden. Das ist alles. Danke.«

Celia gab als Erste einen Kommentar dazu ab. »Gehört es wirklich zu den Standardmaßnahmen, erst das Schiff zu durchsuchen, wenn man annehmen muss, dass jemand über Bord gegangen ist?«

Lady Em wandte sich an Brenda. »Gehen Sie zu Yvonne. Sie sollte in so einer Situation nicht allein sein.«

»Ich selbst, fürchte ich, werde ihr nicht unbedingt guttun«, vertraute sie Celia an, nachdem Brenda fort war. Lady Em machte sich nämlich große Vorwürfe. Ihre Ankündigung, ihre Finanzen einer weiteren Prüfung zu unterziehen, hatte ihrer Meinung nach möglicherweise dazu geführt, dass sich Roger ins Meer gestürzt hatte. Sie hatte ihn mittags nicht gesehen, war ihm aber noch einmal begegnet, als sie gegen siebzehn Uhr auf dem Deck kurz spazieren war. Äußerst nervös hatte er ihr erneut zu erklären versucht, warum sie sich diese in seinen Augen unnötige Ausgabe sparen könnte. Schließlich hatte sie ihn zum Schweigen gebracht, indem sie kurzerhand erwiderte: »Keine weitere Diskussion darüber. Ich hoffe, mich klar genug ausgedrückt zu haben. Und offen gesagt, es beunruhigt mich, dass Sie so hartnäckig dagegen sind.«

Das waren ihre letzten Worte Roger gegenüber gewesen. Ist er wirklich nur von Bord gefallen, oder habe ich ihn in den Selbstmord getrieben?, fragte sie sich also.

Zwanzig Minuten später, als eines der Mannschaftsmitglieder die Passagiere dazu aufforderte, das Dinner doch bitte schön zu genießen, griff sie nur widerwillig zur Speisekarte.

»Ich würde vorschlagen, dass wir uns alle erst mal einen kräftigen Schluck genehmigen«, sagte Professor Longworth.

»Das ist eine sehr gute Idee«, pflichtete Celia ihm bei, der auffiel, wie blass Lady Em plötzlich war. Und wie alt, dachte sie. Sonst sprüht sie immer vor Energie und gibt sich so gebieterisch, dass man ihr Alter glatt vergisst. Aber klar, Roger war ein enger Freund und hatte viele Jahre für sie gearbeitet.

Während des schweigsamen Essens hing jeder seinen eigenen Gedanken nach.

41

Am Tisch von Alvirah und Willy fiel die Reaktion ähnlich aus. Willy hatte darauf bestanden, dass Alvirah mit ihm einen Wodka Martini trank. Auch Devon Michaelson, Ted Cavanaugh und Anna DeMille war nach einem Drink zumute. Anna sprach schließlich aus, was sich alle dachten: »Kaum vorzustellen, aber gestern Abend um diese Zeit saß der Arme nur wenige Meter von uns entfernt.«

Nach der Durchsage des Kapitäns zur Suche nach dem Vermissten wussten sie allerdings nicht recht, was sie davon halten sollten. Ted versuchte sich an einer Erklärung. »Es muss wohl, aus welchen Gründen auch immer, Zweifel an der Behauptung seiner Frau geben, dass er über Bord gefallen ist.«

Alvirah erinnerte sich plötzlich wieder an den Streit zwischen Roger und Yvonne, den sie und Willy am Vorabend zufällig belauscht hatten. War das bloß ein vorübergehender Wutausbruch gewesen? Hatte die Aussicht, er müsse mit zwanzig Jahren Gefängnis rechnen, Roger dazu getrieben, aus freien Stücken über Bord zu springen? Sie war überzeugt, dass sich Willy das Gleiche dachte, aber natürlich sagte er das nicht.

Anna DeMille wünschte sich insgeheim, Roger hätte sich mit seinem Abgang über den Balkon noch etwas Zeit gelassen. Sie hatte sich auf dem Empfang des Kapitäns nämlich sehr wohlgefühlt. Mindestens ein Dutzend Prominente waren anwesend gewesen. Sie hatte sich sogar von Devon losgeeist und tatsächlich den Rap-Star Bee Buzz und dessen Frau Tiffany angesprochen, die sehr nett gewesen waren und gelacht hatten, als sie ihnen die übliche Geschichte über ihren berühmten Namensvetter auftischte. Ganz anders als die Passagiere an Deck, mit denen sie hatte ins Gespräch kommen wollen und die ihr alle den Rücken zugekehrt hatten. Dann, als sie alle Platz nahmen, um die neuesten Meldungen über Roger Pearson zu hören, war sie ins Stolpern geraten, und Devon Michaelson hatte den Arm um sie gelegt und sie aufgefangen. Das hatte sich so gut angefühlt, dass sie gehofft hatte, er würde sie nie wieder loslassen. Später hatte sie noch einmal so getan, als würde sie stolpern, aber er schien es nicht bemerkt zu haben. Sie sah sich um.

»Und jetzt, na, sind wir immer noch für den Cocktailempfang gekleidet«, sagte sie. »Da wird man schon ein bisschen nachdenklich, was?«

»Ja, von einer Minute auf die andere kann sich alles ändern«, stimmte Alvirah zu.

Weder Devon noch Ted Cavanaugh, die beide in Gedanken versunken dasaßen, machten sich die Mühe, darauf einzugehen.

42

Viele Seemeilen entfernt vom mittlerweile längst am Horizont verschwundenen Schiff war Roger Pearson verzweifelt darum bemüht, sich mit langsamen und gleichmäßigen Bewegungen über Wasser zu halten. Nur nicht die Nerven verlieren, dachte er sich. Ich bin ein sehr guter Schwimmer. Wenn ich in Bewegung bleibe, habe ich vielleicht eine Chance.

Er atmete tief durch. Er befand sich hier auf einer stark befahrenen Seeroute. Vielleicht kommt ja ein anderes Schiff in Sichtweite. Ich muss es schaffen, machte er sich Mut. Auch wenn ich ins Gefängnis komme, es ist mir egal. Sie hat mich reingestoßen. *Sie hat mich tatsächlich reingestoßen.* Auch sie wird im Gefängnis landen. Und falls man mir nicht glaubt, bleibt mir immer noch eine andere Möglichkeit. Ich kann die über fünf Millionen Dollar abgeschlossene Versicherung kündigen. Deshalb hat sie mich wahrscheinlich umbringen wollen. Ich schwöre, ich werde kämpfen, mit allem, was ich habe. Ich muss überleben, und sei es nur, um die verdammte Versicherung aufzulösen.

Dann erinnerte er sich an den Überlebenskurs, an dem er als sechzehnjähriger Pfadfinder teilgenommen hatte. Im Schwimmbecken hatte es ganz gut funktioniert. Würde er es auch jetzt hinbekommen, jetzt, da sein Leben davon abhing?

Er hielt die Luft an, tauchte unter und strampelte sich aus der Hose. Mit kräftigen Beinschlägen hielt er sich über Wasser, während er die beiden Hosenbeine mit einem Doppelknoten miteinander verband. Dann warf er die Hose über den Kopf, sodass der Knoten im Nacken saß. Beim nächsten, dem schwierigsten Schritt ging es darum, über den offenen Hosenbund Luft und Wasser in die Beine zu bringen und anschließend den Bund zusammenzuwringen, damit die Luft eingeschlossen blieb.

Zum ersten Mal keimte Hoffnung in ihm auf, als sich aufgrund der eingeschlossenen Luft in den Hosenbeinen ein Kissen bildete, das auf dem Wasser lag. Zum Test stellte er alle Schwimmbewegungen ein und rührte sich nicht mehr. Mühelos trieb er in seiner improvisierten Schwimmweste.

Natürlich würde die Luft langsam wieder entweichen, und er musste den Vorgang wiederholen, aber zumindest hatte er jetzt die Zeitspanne verlängert, in der er auf dem Wasser treiben konnte, ohne an Entkräftung zugrunde zu gehen. Aber würde es reichen?

Eine Welle spülte über ihn hinweg und besprühte ihn mit ihrer salzigen Gischt. Er schloss die Augen und kämpfte sich weiter.

43

Sie hatte um jeden Preis dafür sorgen müssen, dass Roger nicht verhaftet würde. Nach einem Spaziergang auf Deck war er am späten Nachmittag kreidebleich und schwitzend in ihre Kabine gekommen. »Es hat keinen Sinn mehr«, hatte er gesagt. »Ich habe es ihr auszureden versucht, aber damit habe ich sie nur noch misstrauischer gemacht.«

Nachdem das nun erledigt war, bekam es Yvonne richtig mit der Angst zu tun. Roger hatte nur ein paar Minuten auf dem Geländer gesessen, als er meinte: »Viel zu kabbelig heute.« Er wollte herunterspringen, hätte beinahe schon in diesem Moment das Gleichgewicht verloren, aber sie war mit einem Satz bei ihm und stieß ihn mit aller Kraft nach hinten.

Überrascht riss er die Augen auf, bevor er in die Tiefe fiel und schrie: »Nein, nein, nein ...« Seine Beine und Füße waren das Letzte, was sie von ihm sah, als er nach hinten kippte.

Sie hätte länger warten sollen, bevor sie Alarm schlug. Es kam ihr so vor, als wären nur wenige Minuten vergangen, bis der Kapitän zusammen mit anderen Mannschaftsmitgliedern mit der Durchsuchung des Schiffes begann.

Erst dann fiel ihr ein, dass Roger ein sehr guter Schwimmer war und auf dem College zur Schwimmmannschaft gehört hatte. Was, wenn er lebend gefunden würde? Nie und nimmer würde sie ihm weismachen können, dass sie ihm eigentlich nur vom Balkongeländer hatte helfen wollen und ihn dabei unabsichtlich gestoßen hatte.

Falls Roger gerettet würde, hätte das für sie drastische Konsequenzen, wie ihr jetzt klar wurde. Sie begann, am ganzen Leib zu zittern. Der Schiffsarzt gab ihr ein Beruhigungsmittel, und Brenda fragte sie, ob sie ihr eine Decke um die Schultern legen solle, als sie im Wohnzimmerbereich ihrer Suite auf dem Sofa Platz nahm.

Es war an der Zeit, Brenda endlich loszuwerden. Mit ganz und gar untypischem Mitgefühl hatte Lady Ems Assistentin sogar noch vorgeschlagen, bei ihr auf der Couch zu übernachten.

Brenda hatte immer noch die Decke in der Hand, als von draußen im Flur ein lautes Klopfen an der gegenüberliegenden Tür zu hören war. Ein junges Crewmitglied rief: »Entschuldigen Sie die Störung, wir suchen einen Mr. Roger Pearson. Ist er zufällig bei Ihnen in der Kabine?«

Sie hörten ein leises »Nein« vom angesprochenen Passagier. »Danke«, antwortete das Crewmitglied und ging weiter zur nächsten Tür.

Brenda wandte sich an Yvonne. »Hilft es Ihnen, wenn ich bei Ihnen bleibe, oder wollen Sie lieber allein sein?«

»Haben Sie vielen Dank für Ihr Angebot, aber ich glaube, ich bin lieber allein. Dann kann ich mich schon mal ans Alleinsein gewöhnen. Aber nochmals vielen Dank.«

Als Brenda endlich fort war, stand Yvonne auf und schenkte sich einen großzügigen Scotch on the rocks ein. Stumm prostete sie Roger zu. Du hast Selbstmord begangen, damit du nicht zwanzig Jahre ins Gefängnis musst, dachte sie. Sie überlegte sich, wie lange es wohl dauern würde, bis sie die fünf Millionen von der Versicherung bekam. Wahrscheinlich innerhalb einer Woche, wenn sie wieder in New York war. Aber wenn Roger wirklich so viel Geld von Lady Em abgezweigt hatte, wo war es dann? Hatte er geheime Konten, von denen sie nichts wusste? Nun, eines jedenfalls war gewiss: Sollte sie jemals vom FBI befragt werden, würde sie die Beamten auf jeden Fall davon überzeugen können, dass sie von seinen Finanzgeschäften nicht die geringste Ahnung hatte.

Mit diesem beruhigenden Gedanken beschloss die frisch-gebackene Selfmade-Witwe, dass sie sich durchaus einen zweiten großzügigen Chivas Regal gönnen durfte.

44

Herein!«, rief Fairfax, als Sicherheitschef Saunders erneut an seine Tür klopfte.

»Irgendetwas gefunden?«

»Nichts, Kapitän. Keiner scheint ihn in den letzten zwei Stunden gesehen zu haben. Meiner Einschätzung nach ist er nicht mehr an Bord.«

»Das bedeutet also, dass er wirklich über Bord gegangen ist, genau wie seine Frau gesagt hat.«

»Ich fürchte, ja.«

Fairfax überlegte. »Die Pearsons haben eine Kabine auf dem Ultra-Deck. Richtig?«

»Ja.«

»Er ist also aus einer Höhe von zwanzig Metern ins Wasser gestürzt. Wie hoch sind seine Überlebenschancen?«

»Gering bis null, Sir. Er ist rückwärts vom Geländer gefallen, und er hatte getrunken. Selbst wenn er den Sturz überlebt hätte, dürfte er allein durch die Wucht des Aufpralls das Bewusstsein verloren haben. In diesem Fall wäre er rasch gesunken, vor allem, wenn man bedenkt, dass sich seine Kleidung sofort mit Wasser vollgesaugt hat. Daran, denke ich, hätte sich auch nichts geändert, wenn wir sofort ein Wendemanöver eingeleitet hätten.«

»Ich weiß, und ich stimme Ihnen zu.« Der Kapitän seufzte. »Ich gebe Morrison Bescheid. Teilen Sie Pfarrer Baker mit, dass er sich bei mir einfinden soll.«

»Eine gute Idee, Sir«, sagte Saunders und eilte zur Tür.

Morrison meldete sich nach dem ersten Klingeln. Der Kapitän erklärte ihm, dass Pearson aller Wahrscheinlichkeit nach tot sei, und teilte dem Schiffseigner mit, dass er und der Pfarrer mit Pearsons Frau sprechen wollten.

»Ich bin mir sicher, dass Sie beide das ganz wunderbar hinbekommen«, entgegnete der Eigner, »und der armen Frau die schlimmen Neuigkeiten behutsam nahebringen. Erzählen Sie ihr, was Ihnen notwendig erscheint, damit sie sich beruhigt. Aber Sie werden unter *keinen* Umständen umkehren und nach ihm suchen, haben Sie mich verstanden?«

45

Offenbar niemand wollte sich zum Schlafen zurückziehen. Das abendliche Unterhaltungsprogramm, ein Sängerduo, das bekannte Opernmelodien zum Besten gab, war zwar abgesagt worden, aber in den Bars waren fast alle Tische und Stühle besetzt. Auch im Casino drängten sich mehr Gäste als sonst.

Zur Ablenkung hatte Lady Em ihre Tischgefährten zu einem Schlummertrunk eingeladen. Dort in der Bar fand Brenda sie schließlich auch vor, nachdem sie sich von Yvonne verabschiedet hatte. Alle erkundigten sich bei ihr nach deren Wohlergehen.

Noch während Brenda auf ihre Fragen antwortete, machte die Nachricht die Runde, dass die Suche erfolglos verlaufen war. Der Kapitän und Pfarrer Baker würden gemeinsam Yvonne aufsuchen und ihr schonend beibringen, dass das Schiff nicht umkehren und nach Roger suchen würde, weil davon auszugehen war, dass er längst tot sei.

Ted Cavanaugh, der seiner Gruppe vorausgegangen war, hatte sich an einen Tisch für vier Personen gesetzt. Alvirah und Willy folgten, und Alvirah entging nicht, dass Ted einen Tisch in der Nähe von Lady Em ausgesucht hatte. Ebenso wenig entging ihr, dass Lady Em sich sofort abwandte, als sie ihn sah. Devon Michaelson hatte erneut abgelehnt, sie zu begleiten. Anna DeMille hatte sich an der Theke auf einem Barhocker neben einem Mann in ihrem Alter niedergelassen, der allein zu sein schien.

Abrupt erhob sich Lady Em. »Brenda wird für mich die Rechnung unterzeichnen«, sagte sie und war sichtlich bemüht, ruhig und gefasst zu klingen. »Ich bin sehr müde. Ich wünsche Ihnen allen eine gute Nacht.«

Brenda sprang auf. »Ich werde Sie begleiten.«

Das möge Gott verhüten, du Diebin, dachte Lady Em. Ihre Antwort klang dann auch sehr entschieden: »Nein, das ist nicht nötig.«

Sie spürte wieder den stechenden Schmerz, der sich von ihrer linken Schulter nach unten zog. Sie musste sofort in ihre Suite und eine Nitroglycerin-Tablette nehmen.

Auf dem Weg nach draußen kam sie an Ted Cavanaugh vorbei, kurz zögerte sie, ging dann aber weiter.

Alvirah bemerkte sofort Lady Ems finsteren Blick. Sie schien wütend auf ihn zu sein. Aber warum?

Kurz darauf, als alle aufbrachen, gelang es ihr, einige Worte mit Celia zu wechseln. »Ich habe Ihnen beim Empfang des Kapitäns gar nicht sagen können, wie hübsch Sie heute Abend aussehen. Wie geht es Ihnen?«

»Unverändert«, erwiderte Celia. »Ich hoffe, Ihr Gefühl sagt Ihnen immer noch, dass alles gut wird.«

Ted Cavanaugh stutzte kurz, als er das hörte, und dann ging ihm auf, warum sie ihm so bekannt vorkam. Celia Kilbride war die Freundin von Steven Thorne, dem Finanzbetrüger. Viele glaubten, sie würde ebenfalls mit drinstecken, fiel ihm ein. Ob das wohl stimmte? Weiß Gott, dachte er, sie hat das Gesicht eines Engels.

46

Der Mann mit den tausend Gesichtern verschwendete keine Zeit damit, Roger Pearson zu betrauern. Wenn überhaupt, dann freute er sich über die dadurch verursachte Ablenkung. Die Leute waren damit vollauf beschäftigt und konnten sich darüber die Köpfe heißreden. Alle waren sich darin einig, dass Pearsons Tod nicht nur ein großer Verlust für seine Familie und seine Freunde war, sondern auch ein unglückseliger Zwischenfall für Castle Line. Die Jungfernfahrt der *Queen Charlotte* würde nun für immer von dieser Tragödie überschattet sein.

Jammerschade, dachte er und spürte das kribbelnde Gefühl, diesen Energieschub, der sich immer einstellte, kurz bevor er zuschlug. Meistens konnte er sich das Objekt seiner Begierde verschaffen, ohne dass die bedauerliche Notwendigkeit bestand, jemanden umzubringen. Heute Abend rechnete er allerdings nicht damit. Es war unwahrscheinlich, dass Lady Em während seines Besuchs in ihrem Schlafzimmer nicht aufwachen würde. Er hatte mitangehört, wie sie sich über ihren leichten Schlaf beklagt und erzählt hatte, sie würde bei jedem noch so kleinen Geräusch wach werden.

Aber er konnte nicht mehr warten. Beim Cocktailempfang hatte er zufällig mitbekommen, wie der Kapitän Lady Em geradezu gedrängt hatte, ihm die Halskette zur Aufbewahrung zu übergeben. Wenn sie das tat, würde sich für ihn keine Gelegenheit mehr bieten, sie an sich zu nehmen.

Nur mit Mühe hatte er während des Cocktailempfangs den Blick von der Kette abwenden können. Sie war mehr als erlesen. Sie war absolut makellos.

Und in nur wenigen Stunden würde sie ihm gehören, so oder so.

47

Alvirah und Willy hatten kaum ihre Suite betreten, als sie ihn aufgeregt fragte: »Willy, ist dir aufgefallen, wie Lady Em erst auf Ted Cavanaugh zugehen wollte und es sich dann doch noch anders überlegt hat?«

»Ich dachte, sie hätte allen einfach eine gute Nacht gewünscht«, antwortete Willy. »Was war denn so besonders daran?«

»Irgendwie kommt es mir so vor, als würde er Lady Em verfolgen.«

»Was soll das denn nun wieder heißen, meine Liebe?«

»Glaub mir, so ist es. Beim Cocktailempfang ist er ohne Umschweife an Lady Em herangetreten und hat auf ihre Halskette gestarrt. Ich habe gehört, wie er sagte: ›Das ist das erstaunlichste altägyptische Kunstwerk, das mir jemals untergekommen ist.‹«

»Klingt doch wie ein nettes Kompliment.« Willy gähnte und hoffte, Alvirah damit signalisieren zu können, dass er ins Bett wollte. Selbst wenn sie es bemerkte, so hielt sie das nicht davon ab, ihm zu sagen, was ihrer Meinung nach unbedingt gesagt werden musste.

»Willy, am Nachmittag, als du mit deinem Kreuzworträtsel beschäftigt warst, da war ich oben auf dem Promenadendeck spazieren. Lady Em war etwa zehn Meter vor mir, und plötzlich eilte jemand an mir vorbei. Das war Ted Cavanaugh. Er schloss sich Lady Em an und redete auf sie ein. Du weißt, die wenigsten, die an Deck spazieren gehen, wollen sich mit jemandem, den sie kaum kennen, in ein Gespräch verwickeln lassen, schon gar nicht jemand wie Lady Em.«

»Lady Em gehört nicht zu denen, mit denen man schnell auf Du und Du ist«, stimmte Willy zu.

»Ich bin davon überzeugt, dass sie sich gestritten haben. Denn als sie an einer Tür vorbeikamen, ging sie plötzlich davon, so, als wollte sie mit ihm nichts mehr zu tun haben.«

»Na, aber ich wette, zuvor hat sie ihn noch gehörig zurechtgewiesen«, sagte Willy, stand auf und zog seine Smokingjacke aus. »Meine Liebe, es war ein langer Tag. Gehen wir doch ...«

»Noch was ist mir aufgefallen«, unterbrach Alvirah ihn und strich eine Falte an ihrem Abendkleid glatt. »Letzten Abend konnten wir beim Essen ziemlich gut erkennen, was an Lady Ems Tisch vor sich gegangen ist, und ich habe immer wieder rübergesehen, weil ich sie für eine faszinierende Frau halte. Aber dann habe ich auf Roger und Yvonne geachtet. Willy, bei den Blicken, die sich die beiden zugeworfen haben, ist es mir kalt über den Rücken gelaufen. Vor allem Yvonne. Sie hat ihn so angewidert angesehen. Ich frage mich also, wie es ihr geht, jetzt nach dem schrecklichen Unfall. Ich meine, wie würdest du dich fühlen, wenn wir draußen auf dem Balkon wären und ich über Bord fallen würde?«

»Meine Liebe, wir sind nie draußen, du musst dir deshalb also keine allzu großen Sorgen machen.«

»Nein, trotzdem denke ich mir, es muss Yvonne jetzt doch schrecklich leidtun, dass sie und Roger sich vor dem Unfall noch so heftig gestritten haben.«

Sie war nicht müde und hätte die Unterhaltung gern fortgeführt, aber nachdem Willy erneut und diesmal noch herzzerreißender als zuvor gähnte, beschloss sie, sich das alles für den nächsten Tag aufzuheben. Später im Bett konnte sie allerdings nicht einschlafen. Irgendwie spürte sie, dass etwas Fürchterliches bevorstand.

Etwas ganz und gar Fürchterliches.

48

Als Lady Em es abgelehnt hatte, sich von ihr zur Kabine begleiten zu lassen, hatte Brenda das als weiteres Indiz dafür gesehen, dass ihre Arbeitgeberin von ihren Betrügereien wusste. Mittlerweile war Brenda sogar davon überzeugt. Natürlich war ihr vollkommen klar, was passieren würde, wenn Lady Em ihren Verdacht bestätigt fand.

In ihrer Kabine musste Brenda wieder an Gerard denken, den Koch, der achtzehn Jahre bei Lady Em angestellt gewesen war. Wie hatte er sie angefleht, ihn nicht anzuzeigen, als sein Diebstahl aufgeflogen war. Lady Em aber hatte ihm bloß gesagt, dass ihm eine Gefängnisstrafe ganz guttun würde. »Ich habe dafür gesorgt, dass Ihre drei Kinder auf gute Colleges gehen können. Ich habe an ihre Geburtstage gedacht. Ich habe Ihnen vertraut. Und jetzt verschwinden Sie. Wir sehen uns vor Gericht wieder.«

Genau das werde ich auch von ihr zu hören bekommen, dachte Brenda verzweifelt. Aber das kann ich nicht zulassen. Sie hatte ihre klaustrophobischen Anfälle, unter denen sie früher zu leiden hatte, schon fast überwunden, jetzt allerdings sah sie mit klopfendem Herzen deutlich vor sich, wie sie in eine Zelle gestoßen und die Tür hinter ihr verriegelt wurde.

Es gab nur einen Ausweg. Lady Em hatte am Tisch erwähnt, dass sie sich nicht wohlfühle. Wenn sie jetzt sterben sollte, würde der Arzt bestätigen können, dass sie unter Herzproblemen litt. Sie nimmt viele Medikamente, und ich habe den Schlüssel zu ihrer Suite, dachte Brenda. Wenn sie auf einen Spaziergang fort ist, könnte ich mich reinschleichen und ihre Tabletten vertauschen. Sie nimmt sehr starke Herzmedikamente. Gebe ich einige von denen in andere Fläschchen, könnte das einen Herzanfall auslösen. Das ist das Einzige, was mich möglicherweise vor dem Gefängnis bewahrt.

Es sei denn, mir fällt noch was Besseres ein.

49

Nachdem sie Brenda endlich losgeworden war, gönnte sich Yvonne ihren zweiten Scotch und gab anschließend beim Zimmerservice ihre Bestellung auf. Der Steward ließ sich nichts anmerken, falls er erstaunt war wegen des dreigängigen Menüs und der Flasche Pinot Noir, die die trauernde Witwe geordert hatte. Mit angemessener Höflichkeit trug er das Essen auf und erinnerte sie daran, dass er die gesamte Nacht zu Diensten stehe, falls sie noch etwas benötige.

Sie war froh, dass der Steward den Essenswagen schon entfernt hatte, als der Kapitän sie gemeinsam mit Pfarrer Baker kurz danach aufsuchte. Der Kapitän erklärte ihr, warum sie nicht wenden und die Suche nach Roger fortsetzen würden. Kurz befürchtete sie, wegen der beiden Scotchs gerötete Augen zu haben, aber dann entspannte sie sich schnell. Ich bin eine trauernde Witwe, also sind rote Augen völlig normal. Außerdem, wenn mir zwei Scotchs dabei helfen, mit der Tragödie zurechtzukommen, wer würde es mir verdenken?

Nachdem die beiden Männer gegangen waren, dachte sie bei einem letzten Schluck über ihre Zukunft nach. Gut, sie würde die fünf Millionen von der Versicherung bekommen, aber wie lange würde das Geld reichen? Die Wohnung in der Park Avenue und das Haus in East Hampton waren schuldenfrei, nur musste sie davon ausgehen, dass die Immobilien beschlagnahmt würden, falls Rogers Betrug aufgedeckt wurde. Und angesichts ihres luxuriösen Lebenswandels käme sie mit fünf Millionen nicht recht weit.

Sie nippte am samtigen Wein und ging die ihr noch verbleibenden Optionen durch. Lady Em würde sofort nach der Rückkehr ihre Finanzen von einem zweiten Rechnungsprüfer kontrollieren lassen. War es möglich, sie daran zu hindern? Schließlich lag doch ein Fluch auf der Kleopatra-Halskette. »Wer immer diese Kette mit aufs Meer hinausnimmt, wird die Küste lebend nicht erreichen.« Schmunzelnd fragte sie sich, ob sich Lady Em ebenso gern auf das Geländer setzte wie ihr verstorbener Gatte.

Lange grübelte sie über eine mögliche Lösung ihres Problems nach. Es war leicht gewesen, Roger loszuwerden.

Würde es ebenso leicht sein, sich Lady Em vom Hals zu schaffen?

50

Mit einem Seufzer der Erleichterung schloss Celia die Tür zu ihrer Suite und ließ ihre Handtasche auf den Beistelltisch fallen. Es kam ihr vor, als wäre es eine Ewigkeit her, dass sie mit Alvirah und Willy beim Mittagessen gesessen hatte und sich von Alvirahs fröhlichem Optimismus hatte anstecken lassen. Manche der Passagiere hatten sie als Exverlobte und vielleicht auch als Steven Thornes Komplizin erkannt. Mehrmals hatte sie Leute dabei ertappt, wie sie sie angestarrt hatten.

Lange saß sie auf der Bettkante und redete sich ein, dass sie nicht aufgeben dürfe. Aber war es ein Fehler gewesen, heute Abend dieses Kleid zu tragen? Viele hatten ihr Komplimente deswegen gemacht, vielleicht hatten sie sich aber auch bloß gefragt, ob Steven es ihr vom Geld derer gekauft hatte, die er um ihr Vermögen gebracht hatte. Gut möglich, dass sich so manche seiner Investoren auf dem Schiff aufhielten. Der Kreis derjenigen, die auf seine grandiosen Renditeversprechen hereingefallen waren, war sehr groß.

Solche Gedanken tun mir nicht gut, dachte sie, während sie die Ohrringe ablegte. In diesem Augenblick klingelte das Telefon.

Die Anruferin hielt sich nicht lange mit einer Begrüßung auf. »Celia, hier ist Lady Em. Ich habe eine unerhörte Bitte: Könnten Sie in meine Suite kommen, jetzt sofort? Es ist wichtig, *sehr* wichtig. Ich weiß, es klingt komisch, aber könnten Sie Ihre Lupe mitbringen?«

Celia konnte ihre Überraschung nicht verbergen. »Wenn Sie es wünschen.« Ihr lag die Frage auf der Zunge, ob es der alten Dame vielleicht nicht gut gehe, stattdessen sagte sie nur: »Ich bin schon unterwegs.«

Die Tür zu Lady Ems Kabine stand einen Spaltbreit offen. Vorsichtig klopfte Celia an, drückte die Tür auf und trat ein. Lady Em saß in einem wuchtigen, mit rotem Samt gepolsterten Ohrensessel. Wie eine Königin auf ihrem Thron, ging es Celia durch den Kopf. Die alte Dame hatte in der Tat etwas Majestätisches an sich, nur ihre Stimme passte nicht dazu, denn sie klang müde und matt. »Danke, Celia. Verzeihen Sie, dass ich Sie zu dieser Stunde noch zu mir gebeten habe.«

Celia lächelte und nahm im Sessel neben ihr Platz. »Lady Em, was kann ich für Sie tun?«

»Celia, bevor ich Ihnen den Grund Ihres Hierseins erkläre, will ich Ihnen eines sagen. Ich weiß um die Situation Ihres Exverlobten und möchte Ihnen versichern, dass ich absolut von Ihrer Unschuld überzeugt bin.«

»Danke, Lady Em. Es ist mir sehr wichtig, das von Ihnen zu hören.«

»Celia, es tut gut, offen mit jemandem reden zu können, dem ich vertrauen kann. Es gibt heutzutage weiß Gott nicht mehr viele, denen ich überhaupt noch trauen kann. Deshalb quälen mich ganz schreckliche Schuldgefühle. Ich bin nämlich überzeugt, dass Rogers Tod kein Unfall war, sondern Selbstmord. Und das meinetwegen.«

»Ihretwegen!«, rief Celia. »Aber wie können Sie das bloß denken ...?«

Lady Em hob die Hand. »Celia, hören Sie mir zu. Es lässt sich alles ganz einfach erklären. Am Abend vor dem Auslaufen war ich in New York auf einer Cocktailparty. Jahrzehntelang haben Richard und ich die Finanzdienstleistungen der von Rogers Großvater gegründeten Vermögensverwaltung in Anspruch genommen, und wir führten diese Beziehung fort, als Rogers Vater die Vermögensverwaltung übernahm. Als er vor sieben Jahren bei einem Verkehrsunfall ums Leben kam, blieb ich bei Roger. Auf dieser Party nun traf ich einen alten Freund, der mich vor ihm warnte. Er sagte, Roger verfüge nicht über die gleiche Seriosität, die seinen Vater und Großvater ausgezeichnet hat. Es gebe Gerüchte, denen zufolge er sich bei den Konten seiner Kunden bediente. Mein Freund schlug vor, meine Finanzen von einer unabhängigen Kanzlei prüfen zu lassen, um sicherzustellen, dass wirklich alles in Ordnung ist.

Diese Warnung hat mich so aufgescheucht, dass ich Roger von meiner Entscheidung, eine Rechnungsprüfung durchführen zu lassen, erzählt habe.« Traurig fuhr sie fort: »Ich kenne Roger, seitdem er ein kleiner Junge war. Als ich noch meine Jacht hatte, habe ich oft seine Eltern eingeladen, und natürlich brachten sie Roger mit. Er war für mich so was wie ein Ersatzsohn. Na, ein schöner Sohn, wie sich jetzt herausstellte.«

»Was hätten Sie getan, wenn die Rechnungsprüfung Ihren Verdacht bestätigen sollte?«

»Ich hätte ihn angezeigt«, antwortete Lady Em entschieden. »Und das wusste er auch. Erst vor ein paar Jahren hat mich mein Koch mit gefälschten Essens- und Getränkerechnungen betrogen. Ich gebe gern Gesellschaften, und es dauerte einige Monate, bis ich ihm auf die Schliche kam. Er wurde zu zwei Jahren Haft verurteilt.«

»Das hat er auch verdient«, bekräftigte Celia. »Jeder, der andere betrügt und besonders jene, die ihm Gutes getan haben, sollte dafür zur Rechenschaft gezogen werden.«

Lady Em hielt inne, bevor sie fragte: »Haben Sie Ihre Lupe dabei?«

»Ja.«

Erst jetzt bemerkte Celia, dass Lady Em schon die ganze Zeit ein Armband in der Hand hielt.

»Werfen Sie bitte einen Blick darauf und sagen Sie mir, was Sie davon halten.« Sie reichte Celia das Schmuckstück.

Celia holte die Lupe aus ihrer Handtasche, hielt sie sich ans Auge und betrachtete eingehend das Armband. »Ich fürchte, ich halte nicht viel davon. Die Diamanten sind von minderer Qualität, das sind Steine, wie sie von sogenannten Schmuck-Discountern verwendet werden.«

»Nichts anderes habe ich erwartet.«

Lady Ems Lippen zitterten. Nach einem Moment sagte sie: »Und leider bedeutet das auch, dass Brenda, meine Angestellte und Begleiterin, der ich seit mehr als zwanzig Jahren vertraue, mich ebenfalls bestiehlt.«

Sie nahm das Armband wieder in Empfang. »Ich werde es wieder in den Safe legen und so tun, als wäre nichts gewesen. Aber ich fürchte, ich habe Brenda schon zu verstehen gegeben, dass ich an der Echtheit des Armbands zweifle.«

Sie hob die Hände zum Nacken und öffnete die Schließe der Kleopatra-Halskette. »Celia, ich mache mir große Sorgen. Ich fürchte, ich bin eine sehr dumme alte Frau, weil ich diesen Schatz auf diese Reise mitgenommen habe. Ich habe meine Meinung geändert, ich werde die Kette nicht der Smithsonian Institution vermachen. Bei meiner Rückkehr nach New York werde ich die Kette meinen Anwälten übergeben, die dann mit Mr. Cavanaughs Kanzlei die Rückgabe an Ägypten vereinbaren können.«

Celia glaubte, den Grund dafür zu kennen, fragte aber trotzdem nach. »Was hat Sie zu diesem Sinneswandel bewogen?«

»Mr. Cavanaugh ist ein sehr netter junger Mann. Er hat mir klargemacht, dass die Kette – egal, wie viel Richards Vater für sie bezahlt hat – aus einem geplünderten Grab stammt. Es ist daher nur recht und billig, sie an Ägypten zurückzugeben.«

»Sie haben mich nicht nach meiner Meinung gefragt, Lady Em, aber ich denke, Sie haben die richtige Entscheidung getroffen.«

»Danke, Celia.«

Lady Em strich über die Halskette. »Heute beim Cocktailempfang bat Kapitän Fairfax mich, ihm die Kette zu übergeben, damit er sie in seinem Privatsafe einschließen kann. Er würde zur Sicherheit sogar eine Wache vor seiner Kabine abstellen. Interpol soll ihn darüber informiert haben, dass sich der Mann mit den tausend Gesichtern, ein international gesuchter Juwelendieb, auf dem Schiff befindet. Der Kapitän hat mich regelrecht bedrängt, ihm die Kette zu geben, woraufhin ich ihm sagte, dass ich sie morgen Abend eigentlich noch mal tragen wollte, aber vielleicht ist das ein Fehler.«

Sie reichte Celia die Kette. »Bitte nehmen Sie sie. Legen Sie sie in den Safe in Ihrer Kabine und übergeben Sie sie morgen dem Kapitän. Ich habe nicht vor, morgen meine Suite zu verlassen. Ich lasse mir die Mahlzeiten hier servieren und gebe Brenda frei. Offen gesagt, ich muss für mich sein, um eine Entscheidung zu treffen, wie ich bei Brenda und Roger vorgehe.«

»Ich mache alles so, wie Sie sagen«, versprach Celia und stand auf. Sie hielt die Kette umklammert, und dann umarmte sie Lady Em spontan und gab ihr einen Kuss auf die Stirn. »Keiner von uns beiden hat das, was ihm zugestoßen ist, verdient, aber wir werden beide darüber hinwegkommen.«

»Ja, das werden wir.«

Celia ging zur Tür, dann trat sie hinaus in den Gang.

51

Die arme Celia, dachte Lady Em, als sie sich bettfertig machte. Sie ist Opfer eines Mannes geworden, der sie nicht nur hintergangen hat, sondern jetzt auch noch versucht, sie in seine Verbrechen mit hineinzuziehen. Aber ich bin froh, ihr die Kette gegeben zu haben. Im Safe des Kapitäns wird sie sicherer sein als hier.

Plötzlich fühlte sie sich abgrundtief erschöpft. Ich werde ein Weilchen schlafen, dachte sie noch, während sie schon wegdriftete.

Etwa drei Stunden später schreckte sie plötzlich hoch und hatte das Gefühl, nicht allein im Raum zu sein. Im Licht des Mondes und dem Schein des Nachtlichts sah sie deutlich eine Gestalt vor sich.

»Wer sind Sie? Verschwinden Sie!«, rief sie, aber in diesem Moment wurde ihr etwas aufs Gesicht gedrückt.

»Ich bekomme keine Luft mehr, ich bekomme keine Luft mehr ...«, wollte sie sagen. Verzweifelt versuchte sie, das weiche Tuch, unter dem sie zu ersticken drohte, wegzustoßen, aber dazu fehlte ihr die Kraft.

Langsam verlor sie das Bewusstsein. Ihr letzter Gedanke war noch, dass der Fluch der Kleopatra-Halskette sich nun doch noch erfüllte.

VIERTER TAG

52

Lady Em hatte für acht Uhr das Frühstück bestellt. Raymond klopfte an, öffnete die Tür und rollte den Servierwagen in die Suite. Die Tür zum Schlafzimmer stand halb offen, er sah Lady Em schlafend im Bett liegen. Da er nicht wusste, was er tun sollte, kehrte er auf seine Station zurück und rief sie von dort aus an, um ihr mitzuteilen, dass das Frühstück in ihrer Suite bereitstehe.

Als sie sich nach dem siebten Klingeln nicht meldete, beschlich ihn ein Verdacht. Lady Em war alt. Er hatte beim Aufräumen die zahlreichen Medikamente im Badezimmerschrank gesehen. Es kam regelmäßig vor, dass ältere Kreuzfahrtgäste unterwegs starben.

Bevor er den Arzt verständigte, ging er also erneut in die Suite, klopfte an die Schlafzimmertür und rief ihren Namen. Keine Reaktion. Kurz zögerte er, dann trat er ins Schlafzimmer. Er berührte sie an der Hand. Kalt, wie vermutet. Lady Emily Haywood war tot. Er griff zum Telefon auf dem Nachttisch.

Erst jetzt sah er, dass der Safe offen stand und Schmuck auf dem Boden verteilt lag. Den lass ich lieber liegen, dachte er. Würde mir gerade noch fehlen, dass man mich des Diebstahls bezichtigt. Er verständigte den Arzt.

Dr. Edwin Blake, achtundsechzig Jahre alt, grauhaarig, ein früherer erfolgreicher Gefäßchirurg, hatte sich drei Jahre zuvor zur Ruhe gesetzt. Er war seit Langem Witwer, hatte erwachsene Kinder, aber dann hatte ihn ein Freund bei Castle Line gefragt, ob er sich vorstellen könne, die Leitung der medizinischen Betreuung an Bord eines Kreuzfahrtschiffes zu übernehmen und die Welt zu bereisen. Es stellte sich heraus, dass es ihm tatsächlich große Freude bereitete, und als man ihm anbot, zur *Queen Charlotte* zu wechseln, hatte er das Angebot dankend angenommen.

Nach dem Anruf von Raymond eilte er sofort zu Lady Ems Kabine. Er sah auf den ersten Blick, dass sie tot war. Aber dann fiel ihm auf, dass ein Arm von der Bettkante baumelte, der andere aber über ihren Kopf erhoben war. Er beugte sich über sie, untersuchte ihr Gesicht und entdeckte in den Mundwinkeln geronnenes Blut.

Misstrauisch blickte er sich um. Das andere Kissen lag achtlos hingeworfen auf der Tagesdecke. Er nahm es zur Hand, drehte es um und entdeckte einen verräterischen Blutfleck. Da er nicht wollte, dass Raymond seine Gedanken erriet, zögerte er erst und sagte dann: »Die arme Frau muss bei ihrem Herzanfall schreckliche Schmerzen gehabt haben, bevor sie gestorben ist.«

Er nahm Raymond am Arm, verließ mit ihm das Schlafzimmer und schloss hinter sich die Tür. »Ich werde Kapitän Fairfax über Lady Haywoods Tod unterrichten«, sagte er. »Bewahren Sie bitte vorerst Stillschweigen und erzählen Sie niemandem davon.«

Der autoritäre Ton ließ Raymond davon absehen, sich sofort ans Telefon zu hängen und seinen Freunden beim Personal zu erzählen, was geschehen war. »Natürlich, Sir«, sagte er. »Aber das ist doch ein trauriger Vorfall, oder? Lady Haywood war eine sehr großzügige Dame. Und dabei hat sich erst gestern der schreckliche Unfall mit Mr. Pearson ereignet.«

Das hier war *kein* Unfall, dachte Dr. Blake, als er sich auf den Weg zum Kapitän machte. Dann drehte er sich noch einmal um. »Raymond, bleiben Sie vor der Tür. Niemand, absolut niemand darf in diese Kabine, bis ich wieder da bin. Ist das klar?«

»Ja. Lady Haywoods Assistentin hat einen Schlüssel. Es wäre schlimm, wenn sie hineinginge, ohne dass man ihr vorher sagt, was geschehen ist.«

Oder bevor sie Indizien verschwinden lässt, falls sie mit dem Mord etwas zu tun hat, dachte Edwin Blake.

53

Sicherheitschef Saunders, Dr. Blake und Kapitän Fairfax trafen zusammen vor der Suite ein. Vor dem Abtransport des Leichnams in die speziell für Verstorbene eingerichtete Kühlkammer wurden zahlreiche Fotos von Lady Ems Gesicht, der Position ihrer Arme und dem Blutfleck auf dem Kissen gemacht.

Als Motiv für den Mord vermuteten sie alle drei sofort Diebstahl. Saunders trat vor den offenen Safe, in dem noch mehrere Schmuckstücke lagen. Auf dem Boden waren Ringe und ein Armband sowie offene Schmucktaschen verstreut, ebenso wie einige Abendkleider, die aus dem Schrank gerissen worden waren.

»Ist die Smaragdhalskette da?«, fragte der Kapitän leise.

Saunders hatte die Kette am Abend zuvor gesehen, als Lady Em sie zum Dinner getragen hatte. »Nein, Sir, sie ist nicht da. Das bestärkt mich in meiner Überzeugung, dass wir es hier mit einem Raubmord zu tun haben.«

54

Gregory Morrison war ein extravaganter Milliardär, der von klein auf von einer eigenen Kreuzfahrtlinie geträumt hatte.

Er hatte gut daran getan, nicht dem Rat seines Vaters, eines Schlepperkapitäns, zu folgen, der meinte, er solle nach der Highschool das College sausen lassen und gleich mit der Arbeit anfangen und Ozeanriesen aus dem Hafen ziehen. So hatte er als einer der Besten seines Jahrgangs das College absolviert und anschließend sein Diplom in Betriebswirtschaft gemacht. Er arbeitete als Analyst im Silicon Valley und versuchte Start-up-Unternehmen mit vielversprechenden Technologien und Geschäftsideen zu finden. Fünfzehn Jahre, nachdem er seinen eigenen Investmentfonds aufgelegt hatte, verkaufte er diesen und wurde damit zum Milliardär.

Sofort hatte sich Morrison wieder seinem Lebensziel zugewandt, den Passagierschiffen. Das erste ersteigerte er auf einer Auktion, ließ es neu ausrüsten und schickte es auf seine erste Flusskreuzfahrt. Er arbeitete mit einer exklusiven PR-Agentur zusammen und umwarb Berühmtheiten aus den verschiedensten Bereichen, die er zur Jungfernfahrt kostenlos an Bord einlud. Als Gegenleistung verpflichteten sie sich, ihren zahllosen Fans auf Facebook und Twitter ihre Eindrücke von der Reise mitzuteilen. Die Rechnung war aufgegangen. Seine neue Kreuzfahrtlinie war im Geschäft.

Das erste Jahr war noch nicht rum, als das Schiff bereits für die nachfolgenden beiden Jahre ausgebucht war. Bald darauf folgte die Anschaffung eines zweiten, dritten und vierten Schiffes, bis Gregory Morrison River Cruises bei Passagieren mit einer Vorliebe für solche Reisen zur ersten Wahl wurde.

Morrison war zu diesem Zeitpunkt sechsunddreißig Jahre alt. Er hatte bald den Ruf eines Perfektionisten, der sich rücksichtslos über jeden hinwegsetzte, der sich ihm in den Weg stellte. Alles, was er bis dahin erreicht hatte, war nur die Vorbereitung auf seinen ultimativen Traum: einen Oceanliner zu bauen und zu betreiben, wie es keinen zweiten auf der Welt gab, ein Schiff, das alle anderen in puncto Luxus und Eleganz in den Schatten stellte.

Vor allem wollte er die *Queen Mary,* die *Queen Elizabeth* und die *Rotterdam* übertrumpfen. Er wollte keine Partner oder Miteigentümer. Das Schiff, das er bauen wollte, würde allein sein Meisterwerk werden. Beim Studium der anderen Schiffe wurde ihm klar, dass eines unter ihnen mit Abstand das luxuriöseste war, die *Titanic.* Er wies seinen Architekten an, exakte Nachbauten der wunderbaren Treppe und des Erste-Klasse-Speisesaals anzufertigen. Dazu kamen altmodische Annehmlichkeiten wie ein Rauchsalon für die Herren, Squash- und Tennisplätze sowie ein 50-Meter-Schwimmbecken.

Sowohl die Suiten als auch die einfacheren Kabinen würden größer sein als auf den Schiffen der Konkurrenten. Die Speisesäle würden die der *Titanic* noch übertreffen. Die Erste-Klasse-Passagiere kämen in den Genuss von Tischgeschirr aus Sterlingsilber, die anderen aus Silber. Nur bestes Porzellan würde Verwendung finden.

Wie auf der *Queen Elizabeth* und der *Queen Mary* sollten an den Wänden Porträts der britischen Monarchen und Angehörigen der europäischen Königshäuser hängen. Gregory Morrison scheute auch im Kleinen weder Kosten noch Mühen.

Für den Namen *Queen Charlotte* hatte er sich übrigens zu Ehren von Prinzessin Charlotte entschieden, der Urenkelin von Queen Elizabeth II.

Nicht ganz klar war Gregory allerdings, wie sehr ein Unternehmen wie dieses seine finanziellen Ressourcen beanspruchen würde. Es war daher unabdingbar, dass die Jungfernfahrt ein voller Erfolg wurde.

Mittlerweile bereute er es bitterlich, dass er der PR-Agentur erlaubt hatte, bei den Presseverlautbarungen den Namen *Titanic* zu erwähnen. Denn die Medien ignorierten geflissentlich, dass sich der Verweis natürlich nur auf die luxuriöse Ausstattung beziehen sollte, nicht aber auf das Schicksal der Jungfernfahrt.

Während der ersten drei Tage auf See hielt Gregory Morrison daher nach den kleinsten Dingen Ausschau, die seiner Meinung nach nicht ganz perfekt waren.

Morrison war mit seinen ein Meter achtzig von beeindruckender Statur. Jeder fürchtete ihn, vom Chefkoch und dem Küchenpersonal bis zu den Angestellten hinter den Schaltern und den Bedienungen und Stewards. Deshalb lautete Morrisons erste Frage, als Kapitän Fairfax um einen Termin bei ihm nachfragte: »Stimmt etwas nicht?«

»Ich denke, wir sollten das in Ihrer Privatsuite besprechen, Sir.«

»Sie erzählen mir hoffentlich nicht, dass ein weiterer Passagier über Bord gegangen ist«, donnerte Morrison los. »Schaffen Sie sich sofort zu mir.«

Die Tür war bereits geöffnet, als Kapitän Fairfax, John Saunders und Dr. Blake eintrafen. Als Morrison Dr. Blake erblickte, rief er: »Sagen Sie mir nicht, dass schon wieder jemand tot ist.«

»Es ist leider noch schlimmer, Mr. Morrison«, entgegnete

der Kapitän. »Nicht nur irgendjemand. Heute Morgen ist Lady Emily Haywood tot in ihrem Schlafzimmer aufgefunden worden.«

»Lady Emily Haywood! Was ist passiert?«

Dr. Blake ergriff das Wort. »Lady Haywood ist keines natürlichen Todes gestorben. Sie ist erstickt, weil ihr jemand ein Kissen aufs Gesicht gedrückt hat. In meinen Augen besteht nicht der geringste Zweifel, dass es sich um Mord handelt.«

Morrison, der sonst immer ein gerötetes Gesicht hatte, als würde er sich in stürmischem Wind aufhalten, wurde blass wie die Wand.

Er ballte die Faust, löste sie wieder und fragte: »Sie hat gestern Abend die Halskette der Kleopatra getragen. Haben Sie sie in ihrem Zimmer gefunden?«

»Der Safe stand offen, der Schmuck war herausgeräumt und auf dem Boden verteilt. Die Kleopatra-Halskette allerdings fehlt«, antwortete Saunders leise.

Eine ganze Minute sagte Morrison nichts. Seine ersten Gedanken drehten sich nur darum, wie die Meldung von ihrem Tod unter Verschluss gehalten werden konnte und wie sich die schreckliche Publicity vermeiden ließ, die unweigerlich folgen würde, wenn alles bekannt wurde.

»Wer weiß noch davon?«, fragte er.

»Außer uns vier nur noch Raymond Broad, der Steward von Lady Ems Suite. Er hat Lady Em gefunden. Ich sagte ihm, sie sei eines natürlichen Todes gestorben«, sagte Dr. Blake.

»*Unter keinen Umständen* darf bekannt werden, dass sie ermordet wurde. Kapitän Fairfax, bereiten Sie eine Meldung vor, derzufolge sie friedlich im Schlaf verschieden ist. Und kein Wort von der fehlenden Halskette.«

»Wenn ich einen Vorschlag unterbreiten darf, Mr. Morrison – wenn in Southampton die Behörden an Bord kommen, werden sie fragen, was wir unternommen haben, um den Tatort und potenzielle Indizien zu sichern. Wir müssen also den Leichnam in die Kühlkammer bringen«, sagte Saunders.

»Können wir damit nicht bis heute Nacht warten?«, fragte Morrison.

»Sir, das wäre nicht klug und würde nur Argwohn wecken«, wandte Dr. Blake ein. »Da wir ihren Tod sowieso bekannt geben müssen, wird es niemand als ungewöhnlich ansehen, wenn wir den Leichnam – natürlich in einem Leichensack – in den Kuhlraum schaffen.«

»Machen Sie das, wenn die meisten Passagiere beim Essen sitzen«, befahl Morrison. »Was wissen wir über den Steward, diesen Raymond Broad?«

»Wie gesagt«, antwortete Saunders, »er hat die Tote entdeckt. Er wollte Lady Em das Frühstück bringen, das sie am Abend zuvor in die Kabine bestellt hatte. Als er sie fand, muss sie aber schon mindestens fünf, sechs Stunden tot gewesen sein. Das Verbrechen muss also ungefähr um drei Uhr morgens stattgefunden haben. Zu Mr. Broad: Er arbeitet seit insgesamt fünfzehn Jahren für Ihr Unternehmen, inklusive seiner früheren Anstellung bei Morrison River Cruises. Er ist noch nie in irgendeiner Weise negativ aufgefallen.«

»Der Täter ist in ihre Suite eingebrochen?«

»Es gibt keinerlei Anzeichen von Schäden am Türschloss.«

»Wer hat sonst noch einen Schlüssel zu ihrer Suite?«

»Wir wissen, dass ihre langjährige Assistentin Brenda Martin über einen Zweitschlüssel verfügt«, sagte Saunders. »Aber ich darf Sie daran erinnern, dass der sogenannte Mann mit den tausend Gesichtern angeblich an Bord ist. Wenn man dem Internet glauben darf, hat er seine Anwesenheit sogar der Öffentlichkeit gegenüber verkündet. Jemand seines Fachs weiß, wie er das Türschloss umgehen und sich Zugang zum Safe verschaffen kann.«

»Warum wurde mir nicht gesagt, dass ein Juwelendieb an Bord ist?«, brüllte Morrison.

Diesmal antwortete Fairfax. »Ich habe Ihnen eine Mitteilung zukommen lassen, Sir, und Sie darüber in Kenntnis gesetzt, dass ein Interpol-Mitarbeiter als Gast mitfährt und für zusätzliche Sicherheit sorgen soll.«

»Der Idiot leistet ja großartige Arbeit!«

»Sir, sollen wir bei der Rechtsabteilung nachfragen und um Beistand bitten?«, fragte Saunders.

»Ich pfeife auf deren Beistand«, ging Morrison hoch. »Ich will ohne weitere Zwischenfälle pünktlich in Southampton einlaufen und dann diese verdammte Leiche von meinem Schiff schaffen.«

»Noch etwas, Sir. Der auf dem Boden verstreute Schmuck ist wahrscheinlich sehr wertvoll. Wenn wir ihn dort lassen, gehen wir das Risiko ein, dass er ...« Er hielt kurz inne. »... verschwindet. Wenn wir ihn aber einsammeln ...«

»Ich weiß«, unterbrach Morrison. »Dann gehen wir eben das Risiko ein, den Tatort zu verändern.«

»Sir, ich habe mir erlaubt, eine Wache vor der Tür abzustellen«, sagte Saunders.

Morrison ging gar nicht darauf ein. »Sie meinen wirklich, der Steward kann es nicht gewesen sein? Wenn er es war, will ich es nicht erfahren. Sie wissen, oder sollten wissen, dass ich als Schiffseigner rechtlich zur Verantwortung gezogen werden kann, falls einer meiner Angestellten eines Verbrechens schuldig gesprochen wird.« Morrison ging im Zimmer auf und ab. »Wir wissen also von dieser Brenda Martin, ihrer persönlichen Assistentin. Wer gehört außer ihr noch zu Lady Haywoods Reisegesellschaft?«

»Roger Pearson, der Mann, der gestern über Bord gegangen ist, war ihr Finanzberater und Erbschaftsverwalter. Er und seine Frau Yvonne sowie Brenda Martin sind als Lady Haywoods Gäste an Bord.«

»Ich habe die Leute an ihrem Tisch gesehen«, sagte Morrison. »Wer ist diese hübsche junge Frau? Ich bin ihr auf dem Cocktailempfang begegnet, habe mir aber ihren Namen nicht gemerkt.«

»Das ist Celia Kilbride. Sie gehört zu den Gastrednern. Genau wie Professor Longworth«, antwortete Saunders.

»Ihr Thema ist die Geschichte berühmter Edelsteine«, fügte Kapitän Faifax hinzu.

»Mr. Morrison«, sagte Saunders. »Ich halte es für angeraten, wenn ich mit den Passagieren in den Suiten neben der von Lady Haywood rede. Vielleicht haben sie ja nachts irgendwas gehört oder gesehen.«

»Das tun Sie auf keinen Fall. Damit verraten wir doch, dass etwas nicht stimmt. Wir werden nicht versuchen, dieses Verbrechen aufzuklären. Es ist mir egal, wer der Täter ist, solange es keiner meiner Angestellten war.« Morrison überlegte. »Gehen Sie mit mir noch mal die Aussage des Stewards durch.«

»Raymond Broads Geschichte klingt plausibel«, erwiderte Saunders. »Sie wissen, den Stewards ist es erlaubt, die Suite zu betreten, wenn das Essen zu einer bestimmten Zeit in die Kabine bestellt wird. Es handelt sich um einen besonderen Service vor allem für unsere älteren Gäste, von denen viele nicht mehr so gut hören. Da die Tür zu Lady Ems Schlafzimmer offen stand, hat er laut eigener Aussage einen Blick hineingeworfen und gesehen, dass sie noch im Bett lag. Er teilte ihr mit, dass das Frühstück serviert sei. Als sie nicht reagierte, kehrte er auf seine Station zurück und rief in ihrer Suite an. Als jedoch nicht abgehoben wurde, ging er davon aus, dass etwas nicht stimmte. Er kehrte in die Suite zurück und betrat das Schlafzimmer. Nun sah er, dass der Safe offen stand und Schmuck auf dem Boden lag. Er trat an ihr Bett und erkannte, dass sie nicht mehr atmete. Er berührte ihre Hand, die sich ganz kalt anfühlte. Danach verständigte er mit dem Telefon in der Suite Dr. Blake.«

»Sagen Sie ihm, wenn ihm sein Job lieb ist, soll er gefälligst den Mund halten und nirgends herumerzählen, was er in der Suite gesehen hat. Und machen Sie ihm verdammt noch mal klar, dass sie im Schlaf gestorben ist. Das ist alles.«

55

Professor Longworth saß allein am Frühstückstisch. Die Erste, die im Speisesaal eintraf und sich zu ihm setzte, war Brenda Martin. Eine Frau, die er ganz besonders öde fand. Trotzdem erhob er sich höflich und begrüßte sie mit einem Lächeln.

»Und wie geht es Lady Em heute Morgen?«, fragte er. »Ich habe mir letzten Abend etwas Sorgen um sie gemacht. Sie hat sehr blass ausgesehen.«

»Wenn ich von ihr bis neun Uhr nichts höre, bedeutet das immer, dass sie das Frühstück in ihrer Suite zu sich nimmt«, erwiderte Brenda. Der Kellner erschien, und sie bestellte ihr übliches opulentes Frühstück mit Orangensaft, Cantaloupe-Melone, pochierten Eiern mit Sauce hollandaise, Würstchen und Kaffee.

Als Nächstes ließ sich Yvonne Pearson blicken. »Ich kann das Alleinsein nicht mehr ertragen«, erklärte sie mit brüchiger Stimme. »Ich möchte lieber unter Freunden sein.« Sie hatte kaum Make-up aufgelegt, damit ihr von vermeintlicher Trauer gezeichnetes Gesicht noch mehr zur Geltung kam. Da es ihrer Garderobe an schwarzer Kleidung mangelte, hatte sie einfach zum nächstbesten Stück gegriffen: einem grauen Jogginganzug. Der Diamant-Ehering war ihr einziger Schmuck. Sie hatte gut geschlafen und wusste, dass sie nicht so ausgezehrt aussah, wie sie sich das unter den gegebenen Umständen gewünscht hätte. Als der Kellner ihr den Stuhl hinschob, seufzte sie daher: »Ich hab die ganze Nacht kein

Auge zugemacht und musste ununterbrochen an Roger denken. Hätte er doch bloß auf mich gehört. Wie oft hab ich ihm gesagt, er soll sich nicht auf das Geländer setzen.« Sie fuhr sich über die Augen, als müsste sie sich die aufkommenden Tränen wegwischen, setzte sich und nahm die Speisekarte zur Hand.

Brenda nickte ihr mitfühlend zu, aber Professor Longworth, der über eine gewisse Menschenkenntnis verfügte, glaubte sie zu durchschauen. Sie ist keine schlechte Schauspielerin, dachte er. Aber ich habe nicht den Eindruck, dass die beiden miteinander recht glücklich waren. Die Spannungen zwischen ihnen waren ja nicht zu übersehen. Roger ist immer um Lady Em herumscharwenzelt, und Yvonne hat nie einen Hehl daraus gemacht, dass die beiden sie abgrundtief langweilen.

In diesem Moment ertönte die nüchterne Lautsprecherdurchsage des Kapitäns, mit der er den Passagieren mitteilte, dass Lady Em im Schlaf verschieden sei.

Brenda schnappte hörbar nach Luft. »O nein!« Sofort erhob sie sich und stürzte aus dem Speisesaal. »Um Himmels willen, warum hat mir denn keiner was gesagt?«

Henry Longworth und Yvonne Pearson tauschten einen entsetzten Blick aus und starrten dann betroffen auf ihre Teller.

Ebenso fassungslos waren Alvirah, Willy, Anna DeMille und Devon Michaelson an ihrem Tisch. Anna war die Erste, die ihre Sprache wiederfand. »Zwei Tote in zwei Tagen. Meine Mutter hatte in solchen Fällen stets einen Spruch auf Lager: ›Der Tod holt sich immer drei.‹«

»Ich kenne den Spruch«, erwiderte Alvirah. »Aber das sagen doch bloß die alten Frauen.«

Zumindest hoffte sie das.

56

Celia konnte in dieser Nacht keinen Schlaf finden. Die Verantwortung für die Kleopatra-Halskette, die sie aufbewahren sollte, und sei es nur für wenige Nachtstunden, war einfach zu groß. Außerdem entsetzte es sie zutiefst, dass Lady Ems Assistentin Brenda Martin und ihr Finanzberater Roger Pearson die alte Dame vermutlich bestohlen hatten. Wie schrecklich muss es sein, wenn man sechsundachtzig Jahre alt wurde und erkennen musste, dass die Menschen, die man als Freunde betrachtete und gegenüber denen man sich so großzügig erwiesen hatte, einen so behandelten. Jammerschade, dass Lady Em keine nahen Verwandten hat, dachte Celia.

Aber ich habe ja auch keine, wurde ihr wieder mal bewusst. Ihr Vater fehlte ihr noch mehr, seitdem diese schreckliche Geschichte mit Steven begonnen hatte. Auf verquere Weise nahm sie es ihm übel, dass er nicht mehr geheiratet und sie deshalb keine weiteren Geschwister hatte. Halbgeschwister, verbesserte sie sich, aber das würde schon reichen. Sie wusste, nur wenige ihrer Freunde, die in Stevens Hedgefonds investiert hatten, glaubten, dass sie am Betrug beteiligt gewesen war. Trotzdem hatten sich fast alle zurückgezogen. Das Geld, das sie für ein neues Haus, eine neue Wohnung oder für die Familienplanung angespart hatten, war verloren. Sie war schuldig, nur weil sie mit ihm eine Beziehung gehabt hatte, dachte sie verbittert, während ihr nun doch langsam die Augen zufielen.

Endlich dämmerte sie weg, worauf sie schließlich fünf Stunden lang tief und fest schlief. Es war schon halb zehn, als sie von Kapitän Fairfax' Stimme geweckt wurde. »Mit Bedauern müssen wir mitteilen, dass heute im Lauf der Nacht Lady Emily Haywood verstorben ist ...«

Lady Em ist tot? Unmöglich!, dachte Celia. Sie fuhr hoch und war mit einem Satz aus dem Bett. Ihre Gedanken rasten. Weiß man bereits, dass die Kleopatra-Halskette fehlt? Wurde schon der Safe geöffnet und nachgesehen? Was werden sich alle denken, wenn ich jetzt zum Kapitän gehe, ihm die Kette überreiche und erkläre, unter welchen Umständen Lady Em sie mir übergeben hat?

Sie dachte angestrengt nach, während sie sich allmählich beruhigte. Wenn sie dem Kapitän die Kette überreichte, bewies das doch, dass sie keine Diebin war. Welcher Dieb würde sich schon die Mühe machen, etwas zu stehlen, was er nur wenige Stunden später zurückgab?

Sei nicht paranoid, ermahnte sie sich. Alles wird gut werden.

Ihre Gedanken wurden vom klingelnden Telefon unterbrochen. Ihr Anwalt Randolph Knowles war in der Leitung. »Celia, ich habe gerade mit dem FBI gesprochen und muss Ihnen leider mitteilen, dass man Sie nach Ihrer Rückkehr nach New York auf jeden Fall vernehmen will.«

Sie hatte kaum aufgelegt, als es erneut klingelte. Diesmal war es Alvirah. »Celia, ich dachte mir, ich warne Sie lieber vor. Ich habe mir die Morgennachrichten angesehen. Es wird bereits über das Interview in der *People* berichtet.« Sie hielt inne. »Und Sie haben bestimmt die Durchsage des Kapitäns gehört. Lady Em ist gestorben.«

»Ja.«

»Natürlich kann der Kapitän es nicht zugeben, aber in den Nachrichtenforen überschlägt man sich schon mit Spekulationen. Angeblich soll sie ermordet worden sein, und die Kleopatra-Halskette ist fort.«

Nach dem Telefonat stolperte Celia zur Couch und ließ sich fassungslos darauf fallen. Lady Em ermordet? Die Kleopatra-Halskette fort? Sie versuchte, Ruhe zu bewahren, auch wenn sie an nichts anderes denken konnte als an die fürchterlichen Folgen, die das alles für sie haben konnte.

Ich habe die Halskette, dachte sie. Nur wenige Stunden vor ihrem Tod war ich noch in Lady Ems Schlafzimmer. Wird mir noch irgendjemand glauben, dass Lady Em sie mir zur Aufbewahrung gegeben hat? Nach der Geschichte in der *People* und Stevens Beteuerung, ich hätte an seinem Hedgefondsbetrug mitgewirkt, wird doch jeder unweigerlich annehmen, dass ich bei der nächstbesten Gelegenheit wieder stehlen würde, oder? Ein Hehler würde ein Vermögen für die Kette hinlegen und sie an Privatsammler weiterverkaufen, die einen so einmaligen Schatz in ihren Besitz bringen wollen. Die wunderbaren Smaragde können auch einzeln an Juweliere losgeschlagen werden. Und wer verfügt über die Beziehungen, um einen solchen Privatverkauf zu arrangieren? Natürlich ich als Gemmologin mit weltweiten Geschäftskontakten.

Sie ging zu ihrem Safe, holte die Kette heraus und betrachtete die makellosen Smaragde. Kaum zu fassen, aber sie zog tatsächlich in Betracht, auf den Balkon zu gehen und die Kette ins Meer zu werfen.

57

Als Brenda vor Lady Ems Suite eintraf, stand dort jemand vor der Tür. »Bedauere, Ma'am, Anweisung des Kapitäns: Keiner darf den Raum betreten, bevor wir in Southampton sind.«

»Ich war zwanzig Jahre lang Lady Ems Assistentin«, begann Brenda. »Ich kann doch ...«

Der Wachmann ließ sie gar nicht ausreden. »Tut mir leid, Ma'am, Anweisung des Kapitäns.«

Brenda machte auf der Stelle kehrt und stapfte entrüstet davon. So, dachte sie, würde ich mich verhalten, wenn mir die Alte irgendwie wichtig gewesen wäre. Aber damit ist es jetzt endlich vorbei, jetzt muss ich ihr nicht mehr hinterherlaufen und ihr jeden Wunsch von den Augen ablesen.

Ralphie! Jetzt konnte sie ungestört mit ihm zusammen sein. Jetzt musste sie ihn nicht mehr verstecken, weil Lady Em von ihm nicht begeistert wäre, wie sie wusste. Die Wohnung, in der sie und Ralphie lebten, gehörte Lady Em. Es hätte die Alte nicht umgebracht, wenn sie sie ihr vermacht hätte. Wer wusste schon, wie lange der Nachlassverwalter sie dort noch wohnen ließ. Immerhin musste sie bis dahin keine Miete zahlen. Ich bleibe einfach so lange, bis man mir sagt, dass ich ausziehen soll.

Ihre Gedanken kehrten zu Lady Em zurück. Sie hinterlässt mir dreihunderttausend Dollar, dachte Brenda. Zusätzlich haben wir zwei Millionen vom Verkauf des ausgetauschten

Schmucks eingenommen. Ich bin frei. Endlich frei. Nach all den Jahren hat es sich jetzt endlich mit der Katzbuckelei.

Und wenigstens muss ich nicht befürchten, dass sich jemand, wenn ihr Schmuck geschätzt wird, fragt, warum viele Stücke so wertlos sind. Vielleicht kommt man zu dem Schluss, dass sie in den letzten Jahren einem betrügerischen Juwelier aufgesessen ist, der ihr nur Schund angedreht hat. Lady Em ließ nur die Schmuckstücke versichern, die mehr als hunderttausend Dollar wert waren. Darauf wird man sich also konzentrieren. Zum Glück haben Ralphie und ich uns von denen ferngehalten.

Damit beruhigte sich Brenda, bis ihr der Gedanke kam, dass Lady Em möglicherweise Celia Kilbride bereits gebeten hatte, einen Blick auf das »Picknick«-Halsband zu werfen. Ich sollte mich mal über diese Gemmologin kundig machen, dachte sie und öffnete ihren Laptop. Sie gab *Celia Kilbride* in die Suchmaske des Browsers ein. Der erste Eintrag handelte von einer möglichen Beteiligung am Hedgefondsbetrug ihres ehemaligen Verlobten. Aber dann riss Brenda verblüfft die Augen auf, als sie eine weitere Überschrift entdeckte: »Lady Emily Haywood auf Luxuskreuzfahrt ermordet.«

Mit klopfendem Herzen überflog sie in aller Eile den Artikel und klappte ihren Laptop zu. Es wäre in Ordnung, wenn Lady Em im Schlaf gestorben wäre, dachte sie. So ist das mit alten Leuten nun mal. Aber falls sie tatsächlich ermordet wurde, wäre das von Vorteil für mich, oder?

Es könnte bedeuten, dass Ralphie und ich fein raus sind. Laut dem Artikel ist die Kleopatra-Halskette verschwunden. Das heißt, der Mörder hat sich vermutlich an Lady Ems Safe zu schaffen gemacht. Solange er nicht gefasst ist, weiß keiner, was im Einzelnen von ihrem Schmuck gestohlen wurde. Werde ich gefragt, könnte ich sagen, dass Lady Em von mehreren Stücken Kopien anfertigen ließ und von diesen auf ihren Reisen immer eine ganze Anzahl dabeihatte. Der Dieb musste sich die echten Sachen genommen und den Rest dagelassen haben.

Jetzt ging es Brenda wesentlich besser. Das würde auch den Wachmann an der Tür erklären und warum er mich nicht reingelassen hat, dachte sie. Auf dem Schiff versucht man, den Mord und den Diebstahl geheim zu halten, und deshalb behauptet man, sie sei eines natürlichen Todes gestorben.

Lady Em ist tot, und ich habe, was den Schmuck betrifft, ein Alibi, aber noch bin ich nicht ganz aus dem Schneider.

Sollte Lady Em dieser Celia davon erzählt haben, dass ich das Armband ausgetauscht habe, wird dann Celia in Southampton der Polizei davon berichten? Oder hat sie es dem Kapitän bereits mitgeteilt, und in Southampton wird die Polizei auf mich warten? Wenn Lady Em ermordet wurde, müsste sich Celia dann nicht gezwungen fühlen, alles zu erzählen, was sie von Lady Em erfahren hat? Aber wird man Celia – nach der Betrugsgeschichte – noch glauben?

Wenn sie alles ausplaudert, wird ihr Wort gegen meines stehen, sagte sich Brenda auf dem Weg in den Speisesaal. Dort bestellte sie sich eine Tasse Kaffee und einen Heidelbeermuffin. Fünf Minuten später, als sie gerade herzhaft in den Muffin beißen wollte, hielt sie abrupt inne. Aber ich bin die Einzige, die einen Schlüssel zu Lady Ems Suite hat, schoss es ihr durch den Kopf. Muss man nicht zwangsläufig denken, dass ich sie umgebracht habe?

58

Ted Cavanaugh hatte schon gefrühstückt und beendete gerade ein Telefonat mit seinem Partner in der Kanzlei, als er die Lautsprecherdurchsage zu Lady Haywoods Tod hörte. Beinahe hätte er seine Kaffeetasse fallen lassen.

Er empfand Mitgefühl für Lady Em, sein nächster Gedanke aber gehörte der Kleopatra-Halskette: Hoffentlich ist sie in Sicherheit. Hatte die Presse schon von Lady Ems Tod erfahren? Sofort sah er auf seinem Handy nach. Ja, natürlich.

»Lady Emily Haywood ermordet – berühmte Halskette angeblich verschwunden«, so lautete die Schlagzeile auf Yahoo News. Das kann nicht sein, dachte er noch, während ihm gleichzeitig klar wurde, dass irgendjemand die Meldung bestätigt haben musste. Der Kapitän hatte bei seiner Durchsage nichts dergleichen verlauten lassen. Das Internet war immer voll mit wilden Gerüchten, in diesem Fall aber sagte ihm sein Gefühl, dass die Meldung zu außergewöhnlich war, um nicht wahr sein zu können. Der Artikel führte aus, dass Lady Haywood in den frühen Morgenstunden im Bett mit einem Kissen erstickt worden sei. Der Safe habe offen gestanden, der Schmuck sei auf dem Boden verteilt gelegen.

Die Kleopatra-Halskette. Was für eine Tragödie, falls sie wirklich weg war.

Er dachte an die Kunstschätze, die er und sein Partner ihren rechtmäßigen Besitzern wiederbeschafft hatten.

Gemälde für Familien von Auschwitz-Opfern. Gemälde und Skulpturen, die während der deutschen Besatzung aus dem Louvre gestohlen worden waren. Darüber hinaus hatten sie erfolgreich Antiquitäten- und Kunsthändler vor Gericht gebracht, die arglosen Käufern Fälschungen angedreht hatten.

Er dachte fieberhaft nach. Wer an Bord des Schiffes hatte Lady Em nahegestanden?

Brenda Martin selbstverständlich.

Roger Pearson, aber der war ebenfalls tot. Und Lady Em und Pearsons Witwe Yvonne – wie eng war deren Verhältnis gewesen?

Und wie sah es mit Celia Kilbride aus? Lady Em hatte deren Vorträge besucht, hatte sich mit ihr danach unterhalten und sie zu sich an ihren Tisch gebeten.

Er gab »Celia Kilbride« bei Google ein. Das erste Suchergebnis führte zu einem Interview in der *People,* in dem ihr ehemaliger Verlobter sie beschuldigte, am Hedgefondsbetrug mitbeteiligt gewesen zu sein.

Als Anwalt wusste er, dass das FBI nach der Veröffentlichung des Interviews gezwungen war, ihre potenzielle Mittäterschaft zu untersuchen. Ihre Honorarkosten für die Anwälte mussten immens sein.

Hatte sie sich gezwungen gesehen, die Halskette zu stehlen? Und wenn sie sie gestohlen hatte, wie war sie in Lady Ems Suite gelangt?

Er versuchte sich vorzustellen, was sich in der Kabine abgespielt hatte. War Lady Em aufgewacht, hatte sie bemerkt, dass der Safe offen stand?

Und war dann, falls es sich tatsächlich so abgespielt hatte, Celia Kilbride in Panik geraten, hatte sich das Kissen gepackt und Lady Em erstickt?

Trotz dieser schrecklichen Bilder, die ihm durch den Kopf gingen, sah er Celia Kilbride vor sich, wie sie am vergangenen Abend zum Cocktailempfang erschienen war. Eine wunderschöne junge Frau, die alle Anwesenden mit ihrem herzlichen Lächeln bezaubert hatte.

59

Mit wachsender Verzweiflung erlebte Roger Pearson den Sonnenaufgang. Seine Arme waren schwer wie Blei, ihm klapperten die Zähne vor Kälte. Ein kalter Regenschauer hatte ihn mit lebenswichtigem Süßwasser versorgt, jetzt aber zitterte er am ganzen Leib.

Er musste alle Kraft zusammennehmen, um Arme und Beine in Bewegung zu halten. Er wusste, dass er nah am Zustand der Unterkühlung war. Würde seine verbliebene Kraft reichen, um die Hose ein weiteres Mal aufzublasen, wenn die noch verbliebene Luft entwichen war?

Viel länger werde ich nicht mehr durchhalten, dachte er.

Aber dann glaubte er, etwas zu sehen: ein Schiff, das in seine Richtung kam. Es war lange her, dass er sich als religiös bezeichnet hätte, jetzt aber begann er zu beten. Lieber Gott, bitte sorge dafür, dass jemand in meine Richtung schaut. Mach, dass mich jemand sieht.

Die Not lehrt beten, war sein letzter bewusster Gedanke. Er würde erst winken, wenn er in Sichtweite des Schiffes war. Bis dahin hatte er zu tun, sich in der heftigen Strömung, die ihn vom sich nähernden Schiff wegzutreiben drohte, über Wasser zu halten.

60

Alvirah und Willy unterhielten sich angeregt während ihres täglichen, zwei Kilometer langen Spaziergangs auf dem Promenadendeck. »Willy, es bestand immer die Gefahr, dass jemand die Kleopatra-Halskette stiehlt, aber dass dabei auch noch die arme alte Dame erstickt werden musste, das ist einfach zu schrecklich.«

»Habgier ist ein fürchterliches Motiv«, entgegnete Willy düster und bemerkte erst jetzt, dass Alvirah den Saphirring trug, den er ihr zum fünfundvierzigsten Hochzeitstag geschenkt hatte. »Meine Liebe, du trägst tagsüber doch sonst keinen Schmuck außer deinem Hochzeitsring. Warum jetzt diesen?«

»Weil ich nicht will, dass jemand in unserer Kabine einbricht und ihn stiehlt. Ich wette, die meisten an Bord machen es genauso, und wenn sie ihren Schmuck nicht tragen, dann haben sie ihn zumindest in der Handtasche bei sich. Ach, Willy, in den ersten Tagen war alles auf dieser Kreuzfahrt einfach perfekt. Aber dann fällt der arme Roger Pearson von Bord, und jetzt ist Lady Em ermordet worden. Wer hätte mit so was gerechnet?«

Willy sagte nichts. Er sah zu den dunklen Wolken, die sich vor ihnen am Himmel ballten, und glaubte bereits ein leichtes Rollen des Schiffes zu spüren.

Es würde mich nicht wundern, wenn wir in schlechtes Wetter geraten, dachte er. Hoffentlich wird es nicht so wie auf der *Titanic:* Erst schwelgen alle sorglos in Saus und Braus, und dann endet alles in einer entsetzlichen Katastrophe.

Was für ein verrückter Gedanke. Er tadelte sich selbst dafür, fasste nach Alvirahs Hand und drückte sie ganz fest.

61

Der Mann mit den tausend Gesichtern hatte aufmerksam der Lautsprecherdurchsage des Kapitäns gelauscht.

Ja, ich bedauere es auch, dass ich sie umbringen musste. Vor allem, weil es völlig umsonst gewesen ist. Die Halskette war nicht mehr da, sie lag nicht im Safe. Ich habe alle Schubladen im Schlafzimmer durchwühlt, für das Wohnzimmer ist mir keine Zeit mehr geblieben, aber ich bin mir ziemlich sicher, dass sie die Kette dort niemals hätte liegen lassen.

Wo ist sie also? Wer hat sie? Jeder an Bord hätte Lady Em folgen können. Und wer hat sonst noch einen Schlüssel zu ihrer Suite?

Mit diesen Überlegungen im Kopf spazierte er auf dem Promenadendeck auf und ab und beruhigte sich schließlich so weit, um planvollere Gedanken zu fassen.

Beim Abendessen hatte sie sich augenscheinlich nicht wohlgefühlt. Jeder, der sie nur etwas eingehender betrachtete, hatte das erkennen können. War es möglich, dass ihre Assistentin Brenda sie nach dem Abendessen noch mal in ihrer Suite aufgesucht hat? Möglich, vielleicht sogar wahrscheinlich.

Es hatte allerdings den Anschein gehabt, als wäre das Verhältnis zwischen ihr und Lady Em etwas angespannt. War Brenda etwa diejenige, in deren Besitz sich jetzt die Halskette befand?

Vor sich auf dem Deck entdeckte er die Meehans. Sein

Gefühl sagte ihm, dass er sich vor Alvirah in Acht nehmen musste. Er hatte sich über sie erkundigt. *Dieses* Verbrechen, dachte er, sollte sie lieber nicht aufklären.

Er verlangsamte seine Schritte, damit er nicht zu ihnen aufschloss. Er brauchte Zeit zum Nachdenken und zum Planen. Es blieben nur noch drei Tage, bis sie in Southampton einliefen, und er würde dieses Schiff auf keinen Fall ohne die Kleopatra-Halskette verlassen.

Brenda war die Einzige, von der er mit Bestimmtheit sagen konnte, dass sie einen Schlüssel zu Lady Ems Suite hatte. Es war also klar, was er als Nächstes zu tun hatte.

62

Celia joggte eine Stunde lang, duschte, zog sich an und bestellte zum Frühstück Kaffee und einen Muffin. Dabei quälte sie ununterbrochen die Frage, was sie tun sollte. Angenommen, ich gehe zum Kapitän und gebe ihm die Kette, wird er mir dann glauben? Und wenn er mir nicht glaubt, sperrt er mich dann gleich ein? Könnte ich meine Fingerabdrücke abwischen und die Kette irgendwo ablegen, wo sie gefunden würde? Ja, das wäre eine Möglichkeit. Aber was, wenn mich jemand dabei sieht oder ich von einer Videokamera erfasst werde? Was dann? Wäre es ihnen erlaubt, die Kabinen nach der Halskette zu durchsuchen? Nein. Wenn dem so wäre, hätten sie die Kette schon längst in meinem Safe gefunden.

Panisch sah sie sich im Zimmer um. Dann ging sie zum Safe, öffnete ihn und nahm die Kleopatra-Halskette heraus. Sie hatte sich bereits für ihren Vortrag gekleidet und trug eine Freizeithose und einen fließend geschnittenen Blazer mit einem breiten Knopf am Kragen. Die Hose hatte tiefe Taschen. Konnte sie die Halskette am Körper verbergen? Mit zitternden Händen schob sie die wuchtige Kette in die linke Hosentasche und trat vor den Spiegel.

Nichts beulte aus.

Das ist das Beste, was ich machen kann, dachte sie mit einem Anflug von Verzweiflung.

63

Kim Volpone ging noch vor dem Frühstück leidenschaftlich gern spazieren. Sie fuhr auf der *Paradise,* einem Schiff, das auf seinem ersten Zwischenstopp Southampton anlaufen sollte. Der heftige nächtliche Regen hatte nachgelassen, gerade war sogar die Sonne durchgekommen. Auf dem Deck waren kaum Passagiere zu sehen.

Sie atmete tief ein. Wie sehr sie die frische Meeresluft genoss. Sie war vierzig Jahre alt, frisch geschieden und mit ihrer besten Freundin an Bord, Laura Bruno. Es tat ihr unheimlich gut, dass sie diese lästige Scheidungssache endlich hinter sich hatte. Ihr Exmann Walter hatte sich als ein wahrer Walter Mitty herausgestellt – er lebte nur in seiner Fantasiewelt und kam mit der Realität überhaupt nicht zurecht.

Irgendwann blieb sie stehen und sah aufs Meer hinaus. Sie kniff die Augen zusammen und blinzelte. Was war das denn? Irgendein Stück Müll, das auf den Wellen trieb? Vielleicht, aber irgendwie schien es sich auch zu bewegen.

Keine zehn Meter von ihr entfernt stand ein älterer Herr, der einer Frau in seinem Alter den Arm um die Schultern gelegt hatte. Um den Hals trug er ein Fernglas.

»Entschuldigen Sie, Sir, ich glaube, wir kennen uns noch nicht. Ich bin Kim Volpone.«

»Und ich Ralph Mittl. Das ist meine Frau Mildred.«

»Mr. Mittl, könnten Sie mir vielleicht kurz Ihr Fernglas leihen?«

Zögerlich kam er ihrer Bitte nach. »Aber seien Sie vorsichtig. Das Ding ist sehr teuer.«

»Bin ich«, versprach Kim, als sie sich das Fernglas geben ließ. Sie legte den Riemen um und justierte die Linsen. Als sie das sich bewegende Objekt im Fokus hatte, stockte ihr kurz der Atem. Es sah aus, als würde dort tatsächlich jemand winken. Sie nahm das Fernglas ab und reichte es seinem Besitzer.

»Schauen Sie, dort drüben«, sagte sie und zeigte in die Richtung. »Was sehen Sie da?«

Erstaunt nahm er das Fernglas zur Hand, justierte neu und richtete es auf den Horizont. »Da ist jemand im Wasser!«, rief er.

»Ich behalte ihn im Auge«, sagte er zu ihr. »Geben Sie der Crew Bescheid, sie sollen den Kapitän informieren. Jemand treibt im Meer und macht auf sich aufmerksam.«

Zehn Minuten später wurde ein Boot mit vier Besatzungsmitgliedern zu Wasser gelassen, das gleich darauf Kurs auf den Unbekannten nahm.

64

Kapitän Fairfax und John Saunders waren Morrisons Befehl gefolgt und in seine Suite gekommen, und zwar umgehend, wie er ihnen unmissverständlich zu verstehen gegeben hatte. »Wie hat diese Geschichte überhaupt an die Öffentlichkeit gelangen können?«, brüllte er sie jetzt völlig außer sich an. »Wer hat das alles weitergegeben?«

»Ich kann nur vermuten, dass es der Mann mit den tausend Gesichtern war«, antwortete Saunders.

»Was ist mit Dr. Blake? Was mit dem Steward?«

Kapitän Fairfax versteifte sich, versuchte sich aber seine Verärgerung nicht anmerken zu lassen.

»Ich lege meine Hand dafür ins Feuer, dass Dr. Blake diese Informationen niemals herausgeben würde. Und bei Raymond Broad bin ich mir, wie gesagt, nicht einmal sicher, ob er überhaupt weiß, dass Lady Haywood nicht eines natürlichen Todes gestorben ist. Ich würde daher Mr. Saunders zustimmen. Wir haben es mit einem weiteren Fall des Manns mit den tausend Gesichtern zu tun, der mit den Medien sein Spielchen treibt.«

»Einen Moment. Was ist mit diesem Typen, diesem Interpol-Mitarbeiter? Wie heißt er gleich noch mal?« Die Falten auf Morrisons Stirn wurden noch tiefer.

»Devon Michaelson, Sir«, antwortete Kapitän Fairfax.

»Sagen Sie ihm, er soll unverzüglich hier aufkreuzen. Und ich meine *unverzüglich*!«, donnerte Morrison.

Wortlos griff Fairfax zum Telefon. »Stellen Sie mich zu Devon Michaelsons Suite durch«, bat er. Es klingelte dreimal, bevor sich jemand meldete. »Mr. Michaelson, hier ist Kapitän Fairfax. Ich bin im Moment in Mr. Morrisons Suite. Er würde Sie gern sprechen, sofort.«

»Natürlich. Ich bin gleich da.«

Quälende fünf Minuten lang herrschte unangenehmes Schweigen, bis Devon Michaelson an die Tür klopfte und unaufgefordert eintrat.

Morrison hielt sich nicht mit Nettigkeiten auf. »Ich habe gehört, Sie gehören zu Interpol. An Bord hat sich ein Mord ereignet, außerdem wurde ein unschätzbar wertvolles Schmuckstück gestohlen. Wollten Sie das alles nicht eigentlich verhindern?«

Michaelson machte seinerseits keinerlei Anstalten, seinen Zorn zu verbergen. »Mr. Morrison«, begann er in eisigem Ton. »Ich gehe davon aus, dass Sie mir die Aufzeichnungen der Überwachungskameras im Speisesaal sowie in den Gängen zu Lady Haywoods Suite zur Verfügung stellen werden.«

»Mr. Michaelson«, antwortete Kapitän Fairfax, »Sie sind anscheinend nicht mit der Situation auf Kreuzfahrtschiffen vertraut. Da wir die Privatsphäre unserer Gäste achten, haben wir keine Kameras in den Gängen.«

»Na, dann schützen Sie damit die Privatsphäre eines Diebes und Mörders. Ist Ihnen jemals der Gedanke gekommen, dass es angesichts der Wertsachen, die Ihre Gäste mit sich führen, angemessen wäre, überall Sicherheitspersonal bereitzustellen?«

»Erzählen Sie mir nicht, wie ich mein Schiff zu führen habe«, blaffte Morrison. »Überall Sicherheitspersonal! Ich habe hier einen Luxusliner, kein Gefängnis! So, da ich also davon überzeugt bin, dass Sie ein ganz hervorragender Polizist sind und den Fall sicherlich schon gelöst haben, könnten Sie uns doch ganz einfach erzählen, was Ihrer Meinung nach geschehen ist.«

Michaelson sah ihn mit starrer Miene an. »Ich kann Ihnen nur sagen, dass ich mehrere Personen im Visier habe.«

»Und die wären?«

»Meiner Erfahrung nach dürfte es sich lohnen, sich als Erstes auf die Person zu konzentrieren, die den Toten gefunden hat. Sehr oft erzählen diejenigen nicht alles, was sie wissen. Aus diesem Grund würde ich mich mit Ihrem Steward Raymond Broad beschäftigen.«

»Ich kann Ihnen versichern, dass jeder Angestellte an Bord, bevor man ihn angeheuert hat, eingehend überprüft wurde«, sagte Saunders.

»Davon bin ich überzeugt. Aber ich kann *Ihnen* versichern, dass Interpol auf weit umfangreichere Informationsquellen zurückgreifen kann als Sie.«

»Wer noch?«, fragte Morrison.

»Es gibt diverse andere Passagiere, die mich interessieren. Vorerst werde ich Ihnen nur einen Namen nennen. Mr. Edward Cavanaugh.«

»Der Sohn des Botschafters?« Fairfax war sichtlich überrascht.

»Ted, wie er sich nennt, Cavanaugh bereist häufig Europa und den Nahen Osten. Ich habe mir seine Flüge, die Einreise- und Hotelformulare angesehen. Es mag Zufall sein oder nicht, jedenfalls befand er sich immer in der Nähe jener Orte, an denen der Mann mit den tausend Gesichtern in den vergangenen sieben Jahren seine Diebstähle begangen hat. Außerdem hat er offen sein Interesse an der sogenannten Kleopatra-Halskette bekundet.

Und nachdem ich Ihre Frage damit beantwortet habe, empfehle ich mich jetzt.«

Als die Tür hinter Michaelson zufiel, sagte Kapitän Fairfax: »Mr. Morrison, noch etwas. Ich werde von der Presse mit Anrufen und E-Mails bestürmt, alle wollen einen Kommentar zu Lady Ems Tod und der anscheinend gestohlenen Halskette. Wie soll ich darauf reagieren?«

»Wir halten an unserer Geschichte fest: Lady Em ist eines natürlichen Todes gestorben. Punkt.«

»Wir wissen, dass die Kleopatra-Halskette fehlt«, hakte Fairfax nach. »Sollten wir nicht die Passagiere warnen und sie darauf hinweisen, auf ihre Wertsachen zu achten?«

»Kein Wort über die fehlende Kette«, knurrte Morrison. »Das ist alles.«

Die beiden Männer betrachteten sich damit als entlassen und verließen die Suite.

Obwohl es erst zehn Uhr morgens war, ging Gregory Morrison zur Bar und schenkte sich einen großzügigen Wodka ein. Auch wenn Beten sonst nicht seine Sache war, flehte er jetzt inständig: Mein Gott, hoffentlich hat nicht einer der Angestellten sie umgebracht.

Zehn Minuten später erhielt Morrison einen Anruf von seiner PR-Agentur. Neben den Gerüchten über den Mord an Lady Em und der gestohlenen Halskette gab es mittlerweile auch Zeitungsberichte, denen zufolge Celia Kilbride aufgrund eines Zeitschrifteninterviews erneut vom FBI wegen ihrer mutmaßlichen Beteiligung an einem Hedgefondsbetrug vernommen werden würde. Da sie sich als Gastrednerin an Bord der *Queen Charlotte* aufhalte, sollten er und der Kapitän sich schon mal darauf gefasst machen, dass sie von den Passagieren auf diese Sache angesprochen würden.

»Das werde ich dann sicherlich zu gegebener Zeit erfahren«,

grummelte Morrison. Er legte auf und zitierte erneut seinen Sicherheitschef zu sich.

»Wussten Sie«, fragte Morrison, als Saunders erneut bei ihm erschien, »dass eine unserer Vortragenden, Celia Kilbride, im Verdacht steht, an einem Finanzbetrug beteiligt gewesen zu sein?«

»Nein, das wusste ich nicht. Die Gastredner werden vom Kreuzfahrtdirektor gebucht. Mein Fokus liegt auf den Passagieren und den Angestellten der Castle Line.«

»Für wann ist ihr nächster Vortrag vorgesehen?«

Saunders nahm sein Handy heraus und sah nach: »Heute Nachmittag im Theater. Aber es handelt sich nicht um einen Vortrag, sondern um ein Gespräch mit Mr. Breidenbach, dem Kreuzfahrtdirektor. Sie wird dabei auch Fragen vom Publikum beantworten.«

»Gut, sagen Sie ihr, sie kann sich das abschminken. Das hat gerade noch gefehlt – dass die Leute erfahren, dass ich eine Betrügerin angeheuert habe, die auf meinem Schiff Vorträge hält!«

»Mr. Morrison«, begann Saunders vorsichtig, »ich denke, es ist in unserem eigenen Interesse, auch weiterhin den Anschein von Normalität zu wahren. Wenn wir Ms. Kilbrides Veranstaltung absagen, enttäuschen wir nicht nur die Passagiere, sondern geben damit auch zu verstehen, dass wir sie möglicherweise des Diebstahls und des Mordes an Lady Haywood verdächtigen. Wollen wir das wirklich?«

»Sie ist Edelsteinexpertin, oder?«

»Ja.«

»Das heißt also, sie wird über Edelsteine reden, nehme ich an. Die meisten Passagiere dürften bis dahin wissen, dass Kilbride zu den Verdächtigen bei diesem Hedgefondsbetrug gezählt wird, ist Ihnen das klar?«

»Ich würde sagen, ja, das dürften sie wissen. Aber da *wir* wissen, dass es an Bord einen Mord gegeben hat, und der Interpol-Mitarbeiter sie nicht erwähnt hat, würden Sie durch eine Absage ihres Auftritts im Grunde zu verstehen geben, dass wir sie ebenfalls für verdächtig halten. Das könnte unschöne Auswirkungen haben. Sollte sich nämlich herausstellen, dass sie unschuldig ist, könnte Kilbride Sie wegen übler Nachrede verklagen. Ich rate Ihnen also dringend, den Vortrag nicht abzusagen.«

Morrison überlegte. »Okay, wenn sie eine Stunde lang auf der Bühne steht, weiß ich wenigstens, dass sie sich in der Zeit nicht in irgendwelchen Suiten herumtreibt und einer alten Dame den Garaus macht oder ihren Schmuck klaut. Soll der Vortrag meinetwegen stattfinden. Ich werde mir sogar die Mühe machen zu erscheinen.«

65

Um zwanzig nach drei stand Celia in der Seitenkulisse des Vortragsaals und schob den Vorhang etwas zur Seite, um ins Publikum zu spähen. Fast alle Plätze waren besetzt. Alvirah und Willy Meehan, Ted Cavanaugh, Devon Michaelson und Anna DeMille saßen in der ersten Reihe. Ebenfalls erkannte sie dort Gregory Morrison, den Eigner der *Queen Charlotte*. Warum ist er hier?, fragte sie sich. Mit einem Mal war ihr Mund trocken.

Noch einen Tag zuvor hatte auch Lady Emily dort gesessen. Unwillkürlich griff sie sich an die Tasche, in der sie die Halskette bei sich trug.

Sie hörte, wie sie von Kreuzfahrtdirektor Anthony Breidenbach aufgerufen wurde. Mit einem gezwungenen Lächeln betrat sie die Bühne und reichte ihm die Hand. »Celia Kilbride«, erklärte er, »gilt als renommierte Gemmologin. Sie ist bei Carruthers in New York beschäftigt und hat uns schon in ihren bisherigen Vorträgen mit ihren Fachkenntnissen bei der Bewertung von wertvollen Edelsteinen sowie ihrem Wissen über deren Geschichte fasziniert. Heute wird es um etwas anderes gehen. Sie hat sich nämlich bereit erklärt, erst meine Fragen und später die aus dem Publikum zu beantworten.« Celia und der Kreuzfahrtdirektor gingen zu den sich gegenüberstehenden Sesseln und nahmen Platz.

»Celia, meine erste Frage betrifft die Geburtssteine und das, was sie traditionell symbolisieren. Fangen wir mit dem Bernstein an.«

»Bernstein steht astrologisch in Verbindung mit dem Tier-kreiszeichen Stier. In früheren Zeiten schrieben die Ärzte ihm eine heilende Wirkung bei Kopfschmerzen, Herzproble-men und anderen Krankheiten zu. Die alten Ägypter gaben ihren Toten ein Stück Bernstein mit auf den Weg. Damit woll-ten sie sicherstellen, dass der Körper beim Übertritt ins To-tenreich unversehrt bleibt.« Celia ging es jetzt besser, denn hier befand sie sich auf vertrautem Terrain.

»Wie steht es mit dem Aquamarin?«

»Der Aquamarin ist der Geburtsstein für den Monat März, Sternkreiszeichen Fische. Er soll Freude und Glück bringen und für Harmonie in der Ehe sorgen. Die alten Griechen glaubten, er sei dem Gott Poseidon heilig. Also ein wunder-barer Stein, um ihn in den Urlaub und auf Kreuzfahrten mit-zunehmen.«

»Sprechen wir von den richtig teuren Steinen«, fuhr der Kreuzfahrtdirektor fort. »Was können Sie uns über Diaman-ten sagen?«

»Der Diamant ist der Geburtsstein für den April, Stern-kreiszeichen Widder.« Celia lächelte. »Er soll Reinheit, Har-monie, Liebe und Reichtum bringen. Und die Glücklichen, die sich einen Diamanten leisten konnten, glaubten früher, sie seien dadurch vor der Pest geschützt.«

»Und der Smaragd?«

»Der Smaragd ist der Stein des Stiers. Der Geburtsstein des Mai. Er soll die Liebe bewahren und Wohlstand befördern. In der Renaissance wurden Smaragde unter Adligen als Zeichen der Freundschaft überreicht. Er ist der heilige Stein der Göt-tin Venus.«

»Noch eins. Erzählen Sie uns doch bitte etwas über Gold.«

»Gold ist im astrologischen Kalender nicht vertreten. Aber das Metall stand schon immer für die Göttlichkeit und besonders für die Götter, die mit der Sonne assoziiert wurden. Es ist ein Symbol für die Gesundheit. Goldohrringe sollen die Sehkraft stärken und vor allem Seeleute und Fischer vor dem Ertrinken bewahren.«

Bei diesen Worten musste sie an Roger Pearson denken. Falls dem Kreuzfahrtdirektor das Gleiche durch den Kopf ging, ließ er sich nichts anmerken.

»Gut, dann ist jetzt das Publikum an der Reihe«, fuhr Breidenbach fort. »Bitte melden Sie sich, wenn Sie eine Frage haben. Meine Assistentin wird Ihnen dann das Mikro bringen.«

Celia hatte befürchtet, dass die erste Frage zur Kleopatra-Halskette gestellt würde. Stattdessen wollte eine Frau etwas über die Smaragd-Diamant-Halskette wissen, die Sir Alexander Korda 1939 der Schauspielerin Merle Oberon geschenkt hatte.

»Es handelte sich dabei um ein überaus herrliches Geschmeide«, erzählte Celia. »Es besaß insgesamt neunundzwanzig Smaragde, die angeblich alle von gleicher Größe und Gestalt waren und von indischen Maharadschas aus dem fünfzehnten Jahrhundert stammten.«

Celia hatte kaum ausgeredet, als mindestens ein Dutzend Hände nach oben schnellte. Die Fragen kamen nun in rascher Abfolge: »Erzählen Sie von der Geschichte des Hope-Diamanten.« »Was können Sie zu den britischen Kronjuwelen sagen?« »Stimmt es, dass die Tradition, zur Verlobung einen Diamantring zu schenken, auf eine erfolgreiche Werbekampagne des Diamanthändlers De Beers in den 1930ern zurückgeht?« Gelächter begleitete folgende Frage: »War der Ring, der Kim Kardashian gestohlen wurde, wirklich vier Millionen Dollar wert?«

Erst ganz zum Schluss der Veranstaltung kam eine Frage zur Kleopatra-Halskette. »Ist sie wirklich gestohlen worden, und wurde Lady Haywood wirklich ermordet?«

»Ich habe keine Ahnung, ob die Kette gestohlen wurde«, antwortete Celia etwas ausweichend. »Und für mich besteht auch nicht der geringste Grund, dem Gerücht Glauben zu schenken, wonach Lady Haywood nicht eines natürlichen Todes gestorben sei.«

Eins zu null für dich, dachte Morrison. Im Nachhinein war er froh, Kilbrides Auftritt nicht abgesagt zu haben.

»Ms. Kilbride, viele unter uns, unter anderem auch Sie, haben am Cocktailempfang des Kapitäns und dem sich anschließenden Dinner teilgenommen. Wir haben alle gesehen, dass Lady Emily ihre Kleopatra-Kette getragen hat. Trotz der Gerüchte, sie sei gestohlen worden, behauptet die Schiffsleitung, dass dem nicht so sei. Können Sie das bestätigen?«

»Niemand von der Schiffsleitung hat mich wegen der Halskette kontaktiert«, antwortete Celia und fühlte sich plötzlich sehr unbehaglich.

»Und lag nicht ein Fluch auf der Halskette, demzufolge derjenige nicht mehr lebend die Küste erreicht, der sie mit hinaus aufs Meer nimmt?«

Celia musste an Lady Em denken, die sich über diesen Fluch lustig gemacht hatte. »Ja«, sagte sie. »Laut der Legende ist die Kette mit einem derartigen Fluch belegt.«

»Danke, Celia Kilbride, und Dank an Sie alle im Publikum.« Damit beendete Breidenbach die Veranstaltung und erhob sich zum Applaus der versammelten Passagiere.

66

Yvonne, Valerie Conrad und Dana Terrace hatten Celias Veranstaltung ebenfalls besucht. Danach gingen sie auf einen Cocktail in die Edwardian Bar. Yvonne hatte ihren Freundinnen erklärt, dass sie es nicht mehr ertrage, weiter in ihrer Kabine zu bleiben. »Jedes Mal, wenn ich allein bin«, sagte sie mit bebender Stimme, »sehe ich wieder Roger vor mir. Dann kommt alles wieder hoch, der schreckliche Augenblick, als er sich zurücklehnt, die Arme hochreißt und nach hinten fällt. Ich habe an der Balkontür gestanden und ihn noch gewarnt. ›Roger, setz dich nicht aufs Geländer. Du fällst noch über Bord.‹ Aber er hat bloß gelacht und gesagt: ›Mach dir mal keine Sorgen, ich bin ein guter Schwimmer.‹« Sie presste sich eine Träne aus dem rechten Auge.

Valerie und Dana äußerten ihr Mitgefühl. »Es muss ja so schrecklich für dich gewesen sein«, sagte Valerie. »Ich kann mir nichts Schlimmeres vorstellen«, fiel Dana mit ein.

»Die Erinnerung wird mich mein Leben lang verfolgen«, sagte Yvonne mit erstickter Stimme.

»Hast du dir schon Gedanken zur Beerdigung oder zu einem Gedenkgottesdienst gemacht?«, fragte Dana.

»Ich hab bislang überhaupt keinen klaren Gedanken fassen können«, antwortete Yvonne. »Aber natürlich wird es einen Gedenkgottesdienst geben. Ich denke mir, in zwei Wochen, das wäre unter den gegebenen Umständen ein angemessener

Zeitraum.« Bis dahin sollte ich auch das Geld von der Versicherung haben, dachte sie sich.

»Ich habe von dem Mann gehört, der die Asche seiner Frau verstreut hat«, sagte Dana.

»Wenigstens hatte er noch Asche, die er über Bord werfen konnte«, erwiderte Yvonne.

»Yvonne, wir hoffen, dass du bald darüber hinwegkommen wirst«, sagte Valerie und tätschelte ihrer Freundin die Hand. »Hatte Roger eine Lebensversicherung?«

»Ja, Gott sei Dank. Eine über fünf Millionen Dollar. Natürlich verfügen wir noch über andere Vermögenswerte, über Aktien und Fonds.«

»Das ist gut. Ich bin mir nämlich ziemlich sicher, dass die Versicherung die Auszahlung verweigert, solange die Leiche nicht geborgen ist.«

Daran hatte Yvonne noch gar nicht gedacht. Sie sprach ein stilles Dankgebet, dass Lady Em ermordet worden war, bevor sie eine unabhängige Prüfung ihrer Finanzen in Auftrag hatte geben können.

»Yvonne, es ist vielleicht noch etwas früh dafür, aber du solltest versuchen, den Blick nach vorn zu richten«, sagte Valerie. »Du bist attraktiv. Du bist jung. Du hast keine Kinder oder anderen Ballast. Du bist eine reiche Witwe. Der arme Roger, er tut mir wirklich leid, aber das alles hat auch seine positiven Seiten. Bei einer Scheidung hättest du alles mit ihm teilen müssen. So kriegst du jetzt alles allein.«

»Oh, daran hab ich noch gar nicht gedacht«, murmelte Yvonne und schüttelte den Kopf.

»Und wir werden uns mal nach einem neuen Mann für dich umsehen«, versprach Dana.

Nachdem die Pläne zu Yvonnes Zukunft bei einem zweiten

Cocktail besiegelt wurden, kamen sie auf Celia Kilbride zu sprechen.

»Die Veranstaltung war richtig interessant«, sagte Yvonne.

»Immerhin sieht sie nicht so aus, als könnte sie eine alte Frau ersticken«, bemerkte Valerie. »Du hast mit ihr am Tisch gesessen, Yvonne. Was war denn dein Eindruck?«

»Sie ist oft sehr still, ich glaube, sie macht sich viele Sorgen. Ich jedenfalls möchte nicht vom FBI vernommen werden.« Damit müsste ich allerdings rechnen, falls Lady Em noch am Leben wäre, dachte sie. Denn es dürfte sicherlich auch mein Name auf manchen der Dokumente auftauchen, mit denen Roger die Unterschlagungen vertuscht hat. Und falls Celia wirklich Lady Ems Mörderin ist, dann sage ich nur: Gott segne sie.

»Falls Celia die Kette hat, was will sie dann damit?«, fragte Dana. »Ich meine, sie ist absolut unbezahlbar. Ich wüsste nicht, an wen sie das Schmuckstück verkaufen sollte, außer an einen saudischen Prinzen.«

»Ich tippe darauf, dass sie die einzelnen Smaragde herausbricht«, sagte Valerie. »Jeder einzelne ist für sich schon ein Vermögen wert. Vergesst nicht, sie kommt aus der Branche. Sie muss viele Käufer kennen, denen die Herkunft der Steine egal ist.«

Nun kamen die drei auf Ted Cavanaugh zu sprechen. »Ein äußerst attraktiver Mann«, lautete ihr einstimmiges Urteil.

»Und ist euch aufgefallen, wie er ständig versucht hat, sich an Lady Em heranzumachen? Am ersten Abend hat er sich richtig beeilt, um den Tisch neben ihrem zu bekommen«, sagte Yvonne. »Ich habe neben Lady Em gesessen und gesehen, wie er andere fast umgestoßen hat, nur um sich den Tisch links von uns zu sichern. Er sitzt bei diesen Lottogewinnern und Devon Michaelson, dem trauernden Witwer, der wahrscheinlich schon eine Freundin hatte, als seine Frau noch am Leben war, und bei dieser Kirchen-Lady aus dem Mittleren Westen ...« Sie verstummte.

»Was ist mit diesem Shakespeare-Knacker?«, fragte Dana.

»Der ständig die Stirn krauszieht?«, sagte Valerie und ahmte ihn nach.

»Genau«, bestätigte Dana. »Ich würde sagen, der sieht mir schon wie einer aus, der einen Menschen umbringen könnte.«

»Nein, aber immerhin redet er von Morden«, sagte Yvonne. Ihre Stimme wurde tiefer: »›Fort, verdammter Fleck! Fort, sag ich. Kann wohl des großen Meergotts Ozean dies Blut von meiner Hand reinwaschen?‹ Oder so ähnlich.«

Dana und Valerie brachen in schallendes Gelächter aus. »Du gibst eine großartige Lady Macbeth ab«, sagte Dana. »Also, spricht irgendwas gegen einen weiteren Manhattan?«

»Absolut nichts«, stimmte Valerie zu und winkte schon den Kellner heran.

67

Ted Cavanaugh war während der Edelstein-Veranstaltung beeindruckt, wie redegewandt Celia auf die ihr gestellten Fragen einging. Erneut wurde ihm bewusst, was für eine schöne Frau sie war. Außerdem bewunderte er die Gelassenheit, mit der sie auf die Frage zu Lady Ems Tod reagierte.

Jeder im Publikum wusste vom *People*-Artikel und den Anschuldigungen, die ihr ehemaliger Verlobter gegen sie erhoben hatte.

Nach dem Ende der Veranstaltung warteten einige Gäste, die mit ihr noch sprechen wollten. Erst nachdem die letzten davongegangen waren, erhob sich Ted und fing Celia vor der Tür ab. Sie hatten sich beim Cocktailempfang begrüßt, seitdem aber nichts mehr miteinander zu tun gehabt.

»Celia«, sprach er sie an, »Sie können sich hoffentlich noch an mich erinnern. Wir sind uns auf dem Cocktailempfang begegnet. Ted Cavanaugh.« Er schüttelte ihr die Hand. »Sie müssen nach dem vielen Reden ganz durstig sein. Wie wäre es mit einem Glas Wein oder einem Cocktail?«

Celia wollte bereits ablehnen, zögerte dann aber. Eigentlich freute sie sich nicht unbedingt darauf, mit ihren Sorgen allein zu sein – und mit der Halskette, wie sie im Stillen anfügte.

»Das wäre nett«, antwortete sie schließlich.

»Die Regency Bar ist am nächsten. Wollen wir da hin?«

»Klingt gut.«

Kurz darauf servierte ihnen ein Kellner ihre Getränke. Chardonnay für Celia, Wodka on the rocks für Ted.

Ted hatte sich vorgenommen, weder Lady Ems Tod noch die Kleopatra-Kette zur Sprache zu bringen, stattdessen fragte er: »Celia, Sie müssen eine Menge studiert haben, um über so viel Expertenwissen zu verfügen. Gibt es eine besondere Ausbildung dafür?«

Eine leichte Frage zu einem unverfänglichen Thema. »Ich habe nach dem College in England die Gemmological Association of Great Britain besucht. Aber wie einer der Dozenten dort immer sagte: ›Es dauert ein ganzes Leben, um es zum Meister auf dem Gebiet der Edelsteinkunde zu bringen.‹«

»Wie sind Sie auf die Idee gekommen, das zu Ihrem Beruf zu machen?«

Ted entging nicht, dass Celia kurz stutzte. Sie musste daran denken, dass sie erst vor wenigen Tagen eine ähnliche Unterhaltung mit Professor Longworth geführt hatte. War es wirklich erst ein paar Tage her? Sie erinnerte sich, dass sie sich damals eher unbehaglich gefühlt hatte, anders als jetzt mit Ted Cavanaugh, in dessen Gegenwart sie aus irgendeinem Grund herrlich entspannt war.

»Mein Vater war Gemmologe. Als ich noch klein war, habe ich meinen Puppen immer Schmuck angelegt – unechten natürlich. Er hat mir schließlich gezeigt, wie echter Schmuck von unechtem zu unterscheiden ist und wie man mit einer Lupe umzugehen hat.« Nach einer kurzen Pause fuhr sie fort: »Er ist vor zwei Jahren gestorben. Er hat mir zweihundert-fünfzigtausend Dollar hinterlassen, die ich bei einem Anlage-betrug verloren habe.« Sie sah ihn unverwandt an.

»Ich habe davon gehört«, gestand Ted.

»Dann wissen Sie auch, dass viele glauben, ich wäre an

diesem Betrug beteiligt gewesen und hätte mitgeholfen, die Opfer um ihr sauer verdientes Geld zu bringen.«

»Ich habe das Interview Ihres Exverlobten in der *People* gelesen ...«

»Nichts davon ist wahr!«

Ted überlegte, dann sagte er: »Wenn es Ihnen ein Trost ist: Ich kann mir beim besten Willen nicht vorstellen, dass Sie eine Betrügerin sind.« Warum sage ich das jetzt?, fragte er sich. Weil es wahr ist, kam ihm gleich die passende Antwort in den Sinn.

»Warum tut er mir das an?«

»Der offensichtlichste Grund dafür ist wohl Rache, weil Sie nicht weiter zu ihm gehalten haben. Der zweite Grund, ebenso offensichtlich: Wenn er sich mit der Staatsanwaltschaft besser stellt, kann er vielleicht auf Strafminderung hoffen. Er hat in dem Interview im Grunde ein Geständnis abgelegt, aber er weiß, dass schon jetzt genügend belastende Indizien für eine Verurteilung vorliegen. Also erzählt er der Staatsanwaltschaft, dass Sie mit beteiligt waren und er zur Kooperation bereit ist, um auch Sie zu überführen. Das, glaube ich, läuft hier ab.«

»Aber ich gehöre doch auch zu seinen Opfern«, protestierte Celia.

»Ich weiß, Celia, ich weiß.«

Er brachte das Gespräch wieder auf ein unverfänglicheres Thema. »Sie sagten, Ihr Vater ist vor zwei Jahren gestorben. Was ist mit Ihrer Mutter?«

»Sie starb, als ich noch ganz klein war.«

»Brüder? Schwestern?«

»Nein. Mein Vater hat nie wieder geheiratet. Deshalb bin ich auch wütend auf ihn, können Sie sich das vorstellen? Ich hätte wirklich gern Geschwister.«

Ted dachte an seine eigene Familie. Seine Eltern waren noch äußerst rüstig und bildeten zusammen mit seinen beiden Brüdern einen wichtigen Teil seines Lebens. »Aber Sie haben doch sicherlich gute Freunde?«

Celia schüttelte den Kopf. »Hatte ich mal. Ich habe einige sehr gute Freunde verloren – die, die in Stevens Fonds investiert haben.«

»Aber die geben doch nicht Ihnen die Schuld?«

»Ich habe sie mit Steven bekannt gemacht. Das nehmen sie mir übel. Meine Freunde waren nicht sehr reich. Es tut ihnen sehr weh, ihr Geld zu verlieren.«

Ich wette, es tut dir genauso weh, dachte Ted, äußerte es aber nicht. Stattdessen lehnte er sich zurück, nahm einen Schluck von seinem Drink und betrachtete Celia. Er war sich absolut sicher, dass sie weder für den Mord an Lady Em verantwortlich war, noch sie bestohlen hatte. Sie hat so traurige Augen, dachte er. Sie hat so viel durchgemacht.

68

Auch Brenda hatte an Celias Veranstaltung teilgenommen und musste zugeben, dass diese junge Frau sehr viel über Edelsteine wusste. Sie und Lady Em haben sich näher kennengelernt, dachte Brenda, es würde mich also nicht wundern, wenn Lady Em sie gebeten hat, einen Blick auf das »Picknick«-Armband zu werfen. Aber selbst wenn es so wäre, würde ihr Wort gegen meines stehen. Nachdem ihr Exverlobter sie beschuldigt hat, an einem Finanzbetrug beteiligt gewesen zu sein, würde man ihr kein Wort glauben.

Ralphie hatte ihr in einer E-Mail sein Beileid wegen Lady Ems Tod ausgesprochen. Klugerweise hatte er dabei Lady Ems Juwelen mit keinem Wort erwähnt.

Brenda ging nach oben und lächelte den ihr bekannten Gesichtern zu. Einige von denen, die sie als Lady Ems langjährige Assistentin kannten, hatten ihr kondoliert. In ihrer Kabine griff sie sofort zum Hörer und rief Ralph an.

»Sag nicht zu viel«, wies sie ihn an. »Du weißt nicht, ob diese Gespräche aufgezeichnet werden.«

»Verstanden«, erwiderte er. »Wie geht es dir denn, mein Liebling?«

Brenda errötete. Es war schön, dass jemand sie endlich wieder »mein Liebling« nannte. Nicht mal ihre Mutter hatte sie mit Kosenamen angesprochen.

»Gut, mein Schatz. Natürlich bricht mir Lady Ems Tod das Herz. Aber ich bin auch froh, dass ich nicht mehr den ganzen

Tag nach ihrer Pfeife tanzen muss. Falls du mich also immer noch heiraten willst: Ich komme nächsten Sonntag nach Hause.«

»Natürlich, ich warte doch nur auf dich. Ich wollte dich vom ersten Tag an heiraten, seitdem wir uns kennengelernt haben. Ich verspreche dir, jetzt, da Lady Em tot ist, wird alles anders werden.«

»Ja. Gut, dann verabschiedet sich deine Butterblume jetzt von dir, mein Ralphie. Küsschen.«

Lächelnd legte sie auf. Wie lange wird es wohl dauern, bis ich die dreihunderttausend Dollar aus ihrem Nachlass bekomme? Die alte Schachtel hätte es sich locker leisten können, mir eine halbe Million zu hinterlassen. Oder eine Million. Die hätte ich eigentlich verdient gehabt.

Um auf andere Gedanken zu kommen, griff sie sich das Buch, das sie zu lesen anfangen wollte. Dann trat sie an die Balkontür und öffnete sie. Aber es war zu windig, um sich draußen hinzusetzen. Sie konnte es kaum erwarten, dass die Reise endlich zu Ende war und sie nach New York zurück-konnte.

Sie glaubte, Ralphies Umarmung zu spüren, als sie sich schließlich in die zärtlichen Passagen vertiefte, die Jane Eyres tragisches Schicksal bis zu ihrer Versöhnung mit Mr. Roches-ter beschrieben. Rochester, Jane Eyres Held, erinnert mich an Ralphie, dachte sie und sah dabei einen hoch aufragenden Mann vor sich. Dann lehnte sie sich im Sessel zurück und versank wieder ganz in ihrer Lektüre.

69

Devon Michaelson besuchte ebenfalls die Veranstaltung mit Celia und dem Kreuzfahrtdirektor, nahm die Fragen und Antworten aber nur mit halbem Ohr wahr. Er war immer noch sauer wegen des Treffens mit Gregory Morrison und dessen Anruf, der nur wenige Minuten später erfolgt war.

»Stimmt das, Sie sind also von Interpol?«, hatte Morrison gefragt.

»Ja, ganz recht.«

»Und Sie sind auf meinem Schiff, um die Kleopatra-Halskette zu schützen?«

»Genau.«

»Dann muss ich Ihnen mitteilen, dass Sie auf ganzer Linie versagt haben. Unsere prominenteste Passagierin ist ermordet worden, und die Halskette wurde gestohlen. Außerdem können Sie nicht die geringsten Fortschritte vorweisen bei der Suche nach dem Mann mit den tausend Gesichtern. Sie hatten nichts anderes zu tun, als Asche über Bord rieseln zu lassen. Sie sind ein totaler Reinfall. Wären Sie mein Angestellter, würde ich Sie auf der Stelle feuern.«

»Zum Glück bin ich aber nicht Ihr Angestellter, Mr. Morrison. Ich arbeite für eine der angesehensten internationalen Polizeiorganisationen der Welt. Und ich mochte betonen, dass ich nicht im Traum daran denken würde, für Sie zu arbeiten.«

Nach dem Ende der Veranstaltung blieb er noch eine Weile an der Tür stehen und bekam mit, wie Celia mit Ted

Cavanaugh den Raum verließ. Bahnt sich da etwa eine Liebesgeschichte an?, überlegte er. Na, das kann mir egal sein. Die Überfahrt wird keine zwei Tage mehr dauern, und noch bevor wir in Southampton sind, werde ich die Halskette gefunden haben. Und am liebsten würde ich sie diesem Morrison dann in den Rachen stopfen.

70

Professor Henry Longworth hatte eigentlich nicht vorgehabt, Celias dritte Veranstaltung zu besuchen, aber nach seinem Vortrag und nach einem schnellen Mittagsimbiss überlegte er es sich anders. Er betrat den Saal, nur wenige Minuten bevor Celia vorgestellt wurde, und blieb zunächst ganz hinten stehen.

Als er Brenda hereinkommen sah, drückte er sich an die Wand. Ihre ermüdenden Kommentare waren das Letzte, was er jetzt hören wollte. Er wartete, bis sie sich gesetzt hatte, erst dann suchte er sich so weit wie möglich von ihr entfernt einen Platz.

Aufmerksam sah er sich um. Zu seinem Verdruss kamen zu Celias Vortrag fast doppelt so viele Besucher wie zu seinem. Sie redet über Edelsteine, schnöden Tand, dachte er. Während ich von dem größten Schriftsteller spreche, den die Welt je gesehen hat.

Neidisch? Ja, ich bin neidisch. Dennoch, sie ist eine sehr nette junge Frau, das muss man ihr lassen. Womöglich also eine arme, fälschlicherweise angeklagte und missverstandene Cordelia? Oder doch eher eine Lady Macbeth, eine kaltblütige Mörderin im Gewand einer liebreizenden Frau?

Er ertappte sich dabei, wie er einen nach dem anderen ganz genau musterte. Er wollte zu gern herausfinden, ob einer von ihnen in der Lage war, Lady Em zu ermorden.

Am Ende von Celias Veranstaltung war er überzeugt, dass

keiner sie verdächtigen würde. Aber *wen* würden die Leute verdächtigen?

Wieder sah er sich um. Wie wäre es mit Brenda Martin? Dort saß sie, fünf Reihen vor ihm, weit links. Wie war sie vom Tisch aufgesprungen, als der Kapitän in seiner Lautsprecherdurchsage Lady Ems Tod bekannt gegeben hatte. Aber nur wenige Minuten später war sie schon wieder zurückgekehrt. Der überraschende Tod ihrer Arbeitgeberin hatte ihr ganz offensichtlich nicht den Appetit verdorben. Zu seiner Enttäuschung erzählte sie nicht, was sich vor Lady Ems Suite ereignet hatte. Gut, zu diesem Zeitpunkt gab es auf diversen Internet-Nachrichtenportalen bereits Spekulationen über Lady Ems Ermordung und das Verschwinden der berühmten Smaragdhalskette.

Unwillkürlich sah er zu Brenda. Ihre Blicke trafen sich. Ich würde ja zu gern wissen, was in deinem Kopf vor sich geht. Was würde man dort finden? *Komm, täuschen wir mit heiterm Blick die Stunde. Birg, falscher Schein, des falschen Herzens Kunde!*

Als die Veranstaltung vorüber war, erhob er sich mit den anderen, wartete, bis Brenda den Saal verlassen hatte, und schlenderte mit den wenigen noch verbliebenen Gästen hinaus. Er hatte keine Lust auf Gesellschaft und steuerte direkt seine Suite an. Dort trat er an die Bar und mixte sich erst mal einen Gin-Martini. Mit einem zufriedenen Seufzer ließ er sich im Klubsessel nieder, legte die Füße auf den Schemel und nahm einen Schluck.

Diese Reise, dachte er, ist zwar völlig verrückt, bietet aber trotzdem alle versprochenen Annehmlichkeiten. Ein Mord ist doch eine überaus interessante Wendung im Handlungsablauf an Bord. Ein Gedanke, über den er dann doch sehr herzhaft lachen musste.

71

Nach dem Treffen mit Ted Cavanaugh kehrte Celia sofort in ihre Suite zurück. Sie musste sich eingestehen, dass sie die Begegnung mit ihm sehr genossen hatte, aber darüber wollte sie sich jetzt keine allzu großen Gedanken machen. Viel wichtiger war es ihr doch zu erfahren, was andere wirklich über sie dachten.

Sie hatte im Publikum auch Yvonne und zwei ihrer Freundinnen gesehen. Wie es Yvonne nach dem Tod ihres Mannes erging, konnte sie nur erahnen. Hoffentlich habe ich sie durch die Veranstaltung etwas ablenken können, dachte Celia. Kaum in ihrer Suite, klingelte das Telefon. Wie erhofft, war es Alvirah.

»Celia, Sie waren wunderbar«, begann Alvirah. »Ich war ja neulich schon so begeistert von Ihrem Vortrag, aber heute waren Sie noch besser.«

Lass dich von solchen Schmeicheleien nicht zu sehr kriegen, dachte sich Celia. Aber sie konnte nicht leugnen, dass Alvirahs Worte Balsam für ihre Seele waren.

»Ich habe viel über Sie und Ihre Situation nachgedacht«, fuhr Alvirah fort. »Ich würde mich gern mit Ihnen treffen. In Ihrer Suite.«

»Ich könnte ein bisschen moralische Unterstützung gebrauchen. Kommen Sie vorbei.«

Nachdem Celia Alvirah und Willy bislang immer zusammen erlebt hatte, war sie dann doch ein wenig erstaunt, als

Alvirah allein vor ihrer Tür stand. Vorsichtig sagte Alvirah beim Eintreten: »Ich will mich aber keinesfalls aufdrängen. Sie sind wahrscheinlich müde nach Ihrem Vortrag.«

»Ich bin froh um Ihre Gesellschaft, Alvirah. Wenn ich allein bin, habe ich bloß zu viel Zeit zum Nachdenken.«

»Dann bin ich ja beruhigt«, entgegnete Alvirah und nahm auf der Couch Platz.

»Celia, Willy und ich sind felsenfest davon überzeugt, dass Sie niemals Lady Emily etwas angetan oder ihre Halskette gestohlen haben.«

»Danke«, murmelte Celia. Soll ich?, fragte sie sich und rang sich schließlich dazu durch, die Wahrheit zu sagen.

Sie griff in ihre Tasche und zog die Kleopatra-Halskette heraus. »Ich habe sie nicht gestohlen«, sagte sie schnell, als sie Alvirahs entsetztes Gesicht sah. »Lady Em hat sie mir gegeben. Lassen Sie mich erklären, wie es dazu gekommen ist.

Als ich gestern Abend in meine Suite zurückkehrte, bekam ich einen Anruf von Lady Em. Sie bat mich, zu ihr zu kommen und die Lupe mitzubringen. In ihrer Suite gab sie mir ein Armband zur Begutachtung und fragte mich nach meiner Meinung dazu. Mir war sofort klar, dass die Diamanten des Armbands lediglich von minderer Qualität waren. Im Grunde war das Schmuckstück wertlos. Als ich Lady Em das sagte, wurde sie sehr deprimiert. Sie erzählte mir von ihrem Verdacht, dass ihre Assistentin Brenda ihren wertvollen Schmuck durch billige Imitate ersetzt.

›Aber Brenda ist doch seit zwanzig Jahren bei Ihnen‹, sagte ich. Lady Em war sich ihrer Einschätzung jedoch sehr sicher. Als sie nämlich Brenda gegenüber hatte verlauten lassen, dass der Schmuck irgendwie seltsam aussehe, hatte sich ihre Assistentin offensichtlich gar nicht wohlgefühlt in ihrer Haut.

Und sie erzählte von ihrer Enttäuschung, weil sie sich Brenda gegenüber immer sehr freundlich und großzügig gezeigt hatte.

»Wie traurig«, seufzte Alvirah.

»Das ist noch nicht alles. Lady Em war darüber hinaus überzeugt, dass Roger Pearson sie ebenfalls hintergangen hat. Anscheinend hatte sie ihm gestern mitgeteilt, dass sie ihre Finanzen von einer zweiten Kanzlei gegenprüfen lassen möchte, und das hat ihn wohl ziemlich beunruhigt.«

»Das kann ich sehr gut verstehen. Willy und ich haben gehört, wie er und Yvonne sich in ihrer Suite gestritten haben. Dabei sagte er, ihm könnten zwanzig Jahre Gefängnis blühen.«

»Alvirah, was soll ich jetzt mit der Halskette machen? Lady Em hat mir erzählt, sie wolle Ted Cavanaughs Bitte nachkommen und bei ihrer Rückkehr nach New York die Kette ihren Anwälten übergeben, damit diese sie Ted zukommen lassen. Anscheinend hat der Kapitän ihr beim Cocktailempfang vorgeschlagen, die Halskette in seinem Safe aufzubewahren. Letzten Abend hat Lady Em sie aber mir gegeben und mich gebeten, sie am Morgen dem Kapitän zu bringen.« Celia schüttelte den Kopf. »Ich habe ja solche Angst, jemandem zu erzählen, dass ich die Kette habe. Wegen dieser Hedgefonds-geschichte halten mich wahrscheinlich viele für eine Kriminelle. Diejenigen glauben auch, ich hätte Lady Em umgebracht und die Halskette gestohlen.«

»Ja, da haben Sie recht. Aber Sie können doch nicht mit der Kette in der Tasche durch die Gegend laufen. Außerdem würde es fürchterlich aussehen, wenn man sie in Ihrer Suite findet.«

»Genau.« Celia seufzte. »Ich stecke in Schwierigkeiten, wenn ich zugebe, dass ich sie habe, und ich stecke in Schwierigkeiten, wenn ich sie weiterhin bei mir behalte.«

»Celia, soll ich die Kette in der Zwischenzeit für Sie aufbewahren? Ich gebe sie Willy. Der nimmt sie an sich. Bei ihm ist sie in Sicherheit, das kann ich Ihnen versprechen.«

»Aber was passiert, wenn wir in Southampton einlaufen? Was machen dann Sie und Willy mit der Kette?«

»Bis dahin haben wir noch etwas Zeit, wir werden uns etwas einfallen lassen. Ich gelte nämlich als ziemlich gute Detektivin. Mal sehen, ob ich den Fall lösen kann, bevor wir Southampton erreichen.«

Höchst erleichtert übergab Celia Alvirah die Halskette.

»Sie ist wunderschön«, entfuhr es Alvirah, als sie sie in ihrer Handtasche verstaute.

»Ja, das ist sie. Es ist das schönste Schmuckstück, das ich jemals gesehen habe.«

Alvirah zögerte, dann sah sie zu Celia und fragte sie lächelnd: »Muss ich mir jetzt Sorgen machen wegen des Kleopatra-Fluchs?«

»Nein«, erwiderte Celia und lächelte ebenfalls. »Der Fluch lautet doch: Wer die Kette mit aufs Meer *hinausnimmt,* wird die Küste lebend nicht erreichen. Wenn an dem Fluch wirklich etwas dran ist, dann ist er der armen Lady Em zum Verhängnis geworden.«

In diesem Moment musste Celia wieder an Lady Ems sorgenvolles Gesicht denken, als sie ihr von ihren beiden Vertrauten Brenda und Roger erzählte, die sie beide betrogen hatten.

72

Raymond Broad, Lady Ems Steward an Bord, war eigentlich davon überzeugt, dass die Informationen über den Mord an Lady Em und die gestohlene Halskette, die er an die Klatsch-Website PMT geschickt hatte, auf ihn zurückgeführt werden konnten. Zu seiner Verwunderung aber war er nach seiner ersten Aussage, nachdem er die alte Dame tot aufgefunden hatte, nicht mehr befragt worden. Der Sicherheitschef hatte ihm nur eingeschärft, mit den Passagieren unter keinen Umständen über das zu reden, was er in Lady Ems Kabine gesehen hatte. Im Moment schienen sie einen mysteriösen Juwelendieb zu verdächtigen, der sich angeblich an Bord befand und die Infos den Medien zugespielt hatte.

Seine Gedanken kehrten zu Lady Ems Suite zurück. Gleich neben ihrem Bett hatte die Tür des Wandsafes offen gestanden, ihr Schmuck hatte auf dem Boden gelegen. Jetzt bedauerte er es, seinem ersten Impuls nicht nachgegeben zu haben. Nimm dir davon! Nimm dir womöglich sogar alles! Man würde doch annehmen, dass sich der Täter den Schmuck geschnappt hatte. Er hatte sogar überlegt, ihn auf dem Frühstückswagen zu verstecken, mit dem er davonrollte, nachdem Dr. Blake ihn endlich entlassen hatte.

Aber was, wenn man ihn als Täter verdächtigte? Hätte man ihn oder den Frühstückswagen dann durchsucht? Es war einfach zu ärgerlich! Er hätte doch bloß den Safe verschließen müssen, und niemand hätte sich überhaupt mit dem Diebstahl beschäftigt. Dann hätte er sich in aller Ruhe mit dem Schmuck aus dem Staub machen können, und keiner hätte auch nur das Geringste bemerkt.

Darüber hinaus ärgerte ihn die Tatsache, dass Lady Em für ihre großzügigen Trinkgelder bekannt war. Ihr Tod bringt mir in jeder Beziehung also nichts als Schaden, dachte er.

Nachdem Lady Ems Suite versiegelt wurde, hatte man ihn Professor Longworths und Brenda Martins Kabinen zugeteilt. Beide Passagiere sagten ihm nicht besonders zu. Der Professor nahm ihn kaum zur Kenntnis, und Brenda Martin hielt ihn ständig auf Trab.

Broad hatte einen Anruf von seinem Kontakt bei PMT erhalten, der ihm zum einen die Zahlung für seinen Tipp über Lady Em bestätigte und zum anderen einschärfte, ihn auf jeden Fall über die neuesten Entwicklungen in dieser Mord- und Diebstahlsache auf dem Laufenden zu halten. Raymond hatte sofort eingewilligt, obwohl er befürchtete, dass er vor dem Anlegen der *Queen Charlotte* in Southampton kaum mehr Neues erfahren würde.

Das Telefon in seiner kleinen Küche klingelte. Es war Brenda Martin. Sie wollte den Nachmittagstee in ihrer Suite serviert bekommen. Ausdrücklich verlangte sie nach den kleinen Sandwiches und dem Gebäck, was gar nicht nötig gewesen wäre, da diese sowieso zum Nachmittagstee gereicht wurden.

Natürlich würde sie, dachte Raymond, wieder alles bis auf den letzten Krümel verputzen.

73

Der Mann mit den tausend Gesichtern hatte die Zahl der Verdächtigen, die die Halskette gestohlen haben könnten, auf genau eine Person eingegrenzt: Brenda Martin. Sie war im Besitz eines Schlüssels zu Lady Ems Suite. Niemandem wäre es sonderbar erschienen, wenn sie Lady Ems Suite aufgesucht hätte, unter dem Vorwand, sich nach ihrem Befinden zu erkundigen. Schließlich hatte sich Lady Em bei ihrem letzten Dinner nicht sehr wohlgefühlt.

Er richtete die Krawatte, machte sich auf den Weg zum Essen und überlegte, was er Brenda zuflüstern könnte, falls er ihr über den Weg lief. Er war fast versucht, ihr zu sagen: »Brenda, lassen Sie es sich schmecken. Es könnte Ihr letztes Abendmahl sein.«

74

Roger bekam es kaum noch mit, dass er die Arme nicht mehr aus dem Wasser brachte. Er hörte auch nicht mehr, wie jemand laut schrie: »Packt ihn, bevor er untergeht!« Er spürte die Arme nicht, die ihn unter den Achseln griffen und ihn nach oben zogen und irgendwo ablegten.

Er nahm nicht mehr wahr, wie eine Decke über ihn gebreitet wurde. Hörte nicht den Motor, der angelassen wurde und losdröhnte, spürte nicht, wie er nach oben gehievt und über eine Reling geschwungen wurde. In seiner Vorstellung begann er zu sinken. Die Wellen brachen über ihm zusammen und raubten ihm den Atem.

Wie aus weiter Ferne hörte er den Schiffsarzt sagen: »Bringt ihn runter zur Krankenstation. Wir müssen ihn aufwärmen.«

Bei diesen Worten aber sank Roger in einen tiefen, heilsamen Schlaf.

75

Alvirah hielt ihre Handtasche fest umklammert, nachdem sie sich von Celia verabschiedet hatte und in ihre Kabine zurückkehrte, wo Willy bereits auf sie wartete. Erstaunt sah er sie an, als sie sich, ohne ihn zu begrüßen, umdrehte und die Tür hinter sich verriegelte.

»Was ist denn los?«, fragte er.

»Das zeige ich dir gleich«, flüsterte Alvirah. »Und sprich leise.«

Sie öffnete die Handtasche und zog die Kleopatra-Halskette heraus.

»Ist das das, was ich mir denke?«, fragte er und nahm von ihr die dreireihige Kette entgegen.

»Ja, das ist es.«

»Woher hast du sie?«

»Celia hat sie mir gegeben.«

»Woher hat sie die Kette? Und sag mir jetzt nicht, dass sie die arme Frau erstickt hat.«

»Willy, du weißt so gut wie ich, dass Celia Kilbride weder eine Mörderin noch eine Diebin ist. Folgendes ist passiert.«

Flüsternd erzählte sie Willy von dem Treffen mit Celia. »Du kannst dir ausmalen, welche Ängste sie aussteht. Sie war vollkommen davon überzeugt, falls man die Kette bei ihr findet, würde ihr keiner glauben, dass Lady Em sie ihr anvertraut hat.«

»Das ist verständlich«, antwortete Willy. »Aber was machen

wir jetzt damit? Ich will nicht, dass irgendjemand spitzkriegt, dass du sie hast, und dich deswegen noch umbringt.«

»Ganz recht, Willy, und deshalb wirst *du* sie nehmen und die ganze Zeit bei dir behalten. Bei dir ist sie am besten aufgehoben.«

»Aber was machen wir, wenn wir von Bord gehen?«

»Celia sagte mir, Lady Em habe vorgehabt, sie Ted Cavanaugh zu überlassen. Sie sei mit ihm einer Meinung gewesen, dass die Kette eigentlich dem ägyptischen Volk gehört.«

»Na, hoffentlich werde ich dann nicht gefilzt«, entgegnete Willy trocken.

Er stand auf und stopfte sich die Kette in die Hosentasche, die sich sofort und gut sichtbar ausbeulte. Alvirah entging sein bestürzter Blick nicht.

»Wenn du eine Jacke drüberziehst, merkt es keiner«, sagte sie.

»Na, wenn du meinst.« Nach einer Pause fragte er: »Okay, was machen wir jetzt?«

»Willy, du weißt, ich bin bei solchen Detektivspielchen ganz gut.«

Er sah sie entsetzt an. »Erzähl mir jetzt nicht, dass du diesen rätselhaften Fall lösen willst. Vergiss nicht: Du hast es hier mit einem Mörder zu tun, der bislang nicht bekommen hat, was er wollte.«

»Das ist mir klar. Trotzdem. Lass uns nachdenken. Lady Em hat Celia erzählt, dass sie von Roger Pearson und Brenda hintergangen wurde. Ist das nicht schrecklich?«

»Wir haben an dem Abend Roger und Yvonne gehört, die sich fast an die Gurgel gegangen sind. Keine vierundzwanzig Stunden später war Roger tot. Was für ein Zufall.«

»Ja. Und Lady Em ist gestorben, nachdem sie nur wenige Stunden vorher Celia erzählt hat, Brenda würde ihren Schmuck durch billige Imitate ersetzen. Willy, weißt du, langsam frage ich mich, ob Roger Pearson wirklich von Bord gefallen ist oder ob Yvonne nicht etwas nachgeholfen hat.«

»Du willst behaupten, sie hat ihn vom Balkon gestoßen?« Willy wollte es nicht glauben.

»Das behaupte ich nicht, aber ich mache mir so meine Gedanken. Ich meine, man hat den beiden doch angesehen, dass es zwischen ihnen nicht mehr stimmt. Sie hat heute mit zwei Freundinnen Celias Vortrag besucht. Dabei hat sie mir nicht wie eine trauernde Witwe ausgesehen, ganz und gar nicht. Wenn man dann noch ein Stück weiterdenkt ... nachdem jetzt Lady Em tot ist und Roger auch, spielt die Frage, was er mit ihren Finanzen angestellt hat, nämlich einfach keine Rolle mehr. Das sind für Yvonne dann doch sehr erfreuliche Aussichten.«

Sie sahen sich eindringlich an. Willy ergriff als Erster das Wort. »Du meinst, Yvonne könnte auch Lady Em umgebracht haben?«

»Es würde mich nicht überraschen.«

»Aber was ist mit diesem Gerücht, dass ein Juwelendieb an Bord ist, der Mann mit den tausend Gesichtern?«

»Ganz ehrlich, ich weiß es nicht«, antwortete Alvira nachdenklich.

76

Nacheinander trafen die Passagiere zum Dinner ein. An einem Tisch saßen Professor Longworth, Yvonne, Celia und Brenda, am Tisch daneben Alvirah und Willy, Devon Michaelson, Ted Cavanaugh und Anna DeMille. An beiden Tischen kam nur schwer eine Unterhaltung in Gang.

»Akupunktur ist etwas Herrliches«, sagte Alvirah zu Ted Cavanaugh. »Ich wüsste nicht, was ich ohne Akupunktur machen würde. Manchmal träume ich sogar von den kleinen Nadeln, die in mir stecken. Wenn ich dann am Morgen aufwache, geht es mir gleich viel besser.«

»Das kann ich gut verstehen«, antwortete Ted. »Meine Mutter lässt sich ihre arthritische Hüfte auch mit Akupunktur behandeln, und sie sagt, es tut ihr sehr gut.«

»Ah, Ihre Mutter hat Arthritis?«, rief Alvirah. »Ist sie vielleicht Irin?«

»Ihr Mädchenname lautete Maureen Byrnes, und mein Vater ist Halb-Ire.«

»Der Grund, warum ich frage – Arthritis gilt nämlich als irische Krankheit. Meine Theorie geht so: Unsere irischen Vorfahren hielten sich immer draußen in der Kälte und Nässe auf und mussten für ihre Feuer Torf stechen. Diese feuchte Kälte ist mit der Zeit in ihre DNS eingesickert.«

Ted lachte. Er musste sich eingestehen, dass er Alvirah interessant und erfrischend fand.

Anna DeMille, die es nur schlecht ertragen konnte, wenn

sie für längere Zeit aus der Unterhaltung ausgeschlossen wurde, mischte sich ins Gespräch ein und sagte an Ted gewandt: »Ich habe mitbekommen, dass Sie sich mit Celia Kilbride auf einen Drink getroffen haben. Sie waren auch bei ihrem Vortrag, wenn ich mich nicht irre. Sie ist eine sehr gute Rednerin, nicht wahr?«

»Ja, das finde ich auch«, antwortete Ted leise.

Während Willy dem Gespräch lauschte, tastete er immer wieder in seiner Hosentasche nach der Halskette. Er war froh, nicht in die Unterhaltung über Akupunktur verwickelt zu werden. Alvirah drängte ihn ständig, es damit mal gegen seine Rückenschmerzen zu versuchen, und irgendwie wurmte es ihn, dass ein offensichtlich so schlauer Kopf wie Ted Cavanaugh nahe Verwandte hatte, die das auch machten.

Devon Michaelson hatte dem allen mit geringem Interesse zugehört, aber dann entdeckte er Gregory Morrison, der von Tisch zu Tisch ging und wahrscheinlich allen Passagieren versicherte, dass es nicht den geringsten Grund zur Besorgnis gebe.

Michaelsons Aufmerksamkeit richtete sich auf den Tisch nebenan. Nur vier Gäste hatten dort Platz genommen. Die Unterhaltung war anscheinend ins Stocken geraten. Keiner machte einen besonders glücklichen Eindruck. Dann sah er, dass Morrison auf dem Weg zu Longworths Tisch war. Gleich packte ihn bei Morrisons Anblick wieder die Wut, aber er musste auch zugeben, dass er mit Kritik nun mal sehr schlecht umgehen konnte.

Michaelson spitzte die Ohren, um das Gespräch zu belauschen, aber er verstand kaum ein Wort. Für zusätzliche Ablenkung sorgte Anna DeMille, die ihre Hand mal wieder auf seine gelegt hatte und einfühlsam fragte: »Geht es Ihnen heute besser, mein lieber Devon?«

Gregory Morrison war sich nur allzu bewusst, dass die Stühle an dem Tisch, dem er sich jetzt näherte, in größerem Abstand zueinander standen, als das sonst der Fall war. Denn zwei der ursprünglichen Gäste fehlten: Lady Haywood und Roger Pearson. Seiner Meinung nach war keiner der beiden ein großer Verlust für die Menschheit, es erschien ihm dennoch angebracht, Pearsons Witwe sein Beileid auszusprechen. Auch wenn der Tod ihres Mannes ihr kaum etwas auszumachen schien. Es war doch nicht zu übersehen, dass hier keine echten Tränen vergossen wurden. Ihn tröstete nur die Tatsache, dass die Schiffsleitung wohl kaum dafür verantwortlich gemacht werden konnte, wenn Pearson so dämlich gewesen war und sich aufs Balkongeländer gesetzt hatte. Nach einigen Worten zu Yvonne legte er Brenda die Hand auf die Schulter. »Soweit ich weiß, waren Sie zwanzig Jahre lang Lady Haywoods Vertraute«, sagte er. Jetzt aber, fügte er stillschweigend für sich hinzu, frage ich mich, ob du sie nicht auf dem Gewissen hast.

Brenda stiegen Tränen in die Augen. »Das waren die schönsten zwanzig Jahre meines Lebens. Sie wird mir unendlich fehlen.«

Lady Haywood, dachte Morrison, hat ihr sicherlich Geld hinterlassen. Wie viel es wohl ist?

»Mr. Morrison«, sagte Brenda, »neben der fehlenden Kleopatra-Halskette hatte Lady Em einigen sehr teuren Schmuck auf dieser Kreuzfahrt mit dabei. Nach allem, was mir zu Ohren gekommen ist, hat er auf dem Boden gelegen, als man sie gefunden hat. Haben Sie sich darum gekümmert und alles in Sicherheit gebracht?«

»Ich bin überzeugt, der Kapitän und unser Sicherheitschef haben in dieser Hinsicht alles Nötige veranlasst.«

Morrison wandte sich vom Tisch ab. Als er aber Devon Michaelson, Interpols Dick Tracy, am nächsten Tisch sitzen saß, machte er einen weiten Bogen um ihn, ließ an den anderen Tischen seinen Charme umso mehr spielen und kehrte schließlich zum Tisch des Kapitäns zurück.

»Die Passagiere scheinen die unglückseligen Zwischenfälle ganz gut verkraftet zu haben«, teilte er Fairfax mit, bevor er sich seinem Teller mit Räucherlachs widmete.

77

Professor Longworth fand Brenda in höchstem Maße langweilig, trotzdem hätte es ihm nicht gefallen, wenn er gewusst hätte, dass dies auf Gegenseitigkeit beruhte. Für sie war er nämlich eine absolute Schnarchnase. Wenn er noch einmal die Stirn runzelt, klatsche ich ihm mein Dessert ins Gesicht, dachte sie. Statt die Gelegenheit abzuwarten, verschlang sie umgehend ihren warmen Apfelkuchen mit Vanilleeis und trank dazu die Hälfte ihres Kaffees. Dann stand sie auf – sie wollte unbedingt noch mit Ralphie reden – und sah auf die Uhr. Halb neun. Das hieß, in New York war es jetzt halb fünf oder halb sechs. Eine gute Zeit für einen Anruf.

Als sie ihre Suite betrat, hatte Brenda ein komisches Gefühl. Sie sah sich um, konnte aber nichts Ungewöhnliches erkennen. Ich bestelle mir bei Raymond noch mal so ein Stück Kuchen und noch eine Tasse Kaffee, dachte sie und griff auch schon zum Hörer. »Servieren Sie alles in zehn Minuten«, wies sie noch an, nachdem sie die Bestellung aufgegeben hatte. Dann legte sie auf und rief Ralphie an.

Brenda konnte natürlich nicht wissen, dass Ralphie seine Sachen gepackt hatte und fertig zur Abreise war. Ebenso wenig wusste sie, dass er das gesamte hart verdiente, gestohlene Geld von ihrem gemeinsamen Konto auf eines auf seinen Namen überwiesen hatte.

Das Telefon klingelte dreimal, bevor er sich mit einem schroffen »Hallo« meldete.

»Ralphie, hier ist deine Butterblume«, säuselte sie.

»Oh, ich habe gehofft, dass du es bist«, antwortete er nun ganz liebevoll.

»Du fehlst mir so sehr«, seufzte Brenda. »Aber in drei Tagen bin ich wieder zu Hause. Ich habe auch eine Überraschung für dich. Ich hab sie im Juwelierladen auf dem Hauptdeck gekauft.«

»Ich kann es kaum erwarten. Das heißt also, ich sollte für dich auch eine Überraschung haben?«

»Oh, das wäre lieb. Ich zähle die Stunden, bis wir uns wiedersehen. Bis dann, Ralphie-Schatz. Küsschen.«

»Bis dann, meine Butterblume«, verabschiedete sich Ralphie und legte auf.

Gut, das war es dann also mit der Butterblume, dachte er und klappte den dritten Koffer zu.

Er sah auf die Uhr. Er war mit seiner neuen Freundin verabredet – ehrlich gesagt, so richtig neu war sie nicht mehr, aber wenigstens hatte es sich jetzt mit der Heimlichtuerei. Sie wollten mit dem Zehn-Uhr-Nachtzug nach Chicago. Bevor er ging, ließ er noch mal den Blick durch die Wohnung schweifen. Sehr luxuriös, das hier, dachte er. Schade, dass ich das alles zurücklassen muss.

Dann musste er lachen.

Die arme Brenda, wenn sie mich hinhängt, landet sie in der Zelle gleich neben mir.

Lulus Wohnung lag im Erdgeschoss desselben Gebäudes, allerdings wohnte sie dort nur zur Miete. Sie hatten vereinbart, nicht gemeinsam das Haus zu verlassen, sondern sich gleich in der Grand Central Station zu treffen. Er wusste noch nicht, wie lange er es mit Lulu aushalten würde. Aber im Moment genoss er den frischen Wind, den sie in sein Leben brachte, nachdem er es immerhin fünf Jahre mit seiner trampeligen »Butterblume« ausgehalten hatte.

78

Als Raymond Broad die Kabine erreichte, hörte er Brenda telefonieren. Er legte das Ohr an die Tür. »Bis dann, Ralphie-Schatz. Küsschen.« Dann gab sie Schmatzgeräusche von sich.

Sie hat also einen Freund, dachte er. Na, wer hätte das vermutet?

Bevor er anklopfte, hob er den Deckel an und vergewisserte sich, dass die Küche auch den richtigen Kuchen geliefert hatte. Brenda hatte ihn schon einmal angepflaumt, weil er ihr einen mit Pecannüssen gebracht hatte. Angeblich litt sie unter einer Nussallergie. »Mist«, murmelte er, als er sah, dass der Küche derselbe Fehler erneut unterlaufen war. Er eilte zurück, um einen neuen zu holen.

Im Zimmer hatte Brenda nun eindeutig das komische Gefühl, dass irgendetwas nicht stimmte. Doch bevor sie sich weiter darüber wundern konnte, wurde ihr ein Tuch über den Kopf gestülpt, und etwas schnürte sich in ihre Kehle, gleichzeitig wurde sie zu Boden gestoßen und in den Schrank gezerrt.

Nur nicht in Panik geraten, schärfte sie sich ein. Gib nicht zu erkennen, dass du noch Luft bekommst. So hielt sie den Atem an, bis sie hörte, wie hinter ihr die Schranktür geschlossen wurde, dann schnappte sie so leise wie möglich nach Luft, und allmählich normalisierte sich ihr Atem. Ein Seil war sehr eng um ihren Hals gezogen, aber sie hatte es geschafft, einen Finger darunterzuschieben, sodass sie noch ausreichend Luft bekam.

Der Mann mit den tausend Gesichtern war überzeugt, dass keiner ihn gesehen hatte, weder im Gang noch beim Betreten der Suite. Er kippte den Inhalt von Brendas Handtasche auf den Boden und eilte zum Safe. Aber auch hier fand er keine Halskette. Er durchwühlte die Koffer und die Kommode. »Ich hätte schwören können, dass sie sie hat«, grummelte er. Er öffnete einen Spaltbreit die Eingangstür und spähte hinaus. Die Luft war rein. Eilig und gleichzeitig bemüht, sich gelassen zu geben, kehrte er in seine Kabine zurück.

Keine zwei Minuten später stand Raymond wieder vor Brendas Kabine und klopfte an. Als er nichts hörte, öffnete er und trat ein. Überrascht nahm er zur Kenntnis, dass niemand da war. Er stellte die Tasse Kaffee und den Teller mit dem Kuchen auf den Beistelltisch. Aber dann hörte er ein Röcheln, das aus dem Schrank zu kommen schien. Langsam näherte er sich und öffnete die Tür. Auf dem Boden lag Brenda, mit einer Hand zerrte sie am Kissenbezug, der ihr über den Kopf gezogen war, die andere hatte sie an den Hals gelegt.

Raymond lief zur Kommode, kramte nach einer Schere, eilte mit ihr zurück und kniete sich neben sie. »Alles gut. Lassen Sie das Seil los.« Er schob einen Finger dazwischen, setzte vorsichtig die Schere an und durchtrennte das Seil. Anschließend schnitt er den Kissenbezug auf und nahm ihn ihr vom Gesicht.

In tiefen Zügen holte sie Luft. Er wartete einige Minuten, während sie sich schließlich den wunden Hals massierte, dann half er ihr auf, brachte sie erst in eine sitzende Stellung und zog sie schließlich auf die Beine.

»Wo haben Sie bloß gesteckt?«, keuchte sie. »Ich hätte sterben können!«

»Miss Martin, setzen Sie sich doch. Eine Tasse Kaffee wird Ihnen guttun.«

Brenda ließ sich in einen Sessel fallen und griff hastig nach der Kaffeetasse.

Raymond ging zum Telefon und meldete dem Sicherheitschef den »Vorfall«. Saunders versprach, sofort zu kommen und Dr. Blake zu informieren.

Er wandte sich wieder an Brenda. »Kann ich Ihnen irgendwie ...«

Aber sie fiel ihm ins Wort. »Bringen Sie mir ein Handtuch mit eingewickelten Eiswürfeln, damit ich es mir um den Hals legen kann.«

»Ma'am, ich glaube, es wäre besser, wenn ich bei Ihnen bleiben würde, bis ...«

»Ich sagte, bringen Sie mir ein kaltes Handtuch!«

»Sofort, Ma'am«, antwortete Raymond, froh, die Suite verlassen zu können.

Aber zuvor rief Brenda ihm noch hinterher: »Sagen Sie dem Kapitän, dass mich jemand erwürgen wollte. Ich bestehe darauf, dass ich bis zur Ankunft in Southampton besser geschützt werde.«

Jammerschade, dass Ralphie-Schatz nicht hier ist, dachte Raymond, während er aus der Kabine flüchtete. Er steuerte sofort einen Lagerraum an und schloss hinter sich die Tür ab. Sobald die Verbindung hergestellt war, flüsterte er: »Ein weiterer Mordversuch. Das Opfer ist diesmal Lady Haywoods Assistentin Brenda Martin. Der Täter wollte sie erwürgen, aber sie brachte einen Finger unter das Seil, das sich deshalb nicht ganz zuziehen ließ. Da sie nicht erwähnt hat, dass aus ihrer Kabine irgendetwas fehlt, ist das Motiv unklar.«

Raymond steckte das Handy wieder in die Hosentasche und verließ den kleinen Raum.

Eine Minute später erhielt er eine SMS. Sie stammte von John Saunders, dem Sicherheitchef. Er wurde in Brendas

Suite zitiert, wo der Kapitän und der Schiffseigner ihn erwarteten. Mit einem Tuch und einem Eiskübel in der Hand eilte er in die Kabine zurück.

Brenda saß immer noch im Armsessel. Ein Blick genügte, um zu sehen, dass sie in den wenigen Minuten, in denen sie allein gewesen war, das Vanilleeis, den Apfelkuchen und den Kaffee verputzt hatte. Aber keinem entgingen die hässlichen roten Striemen an ihrem Hals. Sie hätte ersticken können, dachte er. Das Erste, was sie zu Dr. Blake sagte, war, dass sie nicht mehr am Leben wäre, wenn Raymond sie nicht gerettet hätte. Nur um sofort hinzuzufügen, dass sie die Kreuzfahrtlinie auf jeden Fall verklagen werde, weil sie keinerlei angemessene Sicherheitsvorkehrungen für die Passagiere getroffen habe, obwohl sie wusste, dass ein Mörder sein Unwesen an Bord trieb.

Kapitän Fairfax setzte zu einer langen Entschuldigungsrede an, wurde aber von Gregory Morrison unterbrochen. Der Schiffseigner versicherte Brenda, dass er sich in jeder erdenklichen Weise um sie kümmern werde, wenn sie sich bereit erkläre, gegenüber den anderen Passagieren kein Wort von dem Zwischenfall verlauten zu lassen.

»Ob ich was sage oder nicht, hat keinerlei Auswirkung auf die Summe, die Sie mir zahlen werden«, ächzte Brenda und strich sich über den aufgeschürften Hals. »Ich könnte tot sein. Und das nur, weil Sie Ihrer Pflicht nicht nachgekommen sind und uns nicht geschützt haben. Als Nächstes stehen wir dann alle an Deck und singen ›Näher mein Gott zu dir, näher zu dir‹.«

79

Fünfhundert Seemeilen entfernt untersuchte der Schiffsarzt der *Paradise* seinen neuen Patienten. Er kannte noch nicht
einmal seinen Namen. Es waren keinerlei Ausweispapiere in
den wenigen Kleidern gefunden worden, die er noch am Leib
getragen hatte, als man ihn aus dem Wasser zog.

Er litt an Unterkühlung und hatte sich eine Lungenentzündung zugezogen. Die wenigen Worte, die er bislang von
sich gegeben hatte, waren so gut wie unverständlich: »Hat
mich gestoßen, krieg sie« – das allerdings hatte er mehrmals
wiederholt. Da er vierzig Grad Fieber hatte, ging der Arzt davon aus, dass sein Patient im Delirium sprach.

Er sah auf, als die Tür aufging und der Kapitän hereinkam.
Dieser hielt sich nicht mit Nebensächlichkeiten auf. »Wie
geht es ihm?«, fragte er barsch und musterte den unerwarte-
ten, zehn Stunden zuvor an Bord gebrachten Passagier.

»Schwer zu sagen, Sir«, antwortete der Arzt respektvoll,
wie immer, wenn er mit dem Kapitän sprach. »Sein Zustand
hat sich stabilisiert, aber er bekommt immer noch sehr schwer
Luft. Er ist noch nicht übern Berg, aber ich glaube, er wird es
schaffen.«

»Angesichts der Wassertemperatur wundert es mich, dass
er überhaupt noch am Leben ist. Aber wir wissen ja nicht, wie
lang er im Wasser getrieben hat«, bemerkte der Kapitän.

»Nein, das wissen wir nicht, Sir. Aber zwei Dinge sprechen
für ihn. Am besten widersteht man der Kälte, wenn man zum

einen fit ist und zum anderen fett. Seine umfangreichen Fettreserven haben den Körperkern hinreichend isoliert und gegen Unterkühlung geschützt. Daneben hat er allerdings auch die muskulösen Schultern und Beine eines Schwimmers. Im Wasser hat er, vermute ich, durch Schwimmbewegungen Körperwärme erzeugt, die ihn zusätzlich gegen die Kälte geschützt hat.«

Der Kapitän schwieg eine Weile, bevor er sagte: »Gut, tun Sie Ihr Bestes, und halten Sie mich auf dem Laufenden. Hat er schon seinen Namen genannt?«

»Nein, Sir.« Der Arzt erwähnte nicht, dass der Patient wiederholt gemurmelt hatte, er sei »gestoßen« worden. Der Kapitän hielt nichts von Spekulationen, wie er wusste, und zog harte Fakten vor.

»Sie gehen also davon aus, dass er durchkommt?«, fragte der Kapitän.

»Ja, Sir, und ich werde bei ihm bleiben, bis er außer Gefahr ist.«

»Wie lange wird das voraussichtlich dauern?«

»In den nächsten sieben Stunden sollten wir mehr wissen, Sir.«

»Benachrichtigen Sie mich umgehend, wenn er wieder bei Bewusstsein ist.« Der Kapitän verließ den Raum. Der Arzt zog sich einen Sessel ans Bett, nahm Platz und wickelte sich eine Decke um die Schultern.

Angenehme Träume, mein mysteriöser Gast, dachte er noch, als er schon die Augen schloss und tief und fest einschlief.

Fünfter Tag

80

Alvirah und Willy, Devon Michaelson, Anna DeMille und Ted Cavanaugh hatten sich zu einem vermeintlich ruhigen Frühstück versammelt.

Kurz darauf erschien Brenda im Speisesaal und nahm an ihrem Tisch Platz, an dem bereits Yvonne und Professor Longworth saßen. Angesichts ihrer neuen Zierde – ein breiter roter Striemen zog sich unübersehbar über ihren Hals – hatte sie ursprünglich vorgehabt, das Frühstück in ihrer Suite zu sich zu nehmen. Dr. Blake hatte am Vorabend zwar bestätigt, dass sie nicht ernsthaft verletzt sei, aber dennoch darauf bestanden, dass sie die Nacht auf der Krankenstation verbrachte. Das allerdings hatte sie entschieden abgelehnt und es vorgezogen, in ihrer Kabine zu bleiben.

Am Morgen aber konnte sie dann nicht der Versuchung widerstehen, ihren Mitpassagieren beim Frühstück von ihrer Nahtoderfahrung zu berichten. So strich sie sich ostentativ über den Hals, nachdem sie Platz genommen hatte, und stöhnte hörbar, während sie an ihrem Glas mit frisch gepresstem Orangensaft nippte. Als ihre Tischgefährten bestürzt »Was ist denn mit Ihnen geschehen?« riefen, berichtete sie mit Feuereifer von dem Vorfall, ohne ihren Zuhörern auch nur das kleinste Detail zu ersparen.

»Und Sie haben den, der Sie angegriffen hat, nicht gesehen?«, fragte Yvonne nervös.

»Er muss sich im Schrank versteckt haben. Als ich mich in

die andere Richtung gedreht habe, hat er mich von hinten angegriffen.« Brenda fasste sich theatralisch an die Brust.

»Ihnen ist nichts aufgefallen, woran Sie ihn erkennen könnten?«, fragte Yvonne.

Brenda schüttelte den Kopf. »Nein. Aber er war sehr stark.«

Sie hat nicht die geringste Ahnung, dachte Longworth. Sehr erstaunlich.

»Jedenfalls«, fuhr Brenda fort, »wollte er mich erwürgen. Ich war kurz davor, ohnmächtig zu werden, und weiß nur noch, dass ich in den Schrank gestoßen wurde. Zum Glück konnte ich einen Finger unter das Seil bringen, bevor der Angreifer zuzog. Erst habe ich mich noch gewehrt, aber dann dachte ich mir, dass es doch besser wäre, wenn ich so tue, als hätte ich das Bewusstsein verloren. Ich war ja wirklich fast ohnmächtig, aber dann habe ich gespürt, wie er den Griff gelockert hat.«

»O mein Gott«, rief Yvonne.

»O mein Gott, genau«, wiederholte Brenda. »Mein Leben ist schon vor meinem inneren Auge an mir vorübergezogen ...«

Jetzt fühlte sich Longworth doch bemüßigt, etwas zu sagen. »O mein Gott – wo wird das alles bloß enden? Sind wir jetzt *alle* in Gefahr?«

»Aber ich habe ganz still gelegen«, fuhr Brenda ungerührt fort, »und kaum noch geatmet. Er war eine Weile lang in meiner Kabine und hat wer weiß was getan. Ich habe gelauscht, bis ich gehört habe, wie die Eingangstür geöffnet und wieder geschlossen wurde.«

Yvonne schien mittlerweile ebenso außer Fassung wie Brenda. »Was für ein schreckliches Erlebnis! Wenn ich höre, was Sie durchgemacht haben, wird mir erst richtig klar, wie das für meinen geliebten Roger gewesen sein muss.«

Für Longworth sah es so aus, als wäre Brenda tatsächlich

verärgert, dass sie sich ihre fünfzehn Minuten Ruhm mit einer anderen teilen sollte.

»Um es kurz zu machen ...«, ergriff Brenda wieder das Wort.

Der Zug, ging es Longworth mit einem Stoßseufzer durch den Kopf, ist leider schon lange abgefahren.

»Ich habe es überstanden und bin noch am Leben. Aber erst heute Morgen habe ich bemerkt, dass meine überaus wertvolle Halskette verschwunden ist.«

Aber Brenda spürte, dass ihr das Publikum abhandengekommen war. Sie aß schnell zu Ende, ging zum nächsten Tisch, ließ sich nieder und begann, sich auch dort den Striemen am Hals zu massieren.

Sie wirkte erfreut, dass sich Alvirah, Willy und Ted Cavanaugh aufrichtig besorgt zeigten, als sie von ihrem peinigenden Erlebnis erfuhren. Andererseits seufzte Anna DeMille auch: »Irgendwie bin ich auch ein bisschen neidisch auf Sie. Ich kann mir nämlich gut vorstellen, mich ebenfalls in so einer Lage wiederzufinden.« Damit wandte sie sich an Devon und legte ihm die Hand auf den Arm. »Aber ich hoffe natürlich, dass ich dann von Ihnen gerettet werde«, sagte sie sehnsuchtsvoll.

Ted blieben nur noch wenige Minuten, bevor er sich in aller Form entschuldigte und Alvirah zuflüsterte: »Ich muss noch einen Mandanten in Frankreich anrufen, ich will mich aber auch bei Celia erkundigen.«

»Gute Idee«, antwortete Alvirah.

Kurze Zeit später entdeckte Brenda Yvonnes Freundinnen aus den Hamptons. Mit schmerzverzerrter Miene steuerte sie postwendend deren Tisch an.

Alvirah leerte ihre Tasse Kaffee. »Willy«, sagte sie, »machen wir einen Spaziergang an Deck.«

Willy sah aus dem Fenster. »Es gießt in Strömen, meine Liebe.«

Alvirah folgte seinem Blick. »Ach, tatsächlich. Du hast recht. Dann lass uns doch nach oben gehen. Ich möchte telefonieren und ebenfalls mit Celia reden.«

81

Celia hatte wunderbar geschlafen, nachdem sie sich Alvirah anvertraut und ihr die Kleopatra-Halskette übergeben hatte. Ihr war damit eine große Last von den Schultern genommen. Als sie am nächsten Morgen um halb sieben die Augen öffnete, begriff sie sofort, dass anstelle der Angst ein anderes Gefühl getreten war. Sie hatte nämlich die Unterhaltung mit Ted Cavanaugh sehr genossen. Als er ihr sagte, er sei fest davon überzeugt, dass sie nichts mit Lady Ems Tod zu schaffen habe, hatte er es ehrlich gemeint. Nur wünschte sie sich, sie hätte ihm erzählt, was Lady Em ihr über Brenda und Roger anvertraut hatte – aber dann hätte er sich vielleicht gefragt, woher sie das wusste.

Schließlich wandte sie sich der bohrenden Frage zu, warum sie sich von Steven so hatte um den Finger wickeln lassen. Warum war sie nicht vorsichtiger gewesen? Mit nur etwas mehr Misstrauen hätte sie erkennen können, dass vieles von dem, was er ihr erzählte, nicht der Wahrheit entsprach. Waren ihr Vater und sein früher Tod schuld daran gewesen, dass sie sich in einem so verletzlichen Zustand befunden hatte? Allein der Gedanke war ihr peinlich, und sie wurde richtig wütend auf sich selbst, dass sie überhaupt in Betracht zog, ihren Vater dafür verantwortlich zu machen. »Ich liebe dich doch, Daddy«, flüsterte sie, während ihr Tränen über die Wangen liefen. »Ich bin ganz und gar selber schuld.«

Sie griff nach ihrem Morgenmantel und bestellte telefonisch Kaffee und einen Muffin.

Das soll mir nicht noch einmal passieren, dachte sie. Ich muss auf Nummer sicher gehen. Also setzte sie sich an den Tisch und öffnete ihren Laptop. Da sie sich nicht mehr an den Namen von Teds Kanzlei erinnern konnte, gab sie im Browser nur den Namen Edward Cavanaugh ein und dazu »Anwalt NYC«. Eine Seite für eine Kanzlei Boswell, Bitzer und Cavanaugh tauchte unter den Suchergebnissen auf. Sie klickte sie an, die Seite wurde geöffnet. Dann klickte sie auf *Rechtsanwälte,* und als Teds Bild erschien, überflog sie den kurzen biografischen Abriss. Celia konnte aufatmen. Ted war genau der, für den er sich ausgegeben hatte.

Kurz darauf klingelte das Telefon. Es war Alvirah.

»Celia, ich wollte Ihnen bloß sagen, seien Sie vorsichtig. Brenda war gerade mit uns beim Frühstück. Stellen Sie sich vor, jemand hat sie letzten Abend erwürgen wollen, und wäre nicht der Steward noch rechtzeitig in ihre Kabine gekommen, wäre sie wohl gestorben.«

»Die arme Brenda!«, entfuhr es Celia, obwohl sie sich sehr wohl daran erinnerte, dass Lady Em ihre Assistentin für eine Diebin gehalten hatte.

»Ich fürchte, der Täter sucht nach wie vor die Kleopatra-Halskette. Passen Sie also in den nächsten zwei Tagen auf sich auf. Außerdem seien Sie vorsichtig, wenn Sie an Bord herumlaufen. Das Schiff schwankt ganz fürchterlich. Vielleicht haben Sie es noch gar nicht mitgekriegt, wir befinden uns in einem fürchterlichen Unwetter.«

»Nein, ich war noch nicht draußen«, erwiderte Celia. »Alvirah, ich mache mir Sorgen, dass ich Sie und Willy in Gefahr gebracht habe.«

»Ach, uns passiert schon nichts«, entgegnete Alvirah zuversichtlich. »Solange Willy da ist, wird mir keiner ein Haar krümmen. Mit Willy wird sich keiner anlegen.«

»Das beruhigt mich. Trotzdem, geben Sie bitte auf sich Acht.«

»Das werden wir«, versprach Alvirah.

Celia hatte kaum aufgelegt, als es erneut klingelte. Es war Ted Cavanaugh. Er klang besorgt. »Celia, Sie waren nicht beim Frühstück. Ist alles in Ordnung?«

»Ja«, versicherte sie ihm. »Ich habe ausgeschlafen. Das erste Mal seit Langem.«

»Ich rufe an, um Sie zu warnen. Brenda ist letzte Nacht beinahe ermordet worden. Jemand hat sich Zutritt zu ihrer Kabine verschafft und versucht, sie zu erwürgen. Außerdem wurde ihr eine wertvolle Perlenhalskette gestohlen.«

Celia erwähnte weder Alvirahs Anruf, noch erzählte sie Ted, dass die einzige Halskette, mit der sie Brenda gesehen hatte, von sehr geringer Qualität gewesen war. Es sei denn, die angeblich gestohlene Kette hatte einmal Lady Em gehört. Aber auch diesen Gedanken behielt sie für sich.

»Celia, meine Kanzlei hat mir gerade das Material für einen Schriftsatz zugeschickt, den ich bis heute Abend aufsetzen muss. Wie wäre es, wenn wir morgen zusammen zu Mittag essen?«

»Sehr gern.«

»Gut. Um dreizehn Uhr im English Tea Room auf Ihrem Deck?«

»Wunderbar«, bestätigte Celia. Sie hielt noch eine ganze Weile den Hörer fest, obwohl Ted längst aufgelegt hatte. »Im Moment fühle ich mich überhaupt nicht einsam und allein«, sagte sie laut, legte auf und griff zu ihrer Kaffeetasse.

82

Gregory Morrison sah auf, als Kapitän Fairfax und Sicherheitschef Saunders seine Kabine betraten. »Wo steckt Inspektor Clouseau von Interpol?«, herrschte er sie an. »Ich sagte doch, ich will ihn auch hier haben.«

»Ich habe Mr. Michaelson gebeten mitzukommen«, antwortete Kapitän Fairfax nervös. »Aber er hat gesagt, er hat nicht die Absicht, sich von Ihnen ein weiteres Mal beleidigen zu lassen.«

»Ich hab Ihnen nicht gesagt, dass Sie ihn bitten sollen. Ich hab gesagt, er hat mitzukommen.« Morrison seufzte. »Vergessen Sie's. Er ist ja sowieso völlig nutzlos.«

Morrison erhob sich und marschierte im Zimmer auf und ab. »Brenda Martin, diese dumme Kuh, läuft im Speisesaal von Tisch zu Tisch und zeigt allen, die sich nicht rechtzeitig in Sicherheit bringen, ihren geschwollenen Hals. Ist Ihnen klar, was das bedeutet? Vermutlich haben die Passagiere jetzt alle Angst, allein in ihrer Kabine zu sein.«

Er funkelte John Saunders an. »Können Sie mir irgendeinen Grund nennen, warum ich Sie nicht hochkant rausschmeißen soll? Eine Passagierin ist ermordet und ihr Schmuck gestohlen worden, und Ihnen ist nicht zufällig der Gedanke gekommen, dass man in den Gängen vielleicht jemanden als Wache abstellen könnte?«

Saunders hatte es sich schon seit einiger Zeit angewöhnt, Morrisons Vorhaltungen einfach an sich abperlen zu lassen.

»Darf ich Sie daran erinnern, Mr. Morrison, dass wir uns darauf verständigt haben, alles an Bord so normal wie möglich weiterzuführen. Aber Wachleute in den Gängen, vielleicht sogar noch bewaffnet, sind nicht normal. Außerdem möchte ich Sie an Ihre Aussage erinnern, dass wir hier kein Gefängnis betreiben.«

»Wahrscheinlich haben Sie recht«, kam es murrend von Morrison.

Kapitän Fairfax ergriff das Wort. »Offen gesagt, Mr. Morrison, sollten wir uns jetzt darauf konzentrieren, wie wir mit diesem letzten ...« Er stockte kurz. »... Zwischenfall umgehen. Als ich mich auf den Weg hierher gemacht habe, hatten die Nachrichtenportale noch nichts davon berichtet, aber ...«

Morrison zog nach einigem Wühlen sein Handy aus der Tasche und tippte schnell den Namen des Schiffes ein. »Wie ich befürchtet habe«, knurrte er. »Schon die allererste Schlagzeile lautet: ›Erneut Passagier auf der *Queen Charlotte* überfallen?‹«

Morrison las weiter: »Nicht zu glauben. Jetzt wird das Schiff schon als die *Titanic* des 21. Jahrhunderts bezeichnet.«

Keiner sagte etwas.

»Mein Schiff.« Morrison brach fast die Stimme. »Sie ... Sie beide, raus! Auf der Stelle! Und sorgen Sie dafür, dass nichts Unvorhergesehenes mehr geschieht, bevor wir in den Hafen einlaufen.«

Kapitän Fairfax und John Saunders nickten und verließen die Kabine. Morrison ließ sich in einen bequemen Sessel fallen und ging auf seinem Handy die E-Mails aus seinem Büro durch. Eine davon war zehn Minuten zuvor von seinem Finanzchef eingetroffen. Dieser teilte mit, dass dreißig Passagiere, die in Southampton hätten an Bord gehen sollen, ihre Reservierungen storniert hatten.

Er stand auf und trat an die Bar. Diesmal wählte er einen Johnny Walker Blue und füllte das Glas bis oben hin. Als er den ersten Schluck nahm, dachte er: Das war noch, *bevor* bekannt wurde, was Brenda Martin zugestoßen ist. Mal sehen, wie teuer mich ihr wunder Hals noch kommt.

83

Nachdem er zehn Stunden geschlafen hatte, schlug Roger Pearson die Augen auf. Ich lebe noch, dachte er, ich lebe noch. Er bemerkte, dass er eine Atemmaske auf dem Gesicht hatte und seine Stirn sich heiß anfühlte. Aber ich werde es überstehen.

Er drehte sich zur Seite. Ein Mann in einem weißen Arztkittel schlief in einem Sessel neben dem Bett. Auch das war gut. Er wollte ihm seinen Namen nennen und ihm erzählen, dass er auf der *Queen Charlotte* über Bord gegangen war. Er hatte eine sehr genaue Erinnerung an Yvonnes irres Gesicht, als sie auf ihn zugestürzt kam und ihn mit aller Kraft vom Geländer stieß. Sie musste auf jeden Fall erfahren, dass er wusste, was sie getan hatte, nur wollte er hier auf diesem Schiff, falls ihm die entsprechenden Fragen gestellt würden, nichts davon preisgeben.

Roger schloss die Augen, überließ sich der seligen Wärme und vergrub sich wieder in den schweren Decken. Solange ich lebe, werde ich nie wieder zum Schwimmen gehen, dachte er, als wieder die Erinnerung an das eisig kalte Salzwasser über ihn hereinbrach.

84

Willy, wir müssen uns unbedingt unterhalten«, sagte Alvirah, während sie sich an seinen Arm krallte, um auf dem stark schwankenden Schiff nicht das Gleichgewicht zu verlieren.

»Langsam, meine Liebe, ich halte dich«, sagte Willy in aller Ruhe, hielt mit einer Hand Alvirah am Arm fest und klammerte sich mit der anderen an die Reling.

»Gehen wir wohin, wo es ruhiger ist«, schlug Alvirah vor. »Wir müssen reden.«

»Ich dachte, du wolltest spazieren gehen.«

»Nein, will ich nicht. Man weiß nie, wer uns belauscht.«

»Ich glaube, wir sind die Einzigen, die hier draußen sind. Aber wenn du meinst.«

Sie ließen sich im English Tea Room nieder und bestellten Kaffee. Als sich Alvirah davon überzeugt hatte, dass der Kellner in die Küche zurückgekehrt war und hinter sich die Tür geschlossen hatte, flüsterte sie: »Willy, wir müssen herausfinden, was hier los ist.«

Willy nahm einen großen Schluck. »Meine Liebe, ich mache mir vor allem Sorgen, was ich mit dieser verdammten Halskette anstellen soll.«

»Da brauchst du dir keine Sorgen zu machen. Auch das werden wir hinkriegen«, sagte Alvirah im Brustton der Überzeugung. »Gehen wir als Erstes durch, was wir bislang wissen. Jemand hat die arme Lady Em umgebracht und wollte sie bestehlen. Wir wissen, ihr Mörder hat die Kleopatra-Hals-kette nicht bekommen, weil Lady Em sie zuvor Celia gegeben hat. Außerdem wissen wir, dass Lady Em kurz vor ihrem Tod Roger Pearson, Gott sei seiner Seele gnädig, und Brenda Martin des Betrugs verdächtigt hat.«

Willy nickte. »Ich glaube Celia vorbehaltlos, du doch auch, oder?«

»Natürlich. Wenn Celia wirklich irgendetwas damit zu tun hätte, warum sollte sie uns dann jetzt die Kette geben?« Alvirah überlegte. »Aber darum geht es nicht.«

»Warum denn dann?«

»Ach, Willy, das ist doch sonnenklar. Der Mörder von Lady Em hat es auf die Halskette abgesehen. Als er sie aber nicht gefunden hat, kam er zu dem Schluss, dass Brenda sie haben muss. Also ist er – oder sie – auf Brenda losgegangen.«

»Er oder sie?«

»Klar, es könnte ein Mann oder eine Frau sein. Aber weißt du, auf wen ich tippe?« Es war nur eine rhetorische Frage. »Auf Yvonne.«

»Yvonne?«

»Willy, lassen wir den Mann mit den tausend Gesichtern mal außen vor. Keiner weiß, ob er überhaupt an Bord ist. Konzentrieren wir uns auf Yvonne. Schau dir an, wo sie auf dem Schiff überall aufgetaucht ist, seitdem ihr Mann von Bord gefallen ist – oder gestoßen wurde.«

Willy machte ein skeptisches Gesicht. »Du meinst, Yvonne hat Roger vom Schiff gestoßen?«

»Ich sage nicht, dass ich das glaube, aber es ist gut möglich. Ich meine, schau sie dir doch an. Sie hat kein einziges Frühstück ausgelassen. Sie steckt die ganze Zeit die Köpfe mit ihren beiden Freundinnen zusammen. Ich habe sie im Auge behalten, und ich sage dir, Yvonne ist alles andere als die trauernde Witwe. Ich meine, wie würde es dir denn gehen, wenn ich von Bord falle?«

»Das wird nie passieren«, kam es streng von Willy. »Erstens würde ich gar nicht zulassen, dass du dich aufs Geländer setzt. Zweitens hätte ich dich gepackt, bevor du hättest hinüberkippen können. Und hätte ich dich nicht mehr rechtzeitig erwischt, wäre ich dir hinterhergesprungen, um dich zu retten.«

Alvirah sah ihn gerührt an. »Ich weiß, das würdest du tun, und deshalb liebe ich dich auch. Aber Yvonne ist nicht die Einzige, die ich im Blick behalten habe. Wen haben wir noch? Anna DeMille ...«

Willy unterbrach sie. »Die mit ihrem albernen Kommentar, dass sie nicht mit Cecil B. DeMille verwandt ist?«

»Genau. Die ist harmlos.«

»Da sind wir uns einig«, stimmte Willy zu und leerte seine Kaffeetasse. »Sie ist viel zu sehr damit beschäftigt, Devon Michaelson schöne Augen zu machen, die findet überhaupt keine Zeit, jemanden wegen einer Halskette umzubringen.«

»Stimmt. Streich sie von der Liste. Reden wir also von den anderen an unseren beiden Tischen. Da gibt es Professor Longworth.«

»Den Shakespeare-Experten.« Willy schüttelte den Kopf. »Ich weiß nicht so recht. Er kommt mir etwas sonderbar vor, aber er ist doch eigentlich kein Mörder. Was ist mit Ted Cavanaugh? Der hat sich auf jeden Fall bei Lady Em einzuschmeicheln versucht.«

»Ja, hat er. Aber irgendwie kann ich mir nicht vorstellen, dass er sie umbringt. Warum auch? Celia sagt, Lady Em wollte die Kleopatra-Halskette dem Museum in Kairo zurückgeben.«

»Darauf hat es Cavanaugh abgesehen, aber wusste er auch schon von Lady Ems Absicht, bevor sie umgebracht wurde?«

Alvirah schüttelte den Kopf. »Celia hat es ihm wahrscheinlich nicht gesagt, sonst hätte sie damit zugegeben, dass sie Lady Em am Abend vor ihrem Tod gesehen hat. Ich bin mir ziemlich sicher, dass wir die Einzigen sind, denen Celia alles erzählt hat. Trotzdem, ich kann einfach nicht glauben, dass Cavanaugh jemanden umbringen würde. Er kommt aus einer so netten Familie. Ich meine, sein Vater war Botschafter.«

»Viele Mörder kommen aus netten Familien«, bemerkte Willy nur.

Alvirah ging nicht weiter darauf ein. »Wer ist noch an unseren Tischen?«

»Devon Michaelson?«

»Ja, natürlich. Er käme infrage, aber irgendwie glaube ich es nicht. Ich meine, er ist an Bord, um die Asche seiner Frau im Meer zu verstreuen, der Arme. Außerdem ist er sowieso die meiste Zeit auf der Flucht vor Anna DeMille. Kehren wir zu Professor Longworth zurück. Er reist viel. Er hält genau wie Celia regelmäßig Vorträge auf solchen Kreuzfahrtschiffen.«

»Außer dass Longworth emeritiert ist. Celia hat noch einen Vollzeitjob bei Carruthers.«

»Sie *hofft*, dass sie die Stelle noch hat. Sie weiß doch nicht, was passiert, nachdem ihr erbärmlicher Exverlobter sie jetzt als Betrügerin bezeichnet hat.«

»Na, damit wird er nicht viel Glück haben, davon bin ich überzeugt.«

»Es mag ihm vielleicht nicht gelingen, sie für seinen Betrug mitverantwortlich zu machen, aber er kann Celia das Leben sehr schwer machen.«

»Trotzdem, meine Liebe, mich beunruhigt diese Halskette. Was machen wir mit ihr, wenn wir in Southampton sind oder nach Hause fliegen?« Er tastete in der Hosentasche nach der Smaragdkette.

»Wir fliegen nach Hause, rufen Ted Cavanaugh an und geben ihm die Halskette.«

»Und wie sollen wir ihm erklären, woher wir sie haben?«

»Da lasse ich mir noch was einfallen. Lady Em wollte, dass Ted die Halskette erhält. Ted hat recht, sie gehört dem ägyptischen Volk. Kleopatra war die Herrscherin des Landes.«

»Sie hat ihr aber nicht viel Glück gebracht.« Willy starrte auf seine leere Tasse, wusste aber, dass Alvirah es gar nicht gern sah, wenn er sich eine zweite bestellen würde.

»Ich habe nach wie vor einige Fragen zu Yvonne«, überlegte Alvirah, »aber sieh es mal so: Jemand ist zu allem bereit, sogar zu einem Mord, um in den Besitz dieser Halskette zu kommen, stimmt's?«

»Stimmt.«

»Also bringt unser Täter Lady Em um und versucht, Brenda zu töten, aber die Halskette hat er immer noch nicht.«

»So scheint es zu sein, nach allem, was wir wissen.«

»Der Kapitän hätte verkünden können, dass die Halskette sicher in seinem Safe liegt, aber das hat er nicht getan. Was sagt das unserem Täter?«

»Dass jemand anderes, einer der Passagiere, die Kette haben muss.«

»Wenn du also der Täter wärst, egal, ob nun der Mann mit den tausend Gesichtern oder jemand, den wir kennen, und du würdest dir überlegen, wer die Kette hat, wobei du weißt, dass Lady Em und Roger und Brenda nicht infrage kommen, auf wen würde deine Wahl dann fallen?«

»Celia Kilbride«, kam es prompt von Willy.

»Genau das war auch mein Gedanke«, sagte Alvirah. »Zweifellos schwebt Celia in großer Gefahr, solange der Täter frei herumläuft.«

Sie sah auf den Tisch und merkte, dass sie an ihrem Kaffee

bloß genippt hatte. Statt einen kräftigen Schluck zu nehmen, schob sie Willy die Tasse hin. »Ich hab doch gesehen, wie du deine leere Tasse beäugt hast. Du kannst noch den einen oder anderen Schluck vertragen.«

»Danke schön«, sagte Willy und griff auch schon zur Tasse.

»Willy, es liegt an uns beiden zu verhindern, dass Celia etwas zustößt, bevor wir in Southampton anlegen.«

»*Falls* wir überhaupt dort anlegen«, sagte Willy, als sich das Schiff erneut stark zur Seite neigte.

SECHSTER TAG

85

Nach den Telefonaten mit Alvirah und Ted genoss Celia das luxuriöse Gefühl, nichts mehr zu tun zu haben. Keine Vorträge mehr, dachte sie, mir bleibt noch ein letzter Tag zum Entspannen, bevor das Schiff in Southampton einläuft.

Sie warf die Decke zurück, stand auf und streckte sich, dann trat sie an die Balkontür und schob sie zurück. Eine kühle Brise fegte ins Zimmer und bauschte ihr Nachthemd. Das Meer, das gestern stürmisch und rau gewesen war, hatte sich an diesem Morgen nur unwesentlich beruhigt.

Telefonisch bestellte sie Rühreier, einen Muffin und Kaffee. Als das Frühstück serviert wurde, lag die tägliche Nachrichtenzusammenfassung auf dem Tablett. Sie überlegte, sie nicht zu beachten, konnte der Versuchung aber nicht widerstehen und blätterte sie durch.

Lady Em oder die Halskette wurden nicht erwähnt, was sie kaum überraschte, aber es fand sich ein Artikel über Stevens Betrugsfall. Die Kaution war nach seinem Interview in der *People,* bei dem er seine Schuld ganz offen eingestanden hatte, angehoben worden, da »erhöhte Fluchtgefahr« bestehe, so der Richter. »Davon kannst du aber ausgehen«, sagte Celia laut. Geflissentlich verdrängte sie den Gedanken, dass sie gleich nach ihrer Heimkehr vom FBI vernommen werden würde.

Sie beendete das Frühstück und trank noch etwas Kaffee, bevor sie ins Badezimmer ging, um die Dusche und die Dampfdusche anzustellen. Wie himmlisch, dachte sie beim Haarewaschen. Sie hatte das Gefühl, als würden Angst und Anspannung aus jeder Pore ihres Körpers strömen. Danach trug sie ihre Gesichts- und Körperlotion auf und fühlte sich wunderbar erfrischt.

Beim Ankleiden überlegte sie dann, was sie sagen konnte, wenn bekannt würde, dass sie in der Nacht von Lady Ems Ermordung die Kleopatra-Halskette bei sich gehabt hatte.

Warum sollte man mir glauben, dass Lady Em sie mir anvertraut hat?, fragte sie sich. Die Antwort lautete: Es würde ihr keiner glauben. Konzentriere dich auf das, was ist, ermahnte sie sich, schlüpfte in den Morgenmantel und föhnte sich die Haare. Nachdem sie Make-up aufgetragen hatte, ging sie zum Schrank und nahm das neue Kostüm heraus, das sie sich extra für die Reise besorgt hatte.

Sei nicht albern, sagte sie sich, als sie sich anzog. Ted Cavanaugh ist an dir nicht im Geringsten interessiert, schon gar nicht nach dem Artikel in der *People*. Er ist der Typ Mann, den jede Frau haben will. Er wollte nur höflich sein, als er sich mit dir zum Mittagessen verabredet hat.

Es war noch sehr früh. Fertig angezogen, betrachtete sie sich im Spiegel, ging zum Safe und nahm die kleinen goldenen Ohrringe heraus, das Geschenk ihres Vaters, als sie aufs College weggegangen war.

»Die haben deiner Mutter gehört«, hatte er gesagt. »Jetzt sollst du sie haben. Du hast ihr Gesicht, ihre Augen und ihr Lachen.«

Wie war meine Mutter?, fragte sie sich. Wahrscheinlich hätte sie mir mehr fehlen sollen, als das tatsächlich der Fall gewesen ist, aber ich war ja noch so klein, und Daddy war immer für mich da. Vielleicht habe ich ihn zu sehr vereinnahmt. Vielleicht hätte er eine neue Frau kennenlernen und sich noch mal verlieben können, wenn ich nicht gewesen wäre.

Kein sehr angenehmer Gedanke. Ich war so egoistisch und habe ihn für meine Probleme verantwortlich gemacht. Ehrlicher wäre es gewesen, mir selbst die Schuld zu geben. Aber ich habe ihn für alles verantwortlich gemacht, weil er gestorben ist und mir nicht mehr mit Rat und Tat zur Seite stehen konnte, als ich Steven kennengelernt habe.

Warum hatte ich es so eilig, mich zu verlieben? Ich war ja so dumm. Einfach nur dumm.

Das Klingeln des Telefons riss sie aus ihren Gedanken. Es war Ted. »Was dagegen, wenn ich Sie in ein paar Minuten abhole?«

»Ich bin jederzeit bereit.«

Kurz darauf klopfte es an der Tür, und sie öffnete ihm. Mit einem anerkennenden Blick fasste er sie an der Hand. »Da draußen ist es ziemlich stürmisch«, sagte er. »Es ist vielleicht nicht schlecht, wenn wir uns aneinander festhalten.«

Celia brauchte einen Moment, bevor sie erwiderte: »Gern, Ted, nichts lieber als das.«

86

Nur widerstrebend ging Gregory Morrison zum Frühstück in die Queen's Lounge. Er hatte keine Lust, die fragenden Blicke der Leute zu spüren oder ihre dummen Fragen beantworten zu müssen, wenn sie zum wiederholten Mal wissen wollten, ob noch jemand an Bord erwürgt oder erstickt werden würde. Aber wenn er die Mahlzeiten in seiner Kabine zu sich nahm, würde es aussehen, als hätte er etwas zu verbergen.

Als hätte er nicht schon genug um die Ohren, hatte Kapitän Fairfax ihn auch noch angerufen und ihm mitgeteilt, dass der Sturm an Stärke zu- statt abnehmen würde. Und Dr. Blake berichtete, dass die Krankenstation überfüllt sei mit seekranken Passagieren. Ganz großartig, dachte er. Wenn du auf meinem schönen Schiff nicht gerade zufällig erstickt oder erwürgt wirst, verbringst du die Hälfte der Reise mit dem Kopf in der Kloschüssel.

Trost bereitete ihm im Moment nur eines: Brenda Martin war noch nicht an ihrem Tisch erschienen. Wahrscheinlich folterte sie in der Küche den Patissier.

In Wahrheit war Brenda Martin aufgrund des starken Seegangs übel. So hatte sie ihren Plan aufgeben müssen, auch in den unteren drei Drecks die Passagiere mit ihrer Jungfrau-in-Not-Geschichte zwangszubeglücken.

Professor Longworth und Yvonne hatten am Tisch Platz genommen. Morrison war viel zu abgelenkt, um zu bemerken, dass Yvonne ihn interessiert beäugte. Sie hatte sich im Internet über ihn kundig gemacht und dabei erfahren, dass er seit zehn Jahren geschieden war und keine Kinder hatte. Neben der *Queen Charlotte* gehörte ihm auch eine Flotte von zwanzig Flusskreuzfahrtschiffen. Er ist sechsundsechzig, dachte sie. Über zwanzig Jahre älter als ich, aber das ist so schlecht nicht. Vielleicht sollte ich ihn in der Osterzeit mal nach East Hampton einladen.

Sie lächelte, als Morrison neben ihr Platz nahm. Was sagte er da? Ach ja. »Ist Ihnen bewusst, dass die *Queen Charlotte* keinesfalls dafür verantwortlich gemacht werden kann, wenn ein Passagier von Bord fällt?« Das werden wir ja sehen, dachte sie und setzte ein noch strahlenderes Lächeln auf. Dann bemerkte sie, dass einer aus der Mannschaft zu Kapitän Fairfax geeilt war und ihm etwas zuflüsterte. Überrascht sah der Kapitän auf, dann eilte er zu Morrison.

»Mr. Morrison, ich muss Sie leider stören. Ma'am, Sie entschuldigen uns bitte.« Fairfax und Morrison entfernten sich einige Schritte. Der Kapitän sprach so leise, dass sie nichts verstand, aber an Morrisons Antwort gab es keinen Zweifel: »Sie meinen, der arme Kerl ist fast elf Stunden auf dem Wasser getrieben?«

O nein, o mein Gott, nein, dachte Yvonne nur und musste sich zusammennehmen, um sich nichts anmerken zu lassen. Denn Morrison kam schon auf sie zu. »Mrs. Pearson, es gibt wunderbare Neuigkeiten. Ihr Mann ist von einem anderen Schiff aufgelesen worden. Er hat eine Lungenentzündung, aber er erholt sich schnell. Er wird einen Tag nach uns in Southampton eintreffen.«

»Oh, ich weiß gar nicht, was ich sagen soll«, brachte Yvonne nur heraus, bevor sie die Augen schloss und in Ohnmacht fiel.

87

Ihm lief die Zeit davon. Morgen bei Tagesanbruch würden sie in Southampton anlegen, damit blieben ihm keine vierundzwanzig Stunden mehr, um sich die Kleopatra-Halskette zu schnappen. Er war so überzeugt gewesen, dass Lady Em Brenda die Kette anvertraut hatte, aber offensichtlich hatte er sich getäuscht.

Wer also hat sie?, fragte er sich, während er auf dem Promenadendeck spazieren ging.

Es kümmerte ihn nicht im Geringsten, dass Brenda überlebt hatte. Nach ihrem Bericht über die Ereignisse in ihrer Kabine war klar, dass sie nicht wusste, wer sie überfallen hatte. Es wunderte ihn nur, warum sie die Geschichte von der angeblich aus ihrem Zimmer gestohlenen Perlenkette erfunden hatte.

Nachdem er ihr den Kissenbezug über den Kopf gestülpt und sie in den Schrank gezerrt hatte, hatte er ihre Kabine durchsucht. Aber die Kleopatra-Halskette war nirgends zu finden gewesen.

Er hatte Brenda ebenso wenig umbringen wollen wie Lady Em. Leider war Lady Em aufgewacht und hatte ihn gesehen, höchstwahrscheinlich hätte sie ihn unter seiner Verkleidung erkannt. Bei Brenda war es knapp gewesen. Er hatte noch nicht die Tür zu seiner Kabine geschlossen, als er den Steward an die Tür klopfen hörte.

Beim Cocktailempfang hatte er den Kapitän gehört, wie er

Lady Em vorgeschlagen hatte, die Halskette bei sich im Safe aufzubewahren. Angenommen, sie hatte ihre Meinung geändert und sie ihm wirklich übergeben? Sie hatte sich an diesem Abend nicht besonders wohlgefühlt. Allerdings hatte sie die Kette noch getragen, als sie in ihre Suite zurückgekehrt war.

Außerdem hatte sie abgelehnt, sich von Brenda begleiten zu lassen. Tatsächlich hatte sie sich an jenem Abend gegenüber Brenda sehr reserviert gegeben. War sie aus irgendeinem Grund über sie verärgert gewesen? Das würde zumindest erklären, warum sie Brenda die Kette nicht zur Aufbewahrung gegeben hatte.

Wer kam also noch infrage? Wem würde sie trauen? Roger vielleicht, aber der war vorher über Bord gefallen. Zu Yvonne schien sie kein enges Verhältnis zu haben. Jedenfalls hatte Pearsons Frau ihre Langeweile kaum verbergen können, wenn Lady Em das große Wort geführt hatte. Der Mann mit den tausend Gesichtern war wütend auf sich selbst. Er hätte das alles sorgfältiger durchdenken sollen, bevor er Brenda aufgelauert hatte.

Gab es sonst noch jemanden? Er kam immer wieder auf Celia Kilbride zurück. Lady Em hatte sich ausdrücklich gewünscht, dass die junge Gemmologin mit an ihrem Tisch saß. Sie selbst hatte an ihren beiden Vorträgen teilgenommen und jeweils in der ersten Reihe gesessen. Außerdem ließ eine ihrer Fragen während der Veranstaltung darauf schließen, dass die beiden in einem vertraulichen Verhältnis zueinander standen. Lady Em schien sich lieber mit Celia zu unterhalten als mit ihrem Finanzberater oder ihrer Assistentin.

Hatte die Bitte des Kapitäns, die Halskette in seinem Safe zu verwahren, sie nervös werden lassen? Hatte er ihr erzählt, dass der Mann mit den tausend Gesichtern an Bord sein könnte? Wenn dem so war und sie sich plötzlich Sorgen wegen der Kette machte, wem hätte sie sie dann anvertraut? Ja, es erschien ihm plausibel. Sie würde sie der jungen und netten Edelsteinexpertin geben.

Er griff in sein Sportjackett und ging die Passagierliste nach Celia Kilbride durch. Ihre Kabine lag nicht weit von Lady Ems Suite entfernt.

Sie musste es sein, beschloss er.

88

Yvonne wurde von zwei Stewards in ihre Kabine gebracht. Sie bat darum, in einem der Klubsessel abgesetzt zu werden, und bestand darauf, dass man sie allein ließ. Ihr dämmerte, was es bedeutete, wenn Roger den Sturz überlebt hatte. Was soll ich tun, wenn er behauptet, ich hätte ihn ins Wasser gestoßen? Ich werde es entschieden leugnen. Wir hatten beide zu viel getrunken.

Ich beharre auf meiner Aussage: Ich war auf der Toilette, als er über Bord fiel, und als ich wieder rausging, war er nicht mehr da. Ich hatte Angst, dass ihm etwas zugestoßen sein könnte, und rief um Hilfe.

Das klingt gut und nachvollziehbar, versicherte sie sich. Dann wurde ihr bewusst, dass sie ja noch einen Trumpf im Ärmel hatte. Niemand weiß, wer Lady Em ermordet hat. Ich könnte Roger sagen, dass ich es war, und zwar aus dem einzigen Grund, damit er nicht ins Gefängnis muss. Ich gehe nicht davon aus, dass Lady Em sonst noch jemandem von der geplanten Finanzprüfung erzählt hat.

Ich kriege das hin, ich weiß es. Wenn er mir nicht glaubt, drohe ich damit, zur Polizei zu gehen und über seine Probleme mit Lady Ems Finanzen auszupacken. Das sollte dann genügen.

Valerie und Dana müssen mittlerweile erfahren haben, dass Roger am Leben ist. Was sage ich ihnen bloß? Dass ich unserer Ehe unbedingt noch mal eine Chance geben möchte, nachdem ich erfahren habe, dass er noch lebt? Weil ich in meinem tiefsten Inneren weiß, dass wir beide uns trotz allem immer noch lieben.

Das sollten sie mir abkaufen. Ich bin keine schlechte Schauspielerin.

89

Ted hielt Celia an der Hand und stützte sich mit der anderen am Geländer im Gang ab. »Gehen wir runter zum Hauptdeck«, sagte er. »Theoretisch sollte das der ruhigste Ort auf dem Schiff sein.«

»Klingt gut«, stimmte Celia zu.

»Ich glaube nicht, dass es sehr voll sein wird«, sagte Ted. »Zu schade, dass an unserem letzten Tag auf See so ein Wetter herrscht.«

Sie waren die Einzigen im Aufzug. Als sie auf dem Hauptdeck ausstiegen, fühlte sich das Schiff merklich ruhiger an. Sie steuerten den Tap Room an, eine kleine Bar, und nachdem sie Platz genommen hatten, schlug Ted für sie die Speisekarte auf. »Was hätten Sie gern? Außer einem Glas Chardonnay natürlich«, sagte er lächelnd.

»Ich hab hier so viel und so exquisit gegessen. Klingt da Grillkäse, Tomaten und Schinken auf Roggentoast langweilig?«

»Ja, tut es. Dann nehmen wir also zwei.«

Die Bedienung kam, Ted gab die Bestellung auf, und als sie fort war, sah er zu Celia. »Sie sagten, Sie haben gut geschlafen. Heißt das, Sie kommen mit allem wieder etwas besser zurecht?«

»Ja«, antwortete Celia ganz offen. »Ich will Ihnen auch sagen, warum. Gestern habe ich Ihnen erzählt, wie sehr mir mein Vater fehlt. Ich war wütend auf ihn, weil er nicht wieder geheiratet hat, sodass ich keine Geschwister habe, und weil er gestorben ist. Aber heute Morgen ist mir klar geworden, wie ungerecht es ist, ihm die Schuld zu geben. Und wie egoistisch. Er war immer für mich da, mein ganzes Leben lang. Vielleicht hätte er eine Frau kennengelernt, wenn er sich mehr Zeit für sich selbst genommen hätte.«

»Das ist eine kühne Vermutung.«

»Aber eine notwendige. Jetzt habe ich Ihnen alles über mich erzählt, vielleicht mehr, als Sie überhaupt hören wollen.«

»Ihnen ist hoffentlich klar, wie sehr ich mich geschmeichelt fühle, dass Sie mir gegenüber so offen sind.«

»Ich weiß es zu schätzen. Aber jetzt sind Sie an der Reihe. Erzählen Sie mir von sich und Ihrer Familie.«

Ted lehnte sich zurück. »Na, mal sehen. Sie haben wahrscheinlich gehört, dass mein Vater Botschafter in Ägypten war ...«

»Und in Großbritannien.«

»Genau. Meine Eltern haben direkt nach ihrem Studium in Princeton geheiratet. Mein Vater studierte Jura und wurde später Bundesrichter. Meine Mutter hätte, wenn es nach ihr gegangen wäre, ihr Leben lang im Westchester County leben und uns dort großziehen können, aber meinem Vater wurde die Stelle als Attaché in Ägypten angeboten. Also zogen wir um. Da war ich sechs Jahre alt. Meine beiden jüngeren Brüder wurden dort geboren.«

»Wo sind Sie zur Schule gegangen?«, fragte Celia.

»In Kairo, auf die amerikanische Internationale Schule. Die meisten dort waren Diplomatenkinder. Ich war dort insgesamt acht Jahre, dann wurde mein Vater zum Botschafter in Großbritannien berufen. Also zogen wir für die nächsten vier Jahre, in denen er die Stelle bekleidete, nach London.«

»Ich glaube auch, einen leichten britischen Akzent herauszuhören.«

»Ja, stimmt. Ich war in Eton. Später in Princeton und schließlich zum Jurastudium in Yale.«

»Hat Ihnen das Leben im Ausland gefallen?«

»Sehr. Am meisten hat mich fasziniert, wie sich die britische und ägyptische Kultur im Lauf der Zeit gegenseitig beeinflusst haben.«

»Vermissen Sie das Leben im Ausland?«

»Nein, um ganz ehrlich zu sein. Ich vermisse es nicht. Ich habe jede Minute genossen, als ich dort war, und ich komme immer gern zu Besuch. Einer meiner Mandanten ist der ägyptische Minister für Altertumsgüter. Ich bin damit beschäftigt, verloren gegangene oder gestohlene Kunstschätze in Europa und den USA aufzuspüren. Aber ähnlich wie meine Mutter ziehe ich es vor, im Großraum New York zu wohnen.«

»Das hört sich alles sehr spannend an. Wie sind Sie denn zu Ihrem Fachgebiet gekommen?«

»Wie so vieles im Leben war es reiner Zufall. Im dritten Studienjahr wusste ich nicht recht, was ich machen wollte. Ich hatte Bewerbungsgespräche bei einigen der großen Anwaltskanzleien in New York. Aber dann entdeckte ich die Anzeige einer kleinen, komischen Kanzlei in Manhattan, die sich auf die Wiederbeschaffung von gestohlenen Kunstschätzen spezialisiert hatte. Bei den Einstellungsvoraussetzungen stand, Vertrautheit mit der ägyptischen Kultur sei von Vorteil.

Ich war sofort Feuer und Flamme und bewarb mich. Die Kanzlei gehörte zwei älteren Partnern, die junges Blut reinbringen wollten. Wir verstanden uns auf Anhieb, ich fing bei ihnen an, und nach sieben Jahren machten sie mich zu ihrem Partner.«

»Wo liegt die Kanzlei?«

»In der Sixth Avenue und Forty-Seventh Street. Ich habe

eine Wohnung im Greenwich Village, drei U-Bahn-Stationen entfernt.«

»Für Sie allein?«, fragte Celia.

»Aber sicher«, kam es entschieden von ihm. »Darf ich denn davon ausgehen, dass es bei Ihnen ähnlich ist?«

»Vollkommen richtig.«

Mittlerweile hatten sie ihre Sandwiches gegessen. »Ich finde, ein zweites Glas Wein wäre jetzt nicht schlecht«, schlug Ted vor.

»Auf die Gefahr hin, mich zu wiederholen: vollkommen richtig.«

Den gesamten Morgen hatte Celia überlegt, ob sie Ted über ihr letztes Gespräch mit Lady Em ins Vertrauen ziehen konnte. Sie wartete, bis die Bedienung die Getränke gebracht hatte.

»Ich würde gern Ihre Meinung als Anwalt zu einer Angelegenheit hören, von der ich Ihnen gleich erzählen möchte«, begann sie und nahm einen Schluck Chardonnay.

»Nur zu, und ich verspreche, dass unsere Unterhaltung vertraulich bleiben wird.«

»Am Abend vor Lady Ems Tod war ich so gegen zehn Uhr in meiner Kabine, als Lady Em mich anrief und mich bat, sofort zu ihr in ihre Suite zu kommen. Sie fühlte sich nicht besonders wohl, und sie war sichtlich erregt. Sie erzählte mir, sie sei überzeugt, dass ihr Finanzberater Roger Pearson ...«

»Der ins Meer gestürzt ist?«

»Ja. Dass er und ihre Assistentin Brenda sie hintergehen. Sie gab mir ein Armband und bat mich, es zu begutachten. Es war ganz offensichtlich billiger Tand. Ich konnte bestätigen, dass es sich nicht um das wertvolle Armband handelte, das ihr Mann ihr vor vielen Jahren geschenkt hatte. Sie sagte mir, sie wisse nicht, wie viele andere Schmuckstücke Brenda im Lauf der vergangenen Jahre gestohlen und durch Billigimitate ersetzt habe. Dann erzählte sie mir auch noch, dass sie am Morgen Roger darüber in Kenntnis gesetzt habe, ihre Finanzen von einer unabhängigen Kanzlei gegenprüfen zu lassen. Ihrer Meinung nach könnte dieses Gespräch mit dazu beigetragen haben, dass er an diesem Tag über Bord gegangen ist.«

Celia betrachtete Ted, konnte aber seine Reaktion nicht recht einschätzen. »Und zum Schluss – und für Sie wahrscheinlich von großem Interesse – hat Lady Em mir an diesem Abend die Kleopatra-Halskette übergeben. Sie bat mich, sie für sie aufzubewahren und am Morgen dem Kapitän auszuhändigen. Sie habe nämlich ihre Meinung geändert und stimme nun mit Ihnen überein, dass die Kette dem ägyptischen Volk gehöre. Sie wollte sie Ihnen bei der Rückkehr nach New York überreichen.«

»Davon hatte ich keine Ahnung«, sagte Ted.

»Sie wollte nicht, dass Sie die Smithsonian Institution verklagen müssen und der Ruf ihres Mannes und ihres Schwiegervaters durch einen Skandal Schaden nehmen würde. Ihr zufolge hat ihr Schwiegervater viel Geld für die Halskette gezahlt.«

»Wo ist sie jetzt?«, fragte Ted.

Celia holte tief Luft. »Sie wissen um die Probleme mit meinem ehemaligen Verlobten und seinem Hedgefonds. Als ich erfuhr, dass Lady Em in dieser Nacht ermordet wurde, war mir klar, in welcher misslichen Lage ich mich befand.«

»Das kann ich verstehen. Aber wenn ich noch mal fragen darf: Wo ist die Halskette jetzt?«

»Ich habe überlegt, wem ich vertrauen kann. Ich wandte mich an Alvirah Meehan und erklärte ihr mein Dilemma. Sie schlug daraufhin vor, ich solle die Kette ihr geben, und ihr Mann würde auf sie aufpassen.«

»Celia, das war sehr klug. Keiner wird Willy Meehan verdächtigen. Aber jetzt mache ich mir große Sorgen um *Sie*. Der Täter, der Lady Em getötet hat und Brenda töten wollte, hat es ganz klar auf die Halskette abgesehen. Jeder, der seit Beginn dieser Reise Lady Em beobachtet hat, wird mitbekommen haben, dass Sie beide sich miteinander angefreundet haben. Lady Ems Finanzberater hatte die Halskette nicht, Brenda hatte sie nicht. Wer bleibt also noch?« Er deutete auf Celia. »Sie.«

Celia atmete tief ein. »Ich habe mir solche Sorgen wegen der Kette gemacht, aber daran habe ich gar nicht gedacht.«

»Celia, Sie haben einiges durchgemacht. Mit der Zeit wird sich die Sache mit Ihrem ehemaligen Verlobten von selbst klären. Aber jetzt müssen Sie sehr, sehr vorsichtig sein. Der Täter, der hinter dem Schmuckstück her ist, weiß, dass die heutige Nacht seine letzte Chance ist. Sie dürfen auf keinen Fall allein Ihre Kabine betreten oder verlassen. Achten Sie darauf, dass Sie die Tür immer doppelt absperren. Außer dass ich Ihr neuer Anwalt bin, ernenne ich mich hiermit ab sofort zu Ihrem ständigen Begleiter.«

»Danke, Herr Anwalt. Das ist mir eine große Erleichterung.«

Ted fasste über den Tisch und nahm ihre Hand in seine. »In meinem Beruf habe ich es mitunter mit einigen sehr unappetitlichen Gestalten zu tun, aber ich habe sie alle überlebt. Ich verspreche Ihnen, es wird Ihnen nichts geschehen, solange ich in Ihrer Nähe bin.«

90

Zu Morrisons Freude nahm Celia Kilbride am Tisch Platz. Der Aufenthalt im Speisesaal fiel ihm sehr viel leichter, wenn sie ebenfalls da war. Ich werde ihr sagen, was für eine schöne Frau sie ist, dachte er und durchquerte den Raum.

Leider war der Speisesaal halb leer. Das Abschlussdinner war sonst immer ein festlicher Anlass und der ideale Zeitpunkt, um Adressen auszutauschen und die an Bord entstandenen neuen Bekanntschaften zu festigen.

Er tröstete sich mit den guten Neuigkeiten aus dem Verkaufsbüro. Es hatte zwar aufgrund der Berichterstattung nach dem Mord an Lady Em und dem tätlichen Angriff auf Brenda einige Absagen gegeben, die jedoch durch die Reservierungen der neuen Passagiere, die sich jetzt einen der wieder verfügbaren Plätze sichern wollten, mehr als ausgeglichen wurden. Weniger gefiel ihm, dass in Southampton bereits Straßenhändler mit T-Shirts warteten, auf denen I SURVIVED MY QUEEN CHARLOTTE CRUISE aufgedruckt war.

Wie schön, die Letzten dieser Gruppe zu sehen, dachte er und nickte Celia und Professor Longworth mit einem freundlichen Lächeln am Tisch nebenan zu.

Zu seiner Verärgerung bemerkte er jetzt, dass Brenda eingetroffen war und keinerlei Anstalten machte, ihre Striemen am Hals zu verbergen. Immerhin hatte sie, o Wunder über Wunder, ihren Appetit nicht verloren. Wie vielen Passagieren ist sie wohl auf die Nerven gefallen, bevor sie sich zum Essen eingefunden hat?, dachte Morrison.

Eines jedenfalls wusste er mit Gewissheit: Sie würde bestimmt nicht mehr auf der *Queen Charlotte* reisen. Sein Büro hatte ihm bestätigt, dass Lady Em für sie gezahlt hatte sowie für die ... nun ja ... lustige Witwe Yvonne und ihren mittlerweile auf so wunderbare Weise geretteten Mann.

Er sah sich um. Fairfax am Kapitänstisch unterhielt eine neue Gruppe von Passagieren.

Die Höflichkeit gebot es, sich bei Yvonne zu erkundigen, ob sie schon Kontakt mit ihrem aus dem Wasser gefischten Mann hatte aufnehmen können. Statt der grauen Sachen, die sie in den letzten Tagen getragen hatte – im Vorgriff auf schwarze Trauerkleidung, wie er zu wissen meinte –, hatte sie jetzt einen rosafarbenen Blazer an und eine dazu passende Hose. Sie bestätigte ihm, dass sie mit dem Arzt auf dem anderen Schiff gesprochen habe. Roger erhole sich ganz hervorragend, habe aber während ihres Anrufs geschlafen. Sie habe den Arzt gebeten, ihn nicht zu wecken, und ihm eine Liebesbotschaft ausrichten lassen.

Mir kommen gleich die Tränen, dachte Morrison spöttisch.

Er wandte sich an Celia. Ihm gefielen ihr marineblauer Blazer und der einfache Schal, den sie sich um die Schultern geworfen hatte. »Ms. Kilbride, ich hoffe, Sie konnten die Reise mit uns genießen – trotz des traurigen Ablebens von Lady Em.«

»Es war ein Privileg, auf diesem wunderbaren Schiff sein zu dürfen«, antwortete sie aufrichtig.

Brenda, die sich sofort ausgeschlossen vorkam, platzte heraus: »Mr. Morrison, ich hoffe sehr, dass wir unsere kleinen Differenzen nach dem ...« Sie stockte kurz. »... Einbruch in meiner Kabine bald und zur gegenseitigen Zufriedenheit beilegen können. Dann werden mein Partner und ich auch gern wieder die Gelegenheit ergreifen, auf Ihren Schiffen mitzufahren. Als Ihre Gäste natürlich.«

Morrison rang sich ein Lächeln ab. Der erste Gang war aufgetragen, und er sah, dass sich Brenda bereits durch die große Portion Kaviar gearbeitet hatte und den Kellner um einen Nachschlag bat.

Professor Longworth hielt es nun ebenfalls für angebracht, sich bemerkbar zu machen. »Ich kann nur sagen, welch große Freude diese Reise mir bereitet hat«, begann er und gab Kaviar auf seinen Teller. »Und wie sehr ich es genossen habe, als Vortragsredner hier auftreten zu dürfen. Wie schon Shakespeare sagte: ›Abschied ist solch süßer Schmerz.‹«

Ach, scher dich doch zum Teufel, wie mein Vater immer gesagt hat, dachte Morrison.

91

Da das Gepäck bis zweiundzwanzig Uhr vor den Zimmern stehen musste, waren Ted und Celia in ihre Kabinen zurückgekehrt, um zu packen. Ted hatte gewartet, bis er hörte, dass sie zweimal den Schlüssel umgedreht hatte, bevor er zu seiner eigenen Kabine ging.

Um neunzehn Uhr hatte er sie in den Speisesaal begleitet. Seinen Vorschlag, sich mit ihm an seinen Tisch zu setzen, hatte sie allerdings abgelehnt. »Ach, Ted, Sie wissen doch, man sieht es auf solchen Kreuzfahrten nicht gern, wenn man den Tisch wechselt. Wenn ich weiterhin Vorträge halten will, muss ich mich an die Regeln halten. Außerdem sitzen wir doch keine zwei Meter auseinander.«

Nur widerstrebend ließ sich Ted darauf ein und nahm am Nebentisch Platz. Mittlerweile betrachtete er seine Mitreisenden an den beiden Tischen mit ganz anderen Augen, wie ihm bewusst wurde. Alvirah und Willy schenkte er ein freundliches Lächeln, immerhin hatte Celia großes Vertrauen zu ihnen. Er wusste jetzt, dass Willy die Kleopatra-Kette bei sich trug, vermutlich in der Hosentasche, wo sie ziemlich sicher verstaut sein dürfte. Willy war ein großer, kräftiger Mann mit muskulösen Unterarmen. Wer ihn ausrauben wollte, musste sich auf eine handfeste Auseinandersetzung gefasst machen.

Anna DeMille nahm er von seinen Überlegungen zum mutmaßlichen Täter aus. Sie sah genauso aus wie jemand, der zum ersten Mal auf einer Kreuzfahrt war. Sie hatte die

Reise bei einer Tombola gewonnen und war wahrscheinlich zum ersten Mal im Ausland. Wenn der Mann mit den tausend Gesichtern eine Frau sein sollte, dann wäre sie die Letzte, hinter der man ihn vermuten würde.

Devon Michaelson? Unwahrscheinlich, dachte er. Ich glaube ihm, dass er wirklich die Asche seiner verstorbenen Frau verstreuen wollte. Auch wie er versucht, sich Annas ständigen Avancen zu erwehren, ist in meinen Augen nachvollziehbar für einen Witwer.

Nachdem er seine Tischgenossen durchgegangen war, ließ er den Blick zum Nachbartisch schweifen. Gregory Morrison, den Schiffseigner, mochte er nicht. Der Bau der *Queen Charlotte* musste ihn ein Vermögen gekostet haben. Lady Ems Halskette könnte ihm da wie gerufen kommen. Natürlich konnte er nicht das Risiko eingehen und sie verkaufen, aber jeder einzelne Stein der dreireihigen Smaragdkette würde ihm auf dem Edelsteinmarkt ein Vermögen einbringen.

Aber vielleicht, überlegte Ted, war die Kleopatra-Kette für Morrison – genau wie das Schiff – nichts anderes als eine einzigartige Trophäe, die es nur einmal auf der Welt gab. Auch wenn er sie nie der Öffentlichkeit würde präsentieren können, wäre sie ihm dennoch Bestätigung seines Erfolgs und Beweis dafür, dass er alles bekam, was er sich in den Kopf setzte.

Morrison zählte für ihn also eindeutig zum Kreis der Verdächtigen. Außerdem gefiel ihm nicht, wie der Schiffseigner seinen Stuhl jetzt näher an Celia heranrückte.

Was war mit Yvonne? Durchaus vorstellbar, dass bei der von Lady Em angedrohten Finanzprüfung herauskam, dass sie an den Betrügereien beteiligt gewesen war.

Sie ist nicht sonderlich intelligent, beschloss Ted, aber ausgefuchst und vielleicht auch bösartig genug, um sich auf jede erdenkliche Art und Weise selbst zu schützen.

Brenda Martin? Nein. Sie konnte sich schlecht selbst erwürgen, und außerdem, wozu? Celia hatte ja schon die Kleopatra-Halskette.

Professor Longworth? Klar, er kam natürlich in Betracht, aber eher theoretisch. Ted wusste, er war weit gereist und hatte überall auf der Welt Vorträge gehalten, sowohl an Eliteuniversitäten als auch auf Kreuzfahrtschiffen. Unter anderem in Ägypten. Also jemand, den man im Auge behalten sollte.

Teds Blick ging zum Kapitänstisch. Was war mit Fairfax? Er kam ebenfalls überall auf der Welt herum, und er hatte Lady Em gedrängt, ihm die Kette zu geben. War er aufgebracht, als sie auf sein Angebot nicht eingegangen war? So aufgebracht, dass er sie tötete? Andererseits, wenn sie ihm die Kette gegeben hätte, hätte er sich kaum sträuben können, sie ihr oder ihrem Erbschaftsverwalter auszuhändigen. Es war also eher unwahrscheinlich, dass er der Mörder und Dieb war.

Ted sah ein, dass seine Überlegungen zu nichts führten, deshalb richtete er seine Aufmerksamkeit wieder auf seinen Tisch. Anna DeMille, bemerkte er, strich mit ihrem Arm gegen den von Michaelson. Großer Gott, was für eine aufdringliche Person. Der arme Michaelson. Sollte einmal Anna DeMille über Bord gehen, würde der Witwer auf der Liste der Verdächtigen ganz oben stehen.

»Sie haben sicherlich schon alle gepackt«, sagte Ted, um ebenfalls etwas zum Gespräch beizutragen.

»Ja«, verkündete Alvirah.

»Ich auch«, kam es von Anna. »Aber ich muss sagen, mir war dabei fast nach Heulen zumute, als ich daran denken musste, dass ich Sie alle nie wiedersehen werde.« Ihr Kommentar war eindeutig an Devon Michaelson gerichtet, der vor Ärger tatsächlich rot anlief.

»Wir bleiben gern mit Ihnen in Kontakt, Anna«, kam es von Alvirah in dem Versuch, die angespannte Atmosphäre etwas zu lockern. Ohne auf Willys bestürzten Blick einzugehen, zog sie ein Blatt Papier aus der Handtasche und kritzelte ihre E-Mail-Adresse darauf. Kurz zögerte sie, dann folgten auch Adresse und Telefonnummer. Willy ist bald am Ende seiner Geduld mit mir, dachte sie.

Das Abschlussessen war ausgezeichnet. Darin stimmten alle überein. Erneut gab es als Vorspeise Kaviar; es folgten Schollenfilet oder Roastbeef, Salat, Käsekuchen und Eis mit verschiedenen Beeren in einer leicht mit Alkohol aromatisierten Soße; dazu Kaffee, Espresso, Cappuccino oder Tee.

Zu jedem Gang wurde reichlich Wein serviert. Aber Ted dachte mit Vergnügen zurück an das mittägliche Schinken-Käse-Tomaten-Sandwich. Für mindestens ein Jahr habe ich jetzt genug von Gourmetgerichten, dachte er.

Willys Kommentar ging in die gleiche Richtung. »Es geht sofort ins Fitnessstudio, sobald wir wieder in New York sind.«

»Da muss ich ebenfalls mit, fürchte ich«, seufzte Alvirah. »In nächster Zeit werde ich nicht mehr in meine Kleider passen. Dabei war ich so gut drin in meiner Diät.«

Anna DeMille seufzte ebenfalls. »In Kansas gibt es solche Köstlichkeiten wie hier gar nicht.« Sie sah zu Devon. »Wie ist denn das Essen in Montreal?«

Devon Michaelson wirkte zunehmend genervt. Erneut war er in eine Situation gebracht worden, in der er entweder unhöflich erscheinen oder sich an einem Gespräch beteiligen musste, das ihn in keiner Weise interessierte.

»Montreal ist eine kosmopolitische Stadt. Kulinarisch gibt es dort alles, was Sie wollen.«

»Davon bin ich überzeugt. Ich wollte schon immer mal hin. Heute Morgen habe ich im Internet nachgesehen, und ich habe zu meiner Freude festgestellt, dass es Direktflüge von Kansas City nach Montreal gibt.«

Auch am Nebentisch näherte sich das Essen seinem Ende. Morrison hatte keineswegs die Absicht, den ganzen Abend zu bleiben, war aber zusehends fasziniert von Celia. Endlich glaubte er auch zu wissen, an wen sie ihn erinnerte: an Jackie Kennedy. Natürlich. Eine der schönsten und intelligentesten Frauen, die jemals ihren Fuß ins Weiße Haus gesetzt hatten.

Beim Kaffee sagte er also: »Celia, ich muss in regelmäßigen Abständen zurück in mein New Yorker Büro. Sie verstehen sicherlich, dass ich nicht während der gesamten dreimonatigen Weltreise auf dem Schiff bleiben kann. Ich hoffe daher, dass Sie mir das Vergnügen bereiten, mit mir in Manhattan bald zu Abend zu essen oder mich auf eine der Reisen auf dem Schiff zu begleiten.«

Ted, der das alles mitangehört hatte, erhob sich umgehend und baute sich hinter ihrem Stuhl auf. Damit es auch wirklich alle in der unmittelbaren Umgebung und ganz besonders Morrison hörten, sagte er: »Wollen wir gehen, meine Liebe?«

Ihr Lächeln beantwortete seine Frage. Als wäre damit ein stummes Signal gegeben worden, erhoben sich mit ihr auch alle anderen und wünschten sich eine gute Nacht. Da sie am nächsten Morgen früh aufstehen mussten, schlug auch niemand mehr einen gemeinsamen Schlummertrunk vor.

92

Der Kerl hat sich ja ganz schön an Sie rangemacht«, sagte Ted ungehalten.

»Genau«, stimmte Willy ihm zu, während er auf den Aufzugsknopf drückte. »Nur weil ihm der Kahn hier gehört, glaubt er, er kann sich alles erlauben.«

»Eine Schande«, bestätigte auch Alvirah, die aber in Gedanken ganz woanders war.

Als sie den Weg zu ihren Kabinen einschlugen, wandte sie sich an Celia. »Ich muss sagen, es macht mich ziemlich nervös, dass Sie allein sind. Jemand hat es geschafft, in Lady Ems und in Brendas Kabine zu gelangen. Und ich möchte meinen letzten Dollar darauf verwetten, dass der, der es auf die Kleopatra-Halskette abgesehen hat, mittlerweile dahintergekommen ist, dass Lady Em sie Ihnen gegeben hat.«

»Absolut meine Meinung«, kam es entschieden von Ted. »Also, wie gehen wir vor?«

»Ich habe mir so meine Gedanken gemacht, und ich glaube, ich habe eine großartige Idee«, sagte Alvirah. »Celia, Sie sollten zu mir in die Kabine kommen, und Willy kann in Ihrem Zimmer schlafen. Ich kann Ihnen nämlich eines sagen: Keiner wird Willy erwürgen oder ersticken.«

»Das halte ich für eine ganz ausgezeichnete Idee«, stimmte Ted zu.

Celia schüttelte den Kopf. »Auf keinen Fall. Wir stehen alle unter Stress. Ich werde nicht zulassen, dass Willy den größten

Teil der Nacht wach liegt und Alvirah sich Sorgen um ihn machen muss. Ich verspreche, ich werde die Kette vorlegen. Keiner wird hineinkommen.«

Alvirah, Willy und Ted war klar, dass kein noch so gutes Zureden Celia würde umstimmen können. Alvirahs und Willys Kabine war drei Türen von Teds Kabine entfernt, und Celias Kabine lag noch einmal drei Türen weiter. Nachdem sich Willy und Alvirah verabschiedet hatten, begleitete Ted Celia zu ihrer Suite.

»Celia, ich mache mir große Sorgen um Sie. Wollen Sie wirklich nicht, dass ich es mir im großen Sessel im Salon bequem mache?«

Celia schüttelte den Kopf. »Nein, aber trotzdem vielen Dank.«

»Diese Antwort habe ich befürchtet. Aber ich bestehe darauf, dass ich jetzt mit reinkomme und mich vergewissere, dass alles in Ordnung ist. Wenn Sie die Tür absperren, möchte ich hundertprozentig sicher sein, dass außer Ihnen niemand in Ihrer Kabine ist.«

Celia nickte und steckte die elektronische Karte ins Schloss. Ted ging voraus. »Warten Sie bitte hier«, sagte er, eilte ins Zimmer und öffnete sämtliche Schranktüren. Dann inspizierte er den Badezimmerbereich, öffnete auch dort die Türen des Kleiderschranks, kniete sich hin und sah unter dem Bett nach. Schließlich schob er die Glasschiebetür zum Balkon auf, trat hinaus und sah auch dort nach.

»Was bin ich froh, dass ich schon aufgeräumt habe, sonst wäre mir das sehr peinlich«, sagte Celia.

»Celia, bitte, es ist nicht die Zeit für Scherze. Ich frage Sie ein letztes Mal ...«

Celia schüttelte den Kopf. »Ich weiß das Angebot zu schätzen, aber die Antwort lautet wirklich nein. Wir müssen morgen alle früh raus und werden zeitig vom Schiff gescheucht. Ich verspreche, wenn wirklich jemand in meine Kabine kommen sollte, werde ich schreien wie eine Furie. Es wird mir nichts geschehen, Herr Anwalt.«

»Sie sind sehr stur«, entgegnete er und umarmte sie. Mit Schrecken wurde ihm bewusst, wie dünn und zerbrechlich sie war. Der Stress nach der Verhaftung ihres Exverlobten und dessen Anschuldigungen mussten ihr sehr zugesetzt haben.

»Okay, ich gebe mich geschlagen. Aber ich möchte hören, wie Sie die Tür doppelt abschließen.«

»Sofort und auf der Stelle«, versprach Celia. Ted gab ihr einen hastigen Kuss auf die Stirn, dann zog er die Tür hinter sich zu und blieb so lange stehen, bis er das Schloss einrasten und das leise Rasseln der eingelegten Kette hörte.

Kurz wartete er und hatte das untrügliche Gefühl, dass er noch bleiben sollte. Schließlich aber drehte er sich mit einem Seufzen um und ging zu seiner Kabine.

93

Wie immer schlief Willy sofort ein, sobald er sich ins Bett gelegt hatte. Und wie immer trug er dazu T-Shirt und Boxershorts, obwohl ihm Alvirah ständig Pyjamas und Morgenmäntel schenkte. Geschenke, die er sofort gegen Hemden und Chinos umtauschte.

Alvirah schlief in einem bequemen langärmeligen Nachthemd. Am Fußende des Bettes lag immer ein Morgenrock bereit. In einer der Taschen steckte ihre Brille, dazu ein Fläschchen Tylenol, für den Fall, dass ihre immer schlimmer werdende Arthritis sie nicht schlafen ließ.

Wie Willy war auch sie schnell eingeschlafen. Anders als er wachte sie aber einige Stunden später wieder auf. Sie musste feststellen, dass ihre übliche bequeme Stellung – an Willys Schulter geschmiegt – ihre Wirkung verfehlte.

Sie war unruhig und machte sich Sorgen um Celia. Warum wollte sie nicht bei mir die Nacht verbringen?, überlegte sie. Was, wenn doch jemand in ihre Kabine eindringt? Brenda ist eine große, starke Frau, und trotzdem ist sie überwältigt worden. Welche Chance hat Celia, wenn es zu einer Auseinandersetzung kommt?

Diese Gedanken ließen sie nicht los, und auch das leise Pfeifen, das den Auftakt zu Willys Schnarchen bildete, konnte sie diesmal nicht beruhigen.

94

Jetzt oder nie. Der Mann mit den tausend Gesichtern mied den Fahrstuhl und ging zu Fuß die beiden Treppen zu seiner Kabine hinauf, um niemandem zu begegnen. Er trat in seine Suite und begann mit den Vorbereitungen, um seinen Plan in die Tat umzusetzen.

Erster Punkt auf der Agenda: die vollständige Veränderung seines Aussehens. Er war sich ziemlich sicher, dass ihn niemand beobachtet hatte, als er bei Lady Em und Brenda eingebrochen war, trotzdem wollte er nun eine andere Verkleidung benutzen. Er begann mit den Augen. Er nahm die braunen Kontaktlinsen aus ihrem Behältnis und setzte sie sich ein. Das war der einfache Teil. Das Nächste erforderte etwas Zeit und Geschicklichkeit. Er öffnete sein Schminkset, sah in den Spiegel und widmete sich der Kunst, die er seit seiner Highschool-Zeit, als er bei Theateraufführungen mitgewirkt hatte, beherrschte.

Eine Gesichtscreme verlieh ihm einen blassen Teint, mittels eines Augenbrauenstifts wurden die dünnen Brauen voll und dunkelbraun. Tiefe Falten, die er auftrug, veränderten den Gesichtsausdruck komplett. Dazu klebte er sich einen grau melierten Vollbart an. Zufrieden, als er mittig saß, stülpte er sich eine braune Perücke über und drückte sie sorgfältig fest. Aus Erfahrung wusste er, dass potenzielle Zeugen sich vor allem an den Kontrast zwischen dunklem Haar und grauem Bart erinnerten und das Gesicht dann weniger beachteten.

Zufrieden begutachtete er sich im Spiegel von allen Seiten. Ausgezeichnet. Er holte seine Schuhe aus dem Koffer, spezielle Liftschuhe, die ihn volle acht Zentimeter größer machten.

Er zog die Stewardjacke an, die er aus der Küche auf seinem Deck gestohlen hatte. Sie passte einigermaßen und war nur um die Schultern und an der Taille etwas zu weit. Er steckte sich eine Rolle Klebeband, die er in einem Fach in seinem Koffer aufbewahrt hatte, in die Außentasche der Jacke. In die andere Tasche packte er einen kompakten Bolzenschneider.

In der folgenden Viertelstunde übte er, leicht zu hinken und das linke Bein etwas nachzuziehen.

95

Einige Stunden später schreckte Alvirah mit Herzrasen aus dem Schlaf hoch. Sie hatte von Celia geträumt. Jetzt werde ich auf keinen Fall mehr einschlafen können, dachte sie, stand auf, warf sich den Morgenrock über und ging ins Zimmer nebenan.

Warum sie dann die Tür zum Gang öffnete, wusste sie selbst nicht so genau. Im trüben Licht musste sie blinzeln. Ich sollte zu Celia, bei ihr anklopfen und mich vergewissern, dass alles in Ordnung ist. Als sie auf die Uhr sah, kam sie sich aber ziemlich albern vor. Halb vier. Wenn ich Celia einen Mordsschrecken einjagen will, dann klopfe ich jetzt bei ihr an. Ich sollte mich lieber um meinen eigenen Kram kümmern und wieder ins Bett gehen.

Sie wollte die Tür schon wieder schließen, als sie es hörte: ein metallisches Geräusch, das aus der Richtung von Celias Kabine kam. Bildete sie sich das nur ein? Gleich darauf hörte sie einen unterdrückten Schrei. Nur kurz, dann war er auch schon wieder verstummt. Aber sie war sich sicher, ihn gehört zu haben.

Sie wollte Willy wecken, änderte aber ihre Meinung. Ted ist schneller bei ihr, dachte sie, rannte auch schon durch den Gang und pochte bei ihm an die Tür. »Ted, wachen Sie auf, Celia ist in Gefahr!«

Sofort war Ted hellwach, lief im Pyjama an die Tür und riss sie auf. Eine aufgelöste Alvirah stand vor ihm. »Ich habe aus Celias Kabine etwas gehört.«

Mehr musste sie gar nicht sagen. Ted sprintete bereits zu Celias Suite.

Alvirah wollte ihm folgen, hielt kurz inne, kehrte um und lief zurück, um Willy wachzurütteln. »Willy, Willy, wach auf. Celia braucht uns. Los, Willy, wach schon auf.« Völlig schlaftrunken schlüpfte Willy in seine schon für den Morgen bereitgelegte Hose, während ihm eine völlig atemlose Alvirah erklärte, was sie gehört hatte. Dann rief sie beim Sicherheitsdienst an.

Celia hatte tief geschlafen, als sie draußen im Gang etwas zu hören glaubte. Das metallische Klicken eines Bolzenschneiders, mit dem die Vorhängekette durchtrennt wurde, hatte sie in den Traum eingebaut, in dem sie als kleines Mädchen mit ihrem Vater auf dem Spielplatz gewesen war. Bis sie die Schritte wahrnahm, die sich ihrem Bett näherten, war der Angreifer schon über ihr. Sie stieß einen kurzen Schrei aus, dann wurde ihr ein Tuch auf den Mund gepresst. Verzweifelt rang sie nach Luft und starrte dem Fremden ins Gesicht, der über ihr aufragte und ihr eine Pistole an die Stirn drückte.

»Noch einen Laut, und dir passiert das Gleiche wie deiner Freundin Lady Em. Verstanden?« Celia konnte in ihrer Todesangst nur nicken. Sie spürte, wie der Druck auf ihren Mund etwas nachließ, schließlich wurde das Tuch weggezogen und sofort durch etwas Kühles ersetzt. Eine Art Klebeband. Anders als mit dem Tuch, das auch ihre Nase bedeckt hatte, konnte sie jetzt ungehindert atmen. Sie hatte keine Ahnung, wer der Angreifer war, nur seine Stimme kam ihr entfernt bekannt vor.

Er fesselte ihr die Hände und anschließend auch die Füße. »Celia, es liegt ganz bei dir, ob du heute Nacht sterben wirst oder nicht.« Seine Stimme klang überraschend ruhig und überlegt. »Gib mir, was ich will, und deine Freunde werden dich am Morgen unversehrt wiederfinden. Wenn du am Leben bleiben willst, sagst du mir jetzt, wo sich die Kleopatra-Halskette befindet. Aber ich warne dich: Lüg mich nicht an. Ich weiß, dass du sie hast.«

Celia nickte nur und war verzweifelt bemüht, Zeit zu gewinnen – um was zu tun? Niemand wusste, was in diesem Augenblick hier vor sich ging. Ich kann ihm doch nicht sagen, dass Willy die Kette hat. Sonst würde er ihn und Alvirah umbringen.

Sie schrie auf vor Schmerz, als er das Klebeband mit einem Ruck wegriss. »Okay, Celia, wo ist die Halskette?«

»Ich weiß es nicht. Ich hab sie nicht, es tut mir leid, ich hab sie nicht.«

»Jammerschade, Celia. Du kennst den alten Spruch? Nichts hilft dem Gedächtnis mehr auf die Sprünge als Angst.«

Das Band wurde ihr wieder über die Lippen geklebt. Sie wurde aus dem Bett gerissen und zur Balkontür gezerrt. Mit einem Arm hielt er sie um die Hüfte gefasst, mit dem anderen öffnete er die Tür und schob sie hinaus auf den Balkon. Es war kalt und windig. Sie begann zu zittern. Er hievte sie hoch, sodass sie auf dem Geländer zu sitzen kam, und hielt sie nur noch an dem Seil, mit dem er ihr vor dem Körper die Hände zusammengebunden hatte. Etwa zwanzig Meter unter ihr rauschte das dunkle, aufgewühlte Meer.

»Gut, Celia, ich frag dich jetzt noch einmal: Wer hat die Halskette?« Wieder riss er ihr das Band vom Mund. »Wenn du es immer noch nicht weißt, glaube ich dir. Aber dann hat es auch keinen Sinn mehr, dich länger festzuhalten.« Er lockerte den Griff um das Seil und ließ sie etwas nach hinten fallen, bevor er sie wieder nach vorn zog. Celia wurde schwarz vor Augen.

»Also, Celia, was ist nun? Wer hat die Kette?«

»Sie hat sie nicht«, schrie Ted, der in diesem Augenblick durch die Eingangstür und auf den Balkon hinausstürmte. »Lassen Sie sie runter!«

Der Eindringling und Ted starrten sich an. Zwischen ihnen waren keine zwei Meter mehr. Mit der einen Hand hielt der Einbrecher immer noch das Seil fest, das Celia davor bewahrte, in die Tiefe zu stürzen, in der anderen hatte er die Pistole, die er jetzt auf Teds Brustkorb richtete.

»Gut, Sie wollen ein Held sein, dann sagen Sie mir, wo die Halskette ist.«

»Ich habe sie nicht, aber ich kann sie besorgen«, antwortete Ted.

»Sie gehen nirgendwohin. Auf die Knie! Und die Hände in den Nacken. *Sofort!*«

Ted gehorchte, ohne Celia aus den Augen zu lassen. Er sah, dass ihre Füße gefesselt waren, aber sie hatte es geschafft, einen Fuß in der Geländerstütze zu verhaken.

»Gut, Mr. Cavanaugh, sagen Sie mir also, wo die Kette ist, oder diese junge Dame wird auf der Stelle schwimmen gehen.«

»Warten Sie«, rief Alvirah, die nun ebenfalls in der Tür auftauchte und gleich danach mit Willy auf den Balkon eilte. »Er hat sie nicht. Sie ist in unserer Kabine. Lassen Sie Celia los, und wir bringen Sie hin.«

Willy schob die Hand in die Hosentasche und zog die dort schon am Vorabend verstaute Kette heraus.

»Suchen Sie zufällig die?«, sagte Willy jetzt und ließ die Kette vor dem Eindringling, der sich kaum von ihrem Anblick lösen konnte, hin und her schlenkern. Kurz sah Willy zu Ted, der ihm zunickte. Das war die Chance, die sie sich nicht entgehen lassen durften. »Wie versessen müssen Sie auf die

Kette sein, wenn Sie sogar bereit sind, dafür einen Menschen zu töten. Hier, nehmen Sie!«

Und mit diesen Worten warf Willy die Kette hoch in die Luft. Wenn der Eindringling verhindern wollte, dass sie über Bord flog, musste er sie mit der Hand, in der er die Pistole hielt, auffangen. Als er sich danach streckte, ließ er allerdings Celias Fessel los, die sofort hintenüberzukippen drohte und sich nur noch mit dem eingehakten Fuß festhalten konnte.

Ted, Alvirah und Willy traten augenblicklich in Aktion. Ted schnellte hoch, lehnte sich über das Geländer, bekam Celia gerade noch an den Armen zu fassen und wurde von ihr fast mit nach unten gezogen, hätte Alvirah nicht mit aller Kraft seine Beine festgehalten.

Und Willy ging auf den Eindringling los, als dieser seine Aufmerksamkeit auf die Halskette richtete. Willy holte aus und verpasste ihm einen mächtigen Schlag gegen die Hand, nachdem der andere die Kette aufgefangen hatte und die Pistole wieder auf Willy richten wollte. Ein Schuss löste sich, aber die Kugel zischte an Willys Kopf vorbei, und als die Pistole und die Kette zu Boden fielen, umklammerte Willy die Arme seines Gegners.

Ted lag immer noch mit der Hüfte auf dem Geländer und hielt Celia umklammert. Er hatte verhindern können, dass sie in die Tiefe stürzte, aber jetzt hatte er nicht mehr die Kraft, sie wieder nach oben und in Sicherheit zu ziehen. Kurz danach spürte er, wie er von Alvirah an den Beinen gepackt und gehalten wurde.

»Ted, lass los!«, schrie Celia. »Sonst fällst du auch hinunter.« Verzweifelt versuchte sie, sich aus seinem Griff zu winden.

Willy hielt den Eindringling umfasst, die beiden starrten sich finster an, aber ohne die Pistole hatte der andere dem stämmigen ehemaligen Klempner nichts mehr entgegenzusetzen. Als Willy aber zu Alvirah und Ted sah, die um Celias Leben kämpften, ließ er den Eindringling los. Sofort sprang dieser auf und rannte vom Balkon in die Kabine.

Ted spürte, wie er mit dem Oberkörper immer weiter nach draußen zu kippen drohte. Willy stürmte zum Geländer und packte mit seinen langen Armen Ted an den Ellbogen. »Halten Sie sie fest, ich ziehe Sie hoch«, sagte er. Mit einer letzten Kraftanstrengung zerrte er Ted auf den Balkon. Gleich darauf war auch Celia über das Geländer gehievt. Erschöpft und schwer atmend sanken alle drei neben Alvirah zu Boden.

Der Eindringling wusste, dass er nur die kurze Strecke zu seiner Kabine zurücklegen musste, damit er in Sicherheit war. Keiner hatte ihn erkannt, da war er sich sicher. Die Perücke, der Bart und die Jacke, die er getragen hatte, konnte er schnell über Bord werfen.

Als er die Tür zum Gang aufriss, blieb er jedoch abrupt stehen. Der Sicherheitschef John Saunders stand dort und hatte eine Pistole auf seine Stirn gerichtet. Er zerrte ihn hinaus in den Flur, wo ihm Kapitän Fairfax und Gregory Morrison, beide in Morgenmänteln der *Queen Charlotte* gehüllt, die Arme auf den Rücken drehten, damit Saunders ihm Handschellen anlegen und ihn anschließend zurück in die Kabine stoßen konnte.

Ted, den Arm um Celia gelegt, und Willy, den Arm um Alvirah, kamen vom Balkon.

»Ist jemand verletzt?«, fragte Saunders.

»Nein«, antwortete Ted. »Ich glaube, uns fehlt nichts.«

»Tut mir leid, dass es so lange gedauert hat«, sagte Saunders und wandte sich an Alvirah. »Als Sie anriefen, dachten wir, der Überfall findet in Ihrer Kabine statt. Also sind wir zuerst dorthin.«

»Ach, tut mir leid«, sagte Alvirah. »Die Macht der Gewohnheit. Ich gebe immer als Erstes meine Kabinennummer an, wenn ich anrufe.«

Willy half Alvirah in einen Sessel, bevor er sich drohend vor dem Eindringling aufbaute. »Ich sehe es nicht gern, wenn jemand eine Waffe auf meine Frau richtet«, sagte er, und seine Hand schoss nach vorn.

Der Eindringling zuckte zusammen und erwartete schon Willys mächtigen Faustschlag. Aber Willys Hand verharrte wenige Zentimeter vor dem Gesicht, dann riss er mit einem Ruck den Bart weg, was mit einem Schmerzensschrei quittiert wurde.

Willy warf den falschen Bart zu Boden, packte den Haarschopf und zog auch daran. Die Perücke löste sich. Alle im Zimmer starrten auf das Gesicht des jetzt demaskierten Täters.

»Na«, sagte Willy, »wenn das nicht mal unser trauernder Witwer ist, der die Asche seiner Frau ins Meer streuen wollte. Sie können verdammt noch mal von Glück reden, dass ich nicht Sie im Meer verstreut habe.«

Morrison war der Nächste, der einen Kommentar dazu abgeben musste. Seine Stimme troff vor Sarkasmus. »Inspektor Clouseau von Interpol. Ich wusste doch, dass Sie zu nichts nütze sind. Meine *Queen Charlotte* hat eine hübsche Arrestzelle. Und Sie werden ihr erster Gast sein.«

96

Kurz herrschte völlige Stille. Morrison, Saunders und Kapitän Fairfax schoben Devon Michaelson aus dem Raum, und dann, nachdem Willy die Tür geschlossen hatte, ging Alvirah zum Schrank und holte einen *Queen-Charlotte*-Morgenmantel heraus. »Celia, Sie frieren ja. Ziehen Sie sich den doch über.«

Celia ließ sich in den Mantel helfen und spürte, wie der Gürtel an der Taille zugeschnürt wurde. Irgendwie, wurde ihr klar, musste sie immer noch unter Schock stehen. Immer noch sah sie sich selbst, wie sie, obwohl sie den Fuß im Geländer verhakt hatte, immer weiter nach hinten kippte. Jetzt, hatte sie gedacht, ist es aus und vorbei, aber dann hatte Ted sie gepackt und gerettet. Immer noch spürte sie den kalten Wind auf dem Gesicht und den Armen und das unheimliche Gefühl, jeden Moment sterben zu können. Sie versuchte, die Erinnerung abzuschütteln, und sah von Alvirah zu Willy und Ted.

»Ich habe es Ihnen drei zu verdanken, dass ich nicht im Meer treibe«, sagte sie. »Nur Ihretwegen muss ich jetzt nicht nach Southampton schwimmen.«

»Das hätten wir nie zugelassen«, sagte Alvirah. »Und jetzt sollten wir alle besser ins Bett.« Sie und Willy gingen zur Tür.

Ted schloss sie hinter ihnen.

»Diesmal werde ich kein Nein akzeptieren. Und noch etwas.« Er umarmte Celia. »Kannst du mir bitte sagen, warum du versucht hast, dich von mir loszureißen?«

»Weil ich nicht wollte, dass du mit hinunterfällst. Das konnte ich doch nicht zulassen. Ich habe euch alle in Gefahr gebracht und ...«

Ted brachte sie mit einem Kuss zum Schweigen. »Wir reden später darüber. Erst schaffen wir dich ins Bett. Du zitterst ja immer noch wie Espenlaub.« Er führte sie ins Schlafzimmer, sie legte sich hin, und er packte die Bettdecke über sie.

»Ich schiebe den Sessel gegen die Tür und schlafe darin, bis es Zeit zum Aufstehen ist. Solange du noch auf dem Schiff bist, trau ich ihnen nicht, dass sie diesen Typen in Gewahrsam halten.«

Erst jetzt spürte Celia, wie froh sie war, nicht allein sein zu müssen. »Keinerlei Einwände, Herr Anwalt«, murmelte sie nur und schloss die Augen.

97

Alle bis auf Willy hatten sich um halb acht Uhr morgens, als die *Queen Charlotte* ihr Anlegemanöver in Southampton einleitete, unten eingefunden. Als sich unter den Passagieren herumsprach, dass es sich bei Devon Michaelson, dem »trauernden Witwer«, um den Mörder handelte, waren Überraschung und Entsetzen groß.

An Lady Ems Tisch sahen sich Yvonne, Brenda und Professor Longworth an. »Ich dachte, Sie wären es gewesen«, platzte Brenda, an Longworth gerichtet, heraus.

»Mit Verlaub, aber Sie niederzuringen und in einen Schrank zu sperren, dazu würde mir sicherlich die Kraft fehlen«, gab Longworth ziemlich unwirsch zurück.

Yvonne schwieg. Nachdem jetzt also die wahre Identität von Lady Ems Mörder feststand, würde Roger erfahren, dass sie nicht seinetwillen Lady Em umgebracht hatte. Das Schiff, von dem er gerettet worden war, würde einen Tag nach der *Queen Charlotte* in Southampton einlaufen. Sollte er überall herumerzählen, dass sie ihn vom Balkongeländer gestoßen hatte, würde sie einfach erwidern, dass er noch ganz traumatisiert sein müsse von den erlittenen Qualen. Sollte er trotzdem unangenehm werden, würde sie ihm damit drohen, seine betrügerischen Machenschaften gegenüber Lady Em offenzulegen.

Celia war an den Tisch mit Anna DeMille, Ted und Alvirah gekommen und hatte dort Platz genommen, wo ursprünglich

Devon Michaelson gesessen hatte. Anna wiederholte unaufhörlich, wie sehr sie sich doch Devon Michaelsons unaufhörlichen Annäherungsversuchen hatte erwehren müssen.

So, so, Devon hatte sie umgarnt?, dachte Alvirah nicht ohne Mitgefühl. Das arme Ding, ich werde mit ihr auf jeden Fall in Kontakt bleiben.

Einige Minuten später traf Willy ein. Er wirkte sehr erleichtert. »Alvirah und ich haben noch mit Ted gesprochen, bevor wir uns zum Frühstück auf den Weg gemacht haben. Ted hat uns erzählt, die Halskette würde als Beweisstück im Mordfall von Lady Em und dem tätlichen Angriff auf Brenda gelten, daher muss sie dem FBI übergeben werden. Junge, Junge, bin ich froh, dass ich das Ding endlich los bin.«

Niemand hielt sich lange am Tisch auf. Man hatte sich von den neuen Bekannten verabschiedet. Der Saal begann sich zu leeren, und die von Bord gehenden Passagiere eilten auf das Hauptdeck.

Für eine kurze Unterbrechung sorgten lediglich zwei Scotland-Yard-Beamte, die die aufgeregten Passagiere zurückhielten. Durch die Fenster waren zwei Polizisten zu sehen, die Devon Michaelson zwischen sich die Gangway hinunterführten. Ihm waren die Hände mit Handschellen auf den Rücken gebunden und Fußfesseln angelegt worden.

Sobald sie durch den Zoll waren, griff Brenda zu ihrem Handy. Obwohl es in New York erst vier Uhr morgens war, verfasste sie eine kurze Liebes-SMS und unterzeichnete sie mit »*Für immer deine Butterblume*«.

Ted hatte für die Fahrt zum Flughafen einen Mietwagen bestellt. Er änderte seine Reservierung um in einen SUV und bestand darauf, dass Alvirah, Willy und Celia ihn begleiteten. Da sie alle müde waren, sprachen sie während der zweistündigen Fahrt nur wenig. Er hatte bereits am Flughafen angerufen und für Celia neben sich einen Platz in der ersten Klasse reservieren lassen.

Alvirah und Willy nahmen denselben Flug in der Economy Class. »Ich würde nie das Geld für die erste Klasse ausgeben«, sagte Alvirah trocken. »Der hintere Teil des Flugzeugs kommt ja fast so schnell an wie der vordere Teil.«

»Das kennt man ja schon«, murmelte Willy. Trotzdem hätte er es schon gern gesehen, wenn er die Beine hätte ausstrecken können, aber er wusste, dass es hoffnungslos sein würde, ihr diesen Vorschlag zu machen.

Das Flugzeug hatte kaum das Fahrwerk eingefahren, als sie alle vier einschliefen; Alvirah in Willys Armbeuge, Celia mit dem Kopf auf Teds Schulter.

Der Gedanke, dass sie bei ihrer Rückkehr erneut vom FBI verhört werden würde, war irgendwie nicht mehr ganz so Furcht einflößend wie noch wenige Tage zuvor. Ted hatte darauf bestanden, dass er mit ihrem Anwalt Kontakt aufnehmen würde, und ihr außerdem seine Dienste sowie die seiner Ermittler angeboten. »Wir sind sehr gut in dem, was wir machen«, hatte er ihr versichert. Sie wusste, dass nun alles gut werden würde.

Epilog

Drei Monate später

Alvirah und Willy gaben zur Feier von Ted und Celia ein Essen in ihrer Wohnung in der Central Park South. Draußen schneite es, im Park lag eine dichte Schneedecke. Das Klappern der Pferde und Kutschen war zu hören, deren vertrautes Glockengebimmel eine längst vergangene Epoche wachrief.

Drinnen, bei Cocktails, erinnerten sich die vier an ihre abenteuerliche Woche auf der *Queen Charlotte*. Wie versprochen war Anna DeMille mit Alvirah in Kontakt geblieben. Nach wie vor schwärmte sie von der aufregenden Kreuzfahrt und beklagte sich über diesen »Schurken, der es die ganze Zeit auf mich abgesehen hatte«.

»Es verblüfft mich immer noch, was über Devon Michaelson bekannt geworden ist«, sagte Alvirah. Kurz nach Michaelsons Verhaftung hatte Interpol eine Erklärung herausgegeben: »Weder jetzt noch zu irgendeinem Zeitpunkt in der Vergangenheit war ein Mitarbeiter dieses Namens bei Interpol beschäftigt. Offenkundig hat er sich mit gefälschten Papieren ausgewiesen. Eine Untersuchung wurde eingeleitet, um herauszufinden, ob er bei den Vorbereitungen zu der Reise Hilfe von Castle-Lines-Mitarbeitern erhalten hat.«

»Wenn das der Fall war, werden Köpfe rollen«, sagte Willy.

Celia hatte sich genötigt gefühlt, dem FBI von Lady Ems Verdacht zu erzählen, dass Brenda ihren Schmuck gestohlen habe. Zum einen tat Brenda ihr zwar leid, zum anderen fand sie es aber auch nicht gerecht, wenn eine Diebin ungestraft davonkommen sollte. Dann jedoch wurde wegen eines ähnlichen Falls Ralphies Freund und Juwelier festgenommen, der Komplize, der Billigimitate von Lady Ems Schmuck angefertigt hatte. Als ihm Aussicht auf Strafmilderung angeboten wurde, hatte er den Behörden Ralphie ausgeliefert, der wiederum von Brendas Rolle bei den Diebstählen von Lady Em erzählte. Daraufhin hatte Brenda ein volles Schuldgeständnis abgelegt.

Teds Ermittler konnten Stevens Behauptung, Celia sei von Anfang an am Hedgefondsbetrug beteiligt gewesen, voll und ganz widerlegen. Es gelang ihnen nachzuweisen, dass er bereits zwei Jahre früher, bevor er Celia überhaupt kannte, angefangen hatte, Gelder von Kundenkonten abzuzweigen. Als das FBI sie befragte, waren die Beamten an ihr nur als einer möglichen Zeugin gegen Steven interessiert.

Beim Essen berichtete Ted dann von den neuesten Details zu einer Geschichte, die sie alle mit Spannung verfolgt hatten. Die Zeitungen hatten davon berichtet, dass Lady Ems Vermögen einer umgehenden Finanzprüfung unterzogen werde. Mehrere ehemalige Klienten von Roger Pearsons Vermögensverwaltung hatten von »Unregelmäßigkeiten« berichtet. Der von Roger angeheuerte Anwalt hatte eine Erklärung zugunsten seines Mandanten veröffentlicht: »Aufgrund der schrecklichen Erlebnisse auf See leidet Mr. Pearson an gravierenden Gedächtnislücken und ist möglicherweise nicht mehr in der Lage, seine vergangene Tätigkeit in ausreichendem Maß zu erklären oder zu rechtfertigen.« Auf dem Foto war er an der Seite seiner geliebten Frau Yvonne zu sehen.

»Vergessen wir das«, schlug Alvirah vor und hob ihr Champagnerglas. »Celia, mir gefällt dein Verlobungsring. Ich freue mich sehr für euch beide.«

Celia trug einen wunderschönen Smaragdring. »Dieser Stein erschien mir mehr als angebracht«, sagte Ted. »Schließlich waren es Smaragde, die uns zusammengebracht haben.« Sie hatten einen Ring bei Carruthers ausgesucht. Celias Arbeitgeber hatte sie wieder mit offenen Armen empfangen und ihr sogar eine Gehaltserhöhung angeboten.

Celia dachte an Lady Em und die Kleopatra-Halskette Nachdem die Kette dem FBI übergeben worden war, veröffentlichte die Smithsonian Institution eine Erklärung, derzufolge sie Ägypten als den historisch rechtmäßigen Eigentümer der Kette anerkenne und sich einverstanden erkläre, dass das Schmuckstück nach Ägypten zurückkehre. Das FBI hatte sie als Beweismittel im Strafprozess gegen Devon Michaelson fotografiert, die Kette selbst befand sich allerdings bereits auf dem Weg in ihre ursprüngliche Heimat.

An Heiligabend wollten sie nach Sea Island fliegen, um die Feiertage mit Teds Eltern und Geschwistern zu verbringen. Celia musste an den ersten Tag auf dem Schiff denken – wie einsam sie sich da gefühlt hatte und wie allein.

Sie und Ted lächelten sich an. Nein, nie wieder würde sie sich so einsam fühlen. Nie wieder.

Danksagung

Ich hoffe sehr, dass Sie, meine Leserinnen und Leser, die Reise auf der *Queen Charlotte* genossen haben.

Es ist wieder einmal an der Zeit, ganz herzlich Michael Korda zu danken, der seit über vierzig Jahren mein Lektor ist. Wie immer erwies er sich als unersetzbar. Der Vorschlag, die Geschichte auf einem Kreuzfahrtschiff anzusiedeln, kam von ihm, und er begleitete mich auch durch den Prozess der Fertigstellung.

Mein Dank auch an Marysue Rucci, Cheflektorin bei Simon & Schuster, für ihre klugen Rat- und kreativen Vorschläge.

Dank an meinen ganz außergewöhnlichen Ehemann John Conheeney, der immer ein mitfühlendes Ohr hat, wenn ich ganz in meiner Geschichte versunken bin. Hut ab vor meinen Kindern und Enkelkindern, die mich stets unterstützen.

Besonders danken möchte ich meinem Sohn Dave für seine Recherchen und seine editorische Hilfe.

Dank an Arthur Groom, eine Perle von Juwelier, der sich Zeit genommen hat, mich durch die wunderbare Welt wertvoller Edelsteine zu führen.

Vielen Dank an Jim Walker, Anwalt für Seerecht, der mir skizzierte, wie die Schiffsleitung bei Notfällen an Bord reagieren könnte.

Dank an den ehemaligen FBI Special Agent Wes Rigler für seinen hilfreichen Rat.

Gedenken will ich auch Emily Post, die uns so vergnügliche Einsichten in die Sitten und Gebräuche vor über hundert Jahren lieferte.

Und *last but not least,* Dank an Sie, meine lieben Leser. Ich weiß Ihre beharrliche Unterstützung sehr zu schätzen.

Gruß und Segen,
Mary Higgins Clark

Zum Buch

Die 18-jährige Kerry Dowling feiert eine große Poolparty mit ihren Freunden. Auf dem Fest kommt es zu einem lautstarken Streit mit ihrem eifersüchtigen Freund Alan. Am nächsten Morgen wird Kerry tot im Swimmingpool aufgefunden. Zum Entsetzen ihrer Eltern zeigt sich: Sie wurde ermordet.

Die Polizei konzentriert sich in ihren Ermittlungen zunächst auf Alan. Aber bald gerät auch der Nachbarsjunge Jamie in Verdacht: Er war zu seiner maßlosen Enttäuschung nicht auf die Party eingeladen gewesen – und ist durch seine geistige Behinderung in seinen Reaktionen nicht leicht einzuschätzen. Und warum hat er seine patschnasse Kleidung im Schrank versteckt?

Kerrys ältere Schwester Aline, die kurz vor ihrem Tod eine geheimnisvolle SMS von ihr bekommen hat, versucht den jungen Ermittler Mike Wilson bei seinen Nachforschungen zu unterstützen. Tatsächlich stößt sie auch auf einige entscheidende Hinweise. Doch je näher sie der Wahrheit kommt, desto größere Gefahr droht auch ihr selbst ...

1

Jamie war in seinem Zimmer im ersten Stock des bescheidenen Häuschens seiner Mutter in Saddle River, New Jersey, als sich sein ganzes Leben verändern sollte.

Eine Weile hatte er nur am Fenster gestanden und das Nachbargrundstück beobachtet. Dort drüben gab Kerry Dowling nämlich eine Party, und Jamie war sauer, weil sie ihn nicht eingeladen hatte. In der Highschool war sie immer so nett zu ihm gewesen, obwohl er Sonderunterricht gehabt hatte. Seine Mom hatte gesagt, wahrscheinlich war es eine Party nur für Kerrys Klassenkameraden, die würden nämlich in der folgenden Woche alle aufs College weggehen. Jamie war schon zwei Jahre vorher mit der Highschool fertig gewesen, und jetzt hatte er einen Job im Acme-Supermarkt gleich hier im Ort. Dort füllte er die Regale auf.

Jamie sagte seiner Mom nicht, dass er rübergehen und in Kerrys Pool schwimmen wollte, wenn die anderen drüben das auch tun würden. Seine Mom wäre dann ziemlich böse auf ihn. Kerry lud ihn doch auch immer ein, mit in den Pool zu kommen, wenn sie selbst schwimmen ging. Er sah den Gästen vom Fenster aus zu, bis sie sich alle auf den Heimweg machten und Kerry ganz allein die Terrasse aufräumte.

Er sah seinen Film noch zu Ende, und dann beschloss er, rüberzugehen und ihr zu helfen, obwohl er wusste, dass das seine Mom nicht wollte.

Als sich seine Mom die 23-Uhr-Nachrichten ansah, schlich

er nach unten, und auf Zehenspitzen näherte er sich der Hecke, die ihren kleinen Garten vom großen Garten von Kerry trennte.

Aber plötzlich sah er jemanden aus dem Wäldchen hinter dem Garten auftauchen. Und dieser Mann packte sich etwas von einem Stuhl und trat von hinten an Kerry heran, und dann schlug er ihr auf den Kopf und stieß sie in den Pool. Dann warf er etwas weg.

Man soll andere nicht schlagen, dachte sich Jamie, man soll andere auch nicht in den Pool stoßen. Der Mann sollte sich entschuldigen, oder er würde vom Platz gestellt werden. Aber, sagte er sich, Kerry war jetzt im Pool schwimmen, also könnte er doch auch mit ihr schwimmen.

Der Mann ging nicht schwimmen. Er rannte nur aus dem Garten und wieder hinein in den Wald. Der Mann ging nicht ins Haus, sondern rannte einfach davon.

Jamie eilte zum Pool. Mit dem Fuß stieß er gegen etwas, das auf dem Boden lag. Ein Golfschläger. Er hob ihn auf und legte ihn auf einen der Stühle beim Pool.

»Kerry«, rief er, »ich bin's, Jamie. Ich komm mit rein.«

Aber sie antwortete nicht. Er ging die Stufen zum Becken hinunter. Das Wasser war schmutzig. Jemand musste etwas verschüttet haben. Als er spürte, wie das Wasser durch seine neuen Sneakers sickerte und seine Hose sich bis zu den Knien vollsog, blieb er stehen. Kerry sagte immer, dass er mit ihr schwimmen könnte, aber er wusste, seiner Mom würde es gar nicht gefallen, wenn er seine neuen Sneakers nass machte.

Kerry trieb auf dem Wasser. Er streckte sich und berührte sie an der Schulter. »Kerry, wach auf.« Aber Kerry trieb nur weiter, weiter hinaus zum tiefen Bereich des Pools. Also ging er wieder nach Hause.

Im Fernsehen liefen immer noch die Nachrichten, deswegen sah ihn seine Mom nicht, als er sich wieder nach oben schlich und ins Bett ging. Seine Sneakers, die Socken und die Hose waren nass, deshalb versteckte er sie ganz unten in seinem Schrank. Vielleicht, hoffte er, würden sie trocknen, bevor Mom sie fand.

Beim Einschlafen überlegte er noch, ob Kerry Spaß hatte beim Schwimmen.

2

Es war schon nach Mitternacht, als Marge Chapman auf-
wachte und feststellte, dass sie während der Nachrichten eingeschlafen sein musste. Langsam stand sie auf. Ihre arthriti-
schen Knie knackten, als sie sich aus dem großen bequemen
Sessel hochhievte. Bei Jamies Geburt war sie schon fünfundvierzig gewesen, seitdem hatte sie immer mehr an Gewicht
zugelegt. Ich müsste gut zwanzig Kilo abnehmen, dachte sie
sich, um die Gelenke zu entlasten.

Sie schaltete die Lampen im Wohnzimmer aus, ging nach
oben und warf noch einen Blick in Jamies Zimmer. Sein Licht
war aus, sie hörte ihn gleichmäßig atmen, er schlief also sicher bereits.

Sie hoffte nur, dass es ihn nicht zu sehr aufgewühlt hatte,
nicht zur Party eingeladen worden zu sein. Aber sie konnte
ihm ja nicht jede Enttäuschung ersparen.

3

Am Sonntagmorgen um Viertel vor elf überquerten Steve und Fran Dowling die George Washington Bridge und fuhren weiter zu ihrem Haus in Saddle River, New Jersey. Beide schwiegen, denn sie waren noch müde nach dem 27-Loch-Golfmarathon, zu dem Freunde aus Wellesley, Massachusetts, sie eingeladen hatten. Sie hatten dort auch übernachtet und waren frühmorgens aufgebrochen, um auf dem Rückweg noch ihre achtundzwanzigjährige Tochter Aline am Kennedy Airport abzuholen. Sie hatte die letzten drei Jahre im Ausland verbracht und war in dieser Zeit immer nur zu kurzen Besuchen nach Hause gekommen.

Nach dem freudigen Wiedersehen auf dem Flughafen ließ sich die vom Jetlag sichtlich mitgenommene Aline auf dem Rücksitz des SUV nieder und schlief sofort ein. Fran musste ein Gähnen unterdrücken. »Zweimal hintereinander so früh aufstehen ... da merke ich wieder mein Alter.«

Steve lächelte. Er war drei Monate jünger als seine Frau, die deshalb alle besonderen Geburtstage, in diesem Fall den fünfundfünfzigsten, vor ihm begehen durfte.

»Bin mal gespannt, ob Kerry schon auf ist, wenn wir nach Hause kommen«, sagte Fran mehr zu sich selbst als zu ihrem Mann.

»Ich bin mir sicher, sie steht schon an der Tür und kann es kaum erwarten, ihre Schwester zu begrüßen«, erwiderte Steve gut gelaunt.

Fran hatte ihr Handy am Ohr und lauschte. Erneut erreichte sie bloß Kerrys Mailbox. »Unser Dornröschen weilt noch im Land der Träume«, verkündete sie schmunzelnd.

Steve lachte. Er und Fran hatten einen leichten Schlaf. Bei ihren Töchtern war es genau umgekehrt.

Eine Viertelstunde später bogen sie in ihre Auffahrt ein und weckten Aline. Noch ganz verschlafen folgte sie ihnen ins Haus.

»Mein Gott«, rief Fran, als sie ihre sonst so ordentliche Wohnung sah. Leere Plastikgläser und Bierdosen standen auf dem Beistelltisch und fanden sich auch sonst überall im Wohnzimmer. In der Küche stieß sie im Ausguss auf eine leere Wodkaflasche, daneben lagen leere Pizzakartons.

Aline war jetzt hellwach. Ihre Mutter und ihr Vater waren nicht nur aufgebracht, sondern auch beunruhigt. Ihr ging es nicht anders. Sie war zehn Jahre älter als ihre Schwester und spürte sofort, dass irgendetwas nicht stimmte. Wenn Kerry eine Party feierte, warum war sie dann nicht so schlau gewesen, nachher noch aufzuräumen? Hatte sie zu viel getrunken?

Ihre Eltern liefen nach oben und riefen nach Kerry. Gleich darauf kamen sie wieder nach unten.

»Kerry ist nicht da«, sagte Fran. Sie klang jetzt mehr als besorgt. »Und sie hat auch ihr Handy nicht mitgenommen. Es liegt noch auf dem Tisch. Wo steckt sie bloß?« Plötzlich wurde Fran kreidebleich. »Vielleicht ist ihr übel geworden, und jemand hat sie mit zu sich nach Hause genommen ...«

Steve unterbrach sie. »Rufen wir ihre Freunde an. Jemand muss wissen, wo sie ist.«

»Der Spielplan des Lacrosse-Teams mit allen Telefonnummern liegt in der Küchenschublade«, sagte Fran und eilte schon durch den Flur. Kerrys engste Freundinnen gehörten alle zur Mannschaft.

Hoffentlich hat sie die Nacht bei Nancy oder Sinead verbracht, dachte sich Aline. Wenn sie noch nicht einmal ihr Handy mitgenommen hat, muss es ihr wirklich ziemlich elend gegangen sein. Na, wenigstens kann ich schon mal mit dem Aufräumen anfangen. Sie ging in die Küche. Ihre Mutter wählte bereits die erste Nummer, die ihr Vater ihr diktierte. Aline schnappte sich einen großen Müllbeutel aus dem Schrank.

Als Erstes wollte sie auf der hinteren Veranda und der Terrasse und am Pool nachsehen.

Was sie dann auf der Veranda entdeckte, verblüffte sie. Auf einem der Stühle stand ein halb gefüllter Müllsack, in dem schmutzige Pappteller, ein Pizzakarton und Plastikbecher steckten.

Offensichtlich hatte Kerry mit dem Aufräumen angefangen. Aber warum hatte sie dann abgebrochen?

Sie überlegte noch, ob sie ihren Eltern Bescheid geben oder noch warten sollte, bis sie ihre Anrufe erledigt hatten, ging dann aber schon mal die vier Treppenstufen zur Terrasse hinunter und trat an den Pool. Im Sommer war der Pool immer offen, sie freute sich schon jetzt darauf, hier mit Kerry zu entspannen, bevor ihre jüngere Schwester zum College wegging und sie ihre neue Stelle als Studien- und Berufsberaterin an der Saddle River Highschool antrat.

Der Putter, mit dem ihre Eltern immer übten, lag auf einem Liegestuhl auf dem Pooldeck.

Aline nahm ihn in die Hand, dabei fiel ihr Blick auf den Pool. Und dort, auf dem Grund des Beckens, sah sie ihre Schwester liegen, vollständig bekleidet und völlig regungslos.

4

Jamie schlief gern sehr lang. Er arbeitete von elf bis drei Uhr im Supermarkt. Um zehn hatte Marge ihm sein Frühstück gemacht. Nachdem er damit fertig war, schickte sie ihn nach oben, damit er sich die Zähne putzte. Jamie kam zurück, strahlte sie mit einem breiten Grinsen an und wartete, dass sie »sehr schön« sagte, bevor er zur Tür hinausstürmte, um sich auf den Weg zu »seinem Job« zu machen, wie er immer stolz verkündete. Er brauchte zu Fuß zwanzig Minuten zum Acme-Supermarkt. Als sie ihm hinterhersah, störte sich Marge an irgendetwas, konnte es aber nicht benennen.

Erst oben, als sie schon sein Bett machte, fiel es ihr ein. Jamie hatte seine alten, abgestoßenen Sneakers getragen, nicht die neuen, die sie ihm letzte Woche gekauft hatte. Warum das denn?, fragte sie sich, während sie sich daranmachte, sein Zimmer aufzuräumen. Und wo hatte er die neuen?

Sie ging in sein Badezimmer. Er hatte geduscht, Handtuch und Waschlappen lagen im Plastikkorb, in den er sie geben sollte – das hatte sie ihm so beigebracht. Aber von den neuen Schuhen oder der Hose, die er gestern anhatte, fehlte jede Spur.

Er hatte sie doch wohl nicht weggeworfen?, fragte sie sich, als sie in sein Zimmer zurückkehrte und sich umsah. Erstaunt fand sie die zusammengeknüllten Sachen schließlich ganz unten in seinem Schrank. Sie hob sie auf.

Die Socken und Schuhe waren patschnass. Genau wie die Hosenbeine.

Marge hielt sie noch in der Hand, als sie von draußen einen gellenden Schrei hörte. Neugierig eilte sie ans Fenster und sah gerade noch, wie Aline in den Pool sprang und ihre Eltern aus dem Haus gerannt kamen.

Dann sprang auch Steve Dowling ins Wasser, und kurz darauf trug er, dicht gefolgt von Aline, Kerry die Stufen hinauf, legte sie am Beckenrand ab und begann hektisch mit der Herz-Lungen-Massage. »Ruf den Notarzt!«, schrie er. Innerhalb weniger Minuten trafen Streifenwagen und ein Krankenwagen ein.

Marge sah, wie ein Polizist Steve von Kerry wegzog und sich selbst über dessen Tochter beugte.

Gleich danach erschienen Sanitäter, und erst als der Polizist sich wieder erhob und den Kopf schüttelte, wandte sich Marge vom Fenster ab.

Dann dauerte es eine weitere lange Minute, bis ihr bewusst wurde, dass sie immer noch Jamies Hose, Socken und Sneakers in den Händen hielt. Sie glaubte auch zu wissen, auf welche Weise sie nass geworden waren. Aber warum sollte er halb in den Pool gestiegen sein? Und was waren das für Flecken hier?

Sie musste die Sachen sofort in die Waschmaschine und anschließend in den Trockner geben.

Marge wusste nicht, was sie dazu trieb, sie wusste nur, dass sie Jamie schützen musste.

Die heulenden Sirenen der Polizei und des Krankenwagens hatten die Nachbarn aus ihren Häusern gelockt. Die Neuigkeiten verbreiteten sich in Windeseile. »Kerry Dowling ist in ihrem Pool ertrunken.« Viele Nachbarn, manche noch mit der Kaffeetasse in der Hand, eilten nach hinten zu Marges Garten, wo sie sehen konnten, was geschah.

Marges Nachbarn besaßen alle größere Häuser. Dreißig Jahre zuvor hatten sie und Jack ihr Cape-Cod-Haus auf dem mit vielen Bäumen bestandenen Grundstück gekauft. Ihre Nachbarn damals waren wie sie gewesen, einfache, hart arbeitende Leute mit bescheidenen Häusern. Im Lauf der vergangenen zwanzig Jahre aber war das Viertel enorm aufgewertet worden. Der Reihe nach hatten ihre Nachbarn die kleinen Eigenheime zum doppelten des ursprünglichen Preises an Immobilienmakler verkauft. Marge war die Einzige, die ausgeharrt hatte. So wohnte sie jetzt inmitten teurer Häuser und deren wohlsituierten Eigentümern, die meisten von ihnen Ärzte, Anwälte, Wall-Street-Banker. Sie gaben sich ihr gegenüber freundlich, aber es war nicht mehr so wie früher, als sie und Jack mit ihren Nachbarn wirklich befreundet gewesen waren.

Marge gesellte sich zu ihnen. Einige erzählten, sie hätten Musik auf der Party gehört, nicht wenige Wagen hätten in der Auffahrt und auf der Straße geparkt. Aber sie waren sich einig, dass die Partygäste keinen besonderen Lärm veranstaltet hatten und gegen elf Uhr wieder verschwunden waren.

Marge verzog sich in ihr Haus.

Ich kann jetzt mit keinem reden, dachte sie. Ich muss nachdenken. Das laute Geräusch von Jamies Sneakers in der Waschmaschine machte sie noch nervöser.

Sie verließ das Haus, ging in die Garage, drückte auf den Knopf, um das Tor zu öffnen, und stieß rückwärts mit dem Wagen auf die Auffahrt. Ängstlich darauf bedacht, jeden Blickkontakt mit den Nachbarn zu vermeiden, entfernte sie sich von der immer größer werdenden Menschenmenge und den Polizisten, die sich auf der Terrasse und im Garten der Dowlings versammelt hatten.

5

Steve zog die tote Kerry aus dem Wasser, legte sie am Beckenrand ab und begann mit Wiederbelebungsmaßnahmen, während er gleichzeitig Aline zurief, sie solle den Notarzt verständigen. Verzweifelt bemühte er sich, Kerry zum Atmen zu bringen. Er hörte erst damit auf, als der erste Streifenwagen eintraf und ein Polizist ihn zur Seite schob und sich über die leblose Kerry beugte.

Ohne jede Hoffnung und betend sahen Steve, Fran und Aline zu, wie der über Kerry kauernde Polizist sie zu reanimieren versuchte. Keine Minute später hielt ein Krankenwagen in der Auffahrt, Sanitäter sprangen heraus. Einer von ihnen übernahm die Wiederbelebungsmaßnahmen. Kerry lag nur da, hatte die Lippen geschlossen und die schlanken Arme ausgebreitet. Ihr rotes Sommerkleid klebte ihr am nassen Körper, aus ihren Haaren lief Wasser. Steve, Fran und Aline standen da und starrten fassungslos auf sie hinab.

»Es wäre für alle einfacher, wenn Sie nach drinnen gehen würden«, sagte ihnen einer der Polizisten. Schweigend zogen sich Aline und ihre Eltern ins Haus zurück und drängten sich vor das Fenster.

Die Sanitäter brachten Elektroden an Kerrys Brustkorb an und übermittelten die gemessenen Daten an die Notaufnahme des Valley Hospital.

Der diensthabende Arzt bestätigte umgehend, was jeder vor Ort bereits wusste. »Herzstillstand.«

In diesem Moment bemerkte der Sanitäter, der die Wiederbelebung übernommen hatte, ein dünnes Blutrinnsal an Kerrys Nacken. Er hob ihren Kopf an und entdeckte eine klaffende Wunde.

Er machte den leitenden Polizeibeamten darauf aufmerksam, der daraufhin sofort die Staatsanwaltschaft verständigte.

6

Michael Wilson, Kriminalermittler der Staatsanwaltschaft Bergen County, hatte an dem Tag Dienstbereitschaft. Er hatte es sich mit Zeitungen auf einem Liegesofa am Pool seiner Eigentumswohnanlage im Washington Township bequem gemacht und war kurz vor dem Eindösen, als sein Handy klingelte. Sofort war er hellwach, als ihm die Einzelheiten seines nächsten Falls durchgegeben wurden. »Teenagerin tot im Swimmingpool aufgefunden. 123 Werimus Pine Road, Saddle River. Eltern zum Zeitpunkt des Ertrinkens nicht anwesend. Laut Bericht der örtlichen Polizei soll auf dem Grundstück eine Party stattgefunden haben. Ungeklärtes Schädel-Hirn-Trauma.«

Saddle River grenzte an das Washington Township, dachte er. In zehn Minuten konnte er dort sein. Er stand auf und machte sich auf den Weg zu seiner Wohnung. Seine Haut roch noch nach Chlor. Als Erstes musste er also unter die Dusche. Gut möglich, dass er die nächsten zwei Stunden beschäftigt war, es konnten aber auch leicht zwölf oder vierundzwanzig Stunden werden.

Er nahm sich ein frisch gewaschenes langärmeliges Sporthemd und eine Khakihose aus dem Schrank, warf sie aufs Bett und ging ins Badezimmer. Zehn Minuten später war er geduscht, angezogen und auf dem Weg nach Saddle River.

Zeitgleich mit ihm waren auch ein Fotograf und eine Rechtsmedizinerin verständigt und an den Tatort geschickt worden. Sie würden kurz nach ihm eintreffen.

Saddle River, ein Bezirk mit knapp über dreitausend Ein-wohnern, gehörte zu den wohlhabendsten Kommunen in den USA. Obwohl von dicht besiedelten Vorortgemeinden umgeben, hatte sich hier noch eine ländliche Atmosphäre erhalten. Aufgrund der vorgeschriebenen Mindestgrund-stücksgröße von 8000 Quadratmetern und der relativen Nähe zu New York City gehörte sie zu den Lieblingsgegenden von Wall-Street-Größen und berühmten Sportlern. Auch der ehemalige US-Präsident Richard Nixon hatte dort gegen Ende seines Lebens ein Anwesen gehabt.

Mike wusste, dass bis in die 1950er hinein in der Ge-gend noch gejagt worden war. Anfangs errichtete man kleine Ranch-Häuser, die später fast alle durch sehr viel größere und exklusivere Gebäude, teilweise aber auch durch billige Fertighäuser ersetzt wurden.

Das Haus der Dowlings war ein hübsches cremefarbenes Kolonialhaus mit hellgrünen Fensterläden. Ein Polizist stand auf der Straße, er hatte gerade einen Bereich für die offiziell mit dem Fall betrauten Personen reserviert, damit sie dort ihre Wagen abstellen konnten. Mike parkte und ging über den Rasen zum Garten hinter dem Haus, wo mehrere Polizis-ten aus Saddle River zusammenstanden. Er fragte sie, wer als Erster am Tatort eingetroffen sei. Officer Jerome Weld – seine Uniform war noch nass – meldete sich.

Weld erklärte, dass er um 11.43 Uhr am Tatort angekom-men sei. Die Familienangehörigen hatten die Tote bereits aus dem Wasser gezogen. Obwohl er überzeugt gewesen sei, zu spät zu kommen, habe er sofort mit einer Herz-Lungen-Massage begonnen. Das Opfer aber habe nicht reagiert.

Er und andere Beamte hatten eine erste Durchsuchung des Grundstücks vorgenommen. Offensichtlich habe am Vor-abend eine Art Feier stattgefunden. Nachbarn bestätigten,

Musik gehört und zahlreiche Jugendliche beim Betreten und Verlassen des Hauses gesehen zu haben. Insgesamt seien während der Dauer der Party zwanzig bis fünfundzwanzig Fahrzeuge auf der Straße geparkt gewesen.

»Ich habe in Ihrer Dienststelle angerufen«, fuhr der Polizist fort, »nachdem ich die Wunde hinten am Kopf entdeckt habe. Bei der Durchsuchung haben wir am Pool einen Golfschläger gefunden, anscheinend mit Spuren von Haaren und Blut.«

Mike nahm ihn in Augenschein. Wie vom Polizisten beschrieben, klebten am Schlägerkopf mehrere lange, blutige Haare, auch der Schaft war mit Blutspritzern bedeckt.

»Eintüten«, sagte Mike. »Wir schicken ihn zur Untersuchung ein.«

Mittlerweile war auch die Rechtsmedizinerin eingetroffen. Sharon Reynolds hatte bereits in mehreren Mordfällen mit Mike zusammengearbeitet. Er stellte sie Officer Weld vor, der kurz zusammenfasste, was sie am Tatort vorgefunden hatten.

Reynolds ging vor der Toten in die Hocke und machte Fotos. Sie schob Kerrys Kleid nach oben, musterte die Beine und suchte nach Stich- oder anderen Wunden. Dann drehte sie den Leichnam um und fotografierte die Rückseite, strich Kerrys Haare zur Seite und machte Aufnahmen von der tiefen Wunde am Hinterkopf.

Lesen Sie weiter:

MARY HIGGINS CLARK
DU BIST IN MEINER HAND

ISBN 978-3-453-27186-9
E-Book: ISBN 978-3-641-22878-1

HEYNE ‹

Mary Higgins Clark

»Mary Higgins Clark gehört zum kleinen Kreis der ganz großen Namen in der Spannungsliteratur.« *The New York Times*

978-3-453-43904-7

978-3-453-43854-5

Mary Higgins Clark bei Heyne – eine Auswahl:

Flieh in die dunkle Nacht
978-3-453-40895-1

Denn niemand hört dein Rufen
978-3-453-43394-6

Schlaf wohl, mein süßes Kind
978-3-453-43653-4

Ich folge deinem Schatten
978-3-453-43702-9

Wenn wir uns wiedersehen
978-3-453-43730-2

Mein Auge ruht auf dir
978-3-453-43750-0

Spürst du den Todeshauch
978-3-453-43799-9

In der Stunde deines Todes
978-3-453-41914-8

Wenn du noch lebst
978-3-453-43868-2

Leseproben unter **www.heyne.de**